T0124953

LA GRAN CATÁSTROFE AMARILLA

Diario de un hombre tranquilo

J. J. Benítez

Planeta

LA GRAN CATÁSTROFE AMARILLA

Diario de un hombre tranquilo

J. J. Benítez

Obra editada en colaboración con Editorial Planeta – España

© 2020, J. J. Benítez

Ilustraciones del interior: archivo del autor, © Gradual Map, cortesía de © José Luis González, cortesía de © GRAS, cortesía de © Juanfran, cortesía de © Liz, cortesía de © Flor Fernández Santamaría, cortesía de © Iván Benítez

© 2020, Editorial Planeta S.A. – Barcelona, España

Derechos reservados

© 2020, Editorial Planeta Mexicana, S.A. de C.V.
Bajo el sello editorial PLANETA M.R.
Avenida Presidente Masarik núm. 111,
Piso 2, Polanco V Sección, Miguel Hidalgo
C.P. 11560, Ciudad de México
www.planetadelibros.com.mx

Primera edición impresa en España: octubre de 2020
ISBN: 978-84-08-23388-6

Primera edición impresa en México: noviembre de 2020
Primera reimpresión en México: febrero de 2021
ISBN: 978-607-07-7267-2

No se permite la reproducción total o parcial de este libro ni su incorporación a un sistema informático, ni su transmisión en cualquier forma o por cualquier medio, sea este electrónico, mecánico, por fotocopia, por grabación u otros métodos, sin el permiso previo y por escrito de los titulares del *copyright*.

La infracción de los derechos mencionados puede ser constitutiva de delito contra la propiedad intelectual (Arts. 229 y siguientes de la Ley Federal de Derechos de Autor y Arts. 424 y siguientes del Código Penal).

Si necesita fotocopiar o escanear algún fragmento de esta obra diríjase al CeMPro (Centro Mexicano de Protección y Fomento de los Derechos de Autor, http://www.cempro.org.mx).

Impreso en los talleres de Litográfica Ingramex, S.A. de C.V.
Centeno núm. 162-1, colonia Granjas Esmeralda, Ciudad de México
Impreso en México –*Printed in Mexico*

Para Enma y Juanfran, para Nieves y
Rafa, para Ana y Carlos, para la Sueca *y para*
el resto de los compañeros de venturas
y desventuras del Costa Deliziosa. *Y, sobre*
todo, para «Lourdes» Santana (Planeta),
que hizo el trabajo sucio.

Nada —nunca— es lo que parece. Y, mucho menos, lo que creemos o lo que quieren que creas.

Soy mucho más que un hereje...

Me expuse a todos los peligros del mundo por decir la verdad.

La religión (todas) es un permanente atropello a la libertad.

Sólo la imaginación se aproxima a la verdad.

Contar toda la verdad no es aconsejable.

Dicen los chinos: «Problema olvidado, problema resuelto». No sé yo...

J. J. BENÍTEZ

9 de enero (2020), jueves

Blanca acude a Correos y regresa hacia las 13 horas. Me entrega una docena de cartas. Reviso los remitentes, pero lo hago distraído. Es lógico. Mi mente está en otra parte... En cuestión de horas volaremos de Bilbao a Barcelona y, después, iniciaremos la penúltima aventura: la segunda vuelta al mundo en un crucero italiano llamado *Costa Deliziosa*.

La casa está manga por hombro. Hay maletas por todas partes. Blanca, mi esposa, lleva meses organizando el «negocio». Cuento siete maletas. ¡Esto es una locura!

Regreso al despacho y paso revista a mis cosas: catorce libros, el cuaderno de campo correspondiente, rotuladores... Y vuelvo a revisar la correspondencia. Pero, como digo, le echo un simple vistazo, sin abrir los sobres. Hay una carta que me llama la atención. Procede de California. La remite uno de mis «contactos» en Estados Unidos. La bella intuición susurra: «¡Ábrela!». Pero desobedezco. Y prosigo con la minuciosa revisión de mi mochila.

Blanca me reclama: «Hora de almorzar».

Le digo que ya voy... Y la bella intuición vuelve a tocar en mi hombro. Abro la misiva procedente de California. ¡Vaya! Son catorce folios escritos en ordenador y a un espacio. Ni hablar. Me niego a leerlos. No hay tiempo. Lo haré a la vuelta del viaje

9

(dentro de cuatro meses). Sí repaso la breve nota que acompaña los densos folios. Es la elegante letra de mi amigo y «contacto». Me dice que lea el informe con especial atención. Y subraya: «Es altamente confidencial». Desobedezco nuevamente y dejo las cartas sobre la mesa del despacho. Encabezando los catorce folios aparecen dos palabras que me dejan intrigado: «FORT APACHE».

Y arranca la nueva aventura...

He aquí lo consignado en el cuaderno de bitácora, día tras día:

Vuelo a Barcelona. Sin novedad. Aprovecho para repasar el itinerario de esta segunda vuelta al mundo:[1] Barcelona, Santa Cruz de Tenerife, Islas Barbados (en las Antillas), Cristóbal (Panamá), Manta (Ecuador), El Callao (Lima), Arica (Chile), San Antonio (Chile), Isla de Pascua, Pitcairn (Gran Bretaña), Papeete (Tahití), Bora Bora, Rarotonga (Nueva Zelanda), Tauranga (Nueva Zelanda), Auckland (Nueva Zelanda), Melbourne (Australia), Sídney (Australia), Yorkeys Knob (Australia), Rabaul (Nueva Guinea Papúa), Kobe (Japón), Nagasaki (Japón), Busán (Corea del Sur), Keelung (Taiwán), Hong Kong (China), Nha Trang (Vietnam), Phu My (Vietnam), Singapur, Klang, Penang (Malasia), Colombo (Sri Lanka), Marmagao (India), Bombay (India), Salalah (Omán), Aqaba (Jordania), El Pireo (Atenas), Heraclión (Creta), Katakolon (Olimpia) y Venecia.

En total, 106 días (supuestamente inolvidables). No me equivoqué... ¡Inolvidables!

«Aprovecharé —me dije— para redondear algunas investigaciones. Será mi séptima visita a Pascua y la cuarta a la bellísima Petra. En Papúa intentaré localizar a los testigos del ovni de 1959. Imagino que el misionero anglicano William Gill —uno de los principales testigos— habrá muerto... Ya veremos.»

Nos alojamos en el hotel Viladomat, en Barcelona. Habitación 510. Estoy cansado. La preparación de este nuevo viaje

---

1. La primera vuelta al mundo de Blanca y Juanjo Benítez tuvo lugar en 2017. Fruto de ese no menos intenso viaje fue *Mesa 110* (libro inédito). Desconocemos cuándo se publicará. (N. del editor.)

ha sido laboriosa; sobre todo para la infatigable Blanca. Esta mujer es admirable...

No me lo puedo creer... Bajamos al comedor del hotel y nos encontramos con un centenar de jugadores de cartas, a cual más alborotador. Se reúnen una vez por semana (y nos ha tocado a nosotros). Necesito silencio. Cenamos en otro lugar.

Una duda me domina: «¿Por qué estoy a punto de emprender este largo viaje?». Aparentemente no tiene mucho sentido. Ya dimos la vuelta al mundo en 2017. ¿Por qué me veo envuelto en esta nueva aventura? Hay investigaciones más urgentes. Debería dedicar estos cuatro meses a escribir... No sé. Estoy hecho un lío. Algo pasa... La intuición me dice que confíe. «Ellos» —mis «primos»— están ahí. Lo sé... «Ellos» saben. Me limitaré a vivir día a día. Dejaré que la vida fluya. Y me duermo con un pensamiento: «Si "ellos" han motorizado este viaje tiene que ser por una buena razón».

10 de enero, viernes

He dormido bien.

A las once de la mañana —tal y como concertamos— aparece Oriol Alcorta, editor de Planeta. Es un muchacho joven, amable y eficaz. Hablamos de la editorial, del inminente viaje y del libro previsto para el otoño de 2020: *Mis «primos»* (segunda parte de *Sólo para tus ojos*). En mayo, a nuestra vuelta, revisaré las galeradas. El libro se publicará en octubre. De pronto me llega una idea. Subo a la habitación, rescato un manuscrito de una de las maletas y se lo entrego. Oriol lo examina, sorprendido. El título del libro —inédito— lo desconcierta: *Siete disgustos y 55 minutos*. Pregunta de qué trata.

—Prefiero que lo leas —simplifico—. Ya me contarás...

A las 14 horas, almuerzo con Javier Sanz y Joaquín Álvarez de Toledo, destacados ejecutivos de Planeta. Les entrego sendas copias con una relación de algunos de mis libros. Todos ellos —creo— podrían ser llevados al cine o a la televisión. Prometen estudiarlo.

A las 19 horas regresamos al hotel. Me espera Héctor Villena. Escucho su relato. ¿Posible abducción? Tendré que estudiar el caso.

Blanca sigue inquieta. Intuye también que este viaje «no es normal». Pregunta, pero no sé qué decirle. Y sólo acierto a responder:

—Parece como si «alguien» quisiera sacarnos de casa...

Blanca insiste:

—Tú sabes algo...

Le juro que no sé nada, pero no me cree. E intento tranquilizarla:

—Confía en tu Jefe...

11 de enero, sábado

He dormido a ratos e intranquilo. No sé por qué, pero este nuevo viaje no me gusta. Blanca cierra las maletas y me recuerda algunas compras de última hora.

Bajamos a desayunar y encontramos al Moli y a doña Rogelia, su mujer. Viven en Gójar (Granada). Hace meses decidieron embarcarse con nosotros en el *Costa Deliziosa*. Él fue anestesista y ella enfermera. Nos abrazamos. Y doña Rogelia empieza a hablar de ella y de su familia. El discurso se prolonga durante hora y media. Moli y yo nos miramos. Mi amigo le propina varios puntapiés bajo la mesa. Es inútil. Doña Rogelia sigue a lo suyo... Es insufrible. En esos momentos decido alejarme de la individua. Sabia decisión.

Caminamos por las calles de Barcelona. Blanca entra en una farmacia. Doña Rogelia sigue aturdiéndola con los problemas de su padre, de su hermana, de sus hijas y de la madre que la parió.

A las 12 horas metemos las maletas en dos taxis y nos dirigimos al puerto. El barco zarpa por la tarde.

Sorpresa. Una vez en la terminal, Blanca recuerda que ha olvidado una medicina en la nevera de la habitación del hotel. La mujer se pone nerviosa. La tranquilizo. Una llamada a recepción resuelve el descuido. Enviarán el medicamento en un taxi. Y así es. Media hora después aparece el taxista. Problema resuelto.

Más sorpresas. En la zona de embarque coincidimos con gente que dio la vuelta al mundo en 2017: Carmen, la periodista de Nueva York; María, la tetrapléjica, y Ángel, su marido; Montse; los murcianos (Encarna y Juan Antonio, con la mujer) y Fellini, entre otros. Todos repiten por puro placer. Eso dicen.

A las 13 horas entramos en el barco y nos dirigimos al camarote. Nos ha tocado el 5357. Es pequeño, pero suficiente. Dispone de un balcón. Las maletas no han llegado.

Tras una primera inspección decidimos subir a la cubierta nueve y comer algo. Es bufet libre.

Saludamos a otras viejas amigas: Pili y Cristina. Son chilenas. Yo las llamo *las Cubanas*. Pili tiene sesenta y dos años. Es rubia y bajita. Los pechos, hermosísimos, son de silicona. Cristina ha cumplido setenta y cinco años. Es morena y mapuche. Decidimos almorzar juntos. Hay nervios y risas. Para ellos todo es nuevo.

Mientras devoro una ensalada me encierro con mis pensamientos y hago algunas cábalas. El número de la cabina —5357— suma «20» (5 + 3 + 5 + 7 = 20). En kábala, el citado «20» equivale a «dolor, escondite y profetizar», entre otras acepciones. Por su parte, 20 (2 + 0) = 2. Es decir: «2» = «la casa». Y medito. ¿Qué dice la kábala respecto al número del camarote? Simboliza «dolor». ¿Por qué? Lo ignoro. También representa «escondite». Eso lo entiendo. Durante 106 días, ese lugar será nuestra casa («la casa»). El término «profetizar» tampoco encaja. Y me respondo a mí mismo: «De momento...». ¿Qué demonios me reserva el Destino?

A las 16:30 horas regresamos a la cabina. Falta una maleta. Blanca se desespera. Insisto en la necesidad de tener paciencia.

Ordeno mis papeles y libros. Y establezco un estricto orden de lectura. Después inicio los «gd's» (guiones diarios) del libro que me propongo escribir durante el crucero: *Helena (con hache)*. Se trata de un ensayo con una protagonista: Helena, una de mis nietas. Escribo a mano. Blanca insiste:

—Utiliza el ordenador portátil. Para eso lo he traído.

Me niego. No me gustan estos inventos diabólicos.

A las 20:30 cena en la segunda planta. Mesa 36. Nos reunimos los habituales: Moli, doña Rogelia, *las Cubanas*, Blanca y yo. El restaurante Albatros está lleno. Blanca solicitó el segundo turno (20:30 horas). El primero es a las 18:30. El barco zarpa lentamente.

La cena discurre entre banalidades. En el camarote de Moli no funciona el agua caliente. Empezamos bien.

Doña Rogelia toma el mando y habla y habla de su hija María. Escuchan pacientes. Yo, irritado.

Los camareros parecen amables. Uno se llama Lacman. En filipino, al parecer, significa «hombre suerte». La niña, María, es igualmente filipina. Es preciosa. Observo al resto de los camareros. Casi todos son orientales: hindúes, paquistaníes y, sobre todo, filipinos. Blanca y yo hablamos en inglés con ellos.

Ha sido otro día agotador. Al acostarme me acurruco —como siempre— en la voluntad del Padre Azul... Él sabe.

12 de enero, domingo

He puesto el despertador a las 07:30 horas. Me asomo al balcón y contemplo el Mediterráneo. Sorprendo a las ocho mil estrellas en plena fuga. La mar me acaricia de lejos. Viste aún un camisón negro. Al alba se cambiará de ropa.

Desayuno a las nueve de la mañana, en el bufet de la novena planta: fruta, yogur y café descafeinado. A mi alrededor escucho francés, alemán, inglés y portugués. ¡Vaya! El 90 por ciento del pasaje aparenta más de setenta años.

Regreso al camarote y, mientras Blanca procede a ordenar la ropa y demás historias, abro el maldito portátil y rezo para que todo vaya bien. Son las diez y media de la mañana. Escribo un nuevo capítulo de *Helena (con hache)*. Mejor dicho, lo intento. De pronto, la batería cae muerta. ¡Maldita sea!

Blanca recomienda que me dé una vuelta por el barco. Obedezco.

El *Costa Deliziosa* (lo de la «z» me tiene soliviantado) es un monstruo de 292 metros de eslora, trece niveles o cubiertas, 92.000 toneladas, 33 metros de manga, ocho de calado, tres motores de 35.000 caballos cada uno, dos hélices tipo *pitch* (capaces de girar) y varios motores laterales, así como estabilizadores. El consumo medio es de 80 toneladas de gasoil al día.

Tal y como me sucedió en la primera vuelta al mundo (2017), la primera excursión por el barco fue caótica. Me perdí una decena de veces.

Lo intento de nuevo a las 16 horas. Me sitúo frente al ordenador y trato de escribir. Imposible. El portátil dice «que no estoy enchufado a la red». Reviso los cables. Todo está correcto. El idiota —obviamente— soy yo...

Me dedico a leer. Blanca está agotada. Dice que le faltan armarios... Le han requisado la plancha.

Llega el boletín informativo diario. Lo llaman *Diario di Bordo*. Lo trae Francia, la filipina responsable de la limpieza del camarote. Pesa cien kilos y habla un inglés macarrónico. En el *Diario* anuncian las fiestas del día, actividades deportivas, torneos de anillas, de ping-pong, aeróbic, clases de estiramientos, *spa*, terapia de calor (que no sé qué es), reuniones de jugadores de burraco, cartas y juegos de mesa, desafíos (tampoco sé de qué se trata), escuela de baile, gimnasio, laboratorio creativo (manualidades), campo polideportivo, mercadillos, misa, biblioteca, teatro, karaoke y casino. Todo ello repartido por las diferentes cubiertas. El teatro empieza a las 19 horas. A las 17 se anuncia una reunión con María Dolores Larroda, representante de los 168 españoles que viajamos en el crucero. A todo esto hay que añadir varios restaurantes, un hospital y varias oficinas de cambio de divisas, excursiones y atención al cliente.

A las 22 horas me asomo al balcón. Las luces de Barbate me saludan por estribor. Y mi corazón se detiene. «Yo también te amo.»

15

13 de enero, lunes

Suena el despertador a las 7:30. Blanca no comprende por qué me levanto tan pronto. «Estamos de vacaciones..., supuestamente», protesta. Y replico, entre dientes:

—Sí, supuestamente...

Tras el desayuno, en el bufet de la novena planta, me encierro en el camarote e intento escribir. Blanca sigue protestando. Finalmente estalla una minibronca. La mujer agarra un libro y se dirige de nuevo al nivel nueve.

—Estaré en la popa —gruñe.

Consigo escribir diez líneas. Algo no va bien. *Helena (con hache)* se atasca. Esta vez es mi mente. Y escucho —nítida y susurrante— una voz familiar:

—Trátala con cariño... Sé amable y paciente.

Es la «chispa». La he oído muchas veces. La reconozco al instante. La «chispa» o *nitzutz* es el Padre Azul, fraccionado. Vive en mi mente desde hace 69 años, aproximadamente.

Apago el portátil e intento pensar. Tenemos casi cuatro meses por delante. En total, 105 días de viaje. ¿Merece la pena enfadarse en la segunda jornada? La «chispa» tiene razón, naturalmente. Así que abandono la cabina y me dirijo al nivel nueve, a la búsqueda de Blanca. En el ascensor coincido con Carlitos Escopetelli, el viejo profesor. Lo conocí en el anterior crucero. Ha sido contratado para dar conferencias sobre los países y culturas que visitaremos. Nos saludamos y me recuerda que, a las 17 horas, hablará sobre «el misterio de las columnas de Hércules». Puente o nivel tres. Asiento y, misteriosamente, me duermo de pie. ¡Vaya!

Al despertar me encuentro en la popa del nivel nueve. ¿Qué ha pasado? Imagino que es el cansancio. ¿O fue Carlitos? Recuerdo que me dormía en todas sus charlas...

Blanca toma el sol y lee. Le doy un beso y sonríe. Es un encanto. No hay palabras. No son necesarias. Le llevo una copa de vino blanco y brindamos por nosotros. La mar me mira con su típico color azul agachado. Creo que está celosa...

A las 19 horas acudimos al teatro, en el puente dos. Una hora de ballet. No salgo de mi asombro. Un alemán se ha tumbado en las butacas de la parte de atrás y ha permanecido todo el tiempo con la mirada perdida en el techo del anfiteatro. Ocupa cinco asientos. Al terminar la función se levanta y aplaude. Es jorobado. Desde hoy lo llamaré *el jorobado de Notre-Dame*.

Me revienta, pero me aguanto. A las 20:30, cena de gala. Obligatorio ir con chaqueta y corbata. Protesto. Hace años que no uso la corbata. Blanca no cede. Me fulmina con la mirada. Y la «chispa» regresa:

—Sé amable...

Acepto la chaqueta y rechazo la corbata. La cena discurre por derroteros de medio pelo. Doña Rogelia no tarda en acaparar la conversación y nos habla de su hija María. Estoy hasta el gorro...

Al regresar al camarote llegan buenas noticias: a las 19 horas ha nacido Índar, el nieto número doce. Ha venido al mundo en Cádiz. Tampoco es mal sitio para nacer...

14 de enero, martes

A las nueve de la mañana atracamos en Santa Cruz de Tenerife (Islas Canarias. España). Día soleado.

A las once descendemos a tierra y buscamos a José Luis González, un viejo amigo. Blanca ha quedado con él. José Luis fue el afortunado fotógrafo que consiguió varias y espléndidas fotografías de un ovni en la noche del 23 de octubre de 1975 en la playa de La Tejita (Tenerife).[1] En aquella ocasión, varias naves no humanas surgieron de la mar. Hubo muchos testigos.

La conversación se prolonga —prácticamente— toda la mañana. Recordamos viejos tiempos y, de pronto, mi amigo confiesa:

1. Amplia información en *Cien mil kilómetros tras los ovnis* (1978). (N. del autor.)

—¿Sabías que los negativos de aquellas fotografías desaparecieron?

No tenía ni idea.

—Fue muy extraño —explica—. Yo los guardaba en un sobre, en el interior de una caja de coñac. Había sacado la botella y la copa y destiné dicha caja a guardar los valiosos negativos. La caja se hallaba depositada en mi laboratorio fotográfico. Nadie tenía acceso a él. Y, de pronto, desaparecieron.

—¿Cuándo ocurrió?

—Dos años después del múltiple avistamiento. Hacia 1977. Un día me llamó nuestro querido y añorado Paco Padrón y me pidió una copia de las imágenes. Cuando abrí la caja, los negativos no estaban. Y hasta hoy...

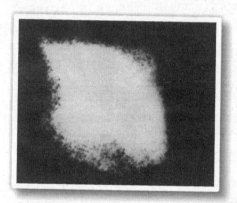

Nave no humana fotografiada por José Luis González en octubre de 1975.

Ovni resplandeciente captado por José Luis González en la playa de La Tejita (Canarias).

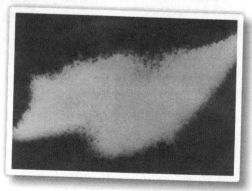

Tercera imagen: el ovni se divide en dos.

No era el primer caso ni será el último.

A primera hora de la tarde regresamos al *Costa Deliziosa*. El barco zarpa a las 18, rumbo a Barbados.

Esta noche retrasamos las agujas del reloj. A las tres serán las dos. Y me duermo pensando en el «robo» de los cuatro negativos, propiedad de José Luis. ¿Fueron los militares? ¿O quizá mis «primos»?

Paco Padrón (izquierda) y Emilio Bourgón, testigos de los ovnis de La Tejita. (Archivo: J. J. Benítez.)

José Luis González en 2020. (Foto: Blanca.)

15 de enero, miércoles

El *Costa Deliziosa* continúa la navegación por el Atlántico, con rumbo oeste.

He rectificado. El reloj avisa a las 8 de la mañana. Blanca protesta, pero poco.

Tras el frugal desayuno —siempre fruta, yogur y café— regresamos al camarote. Blanca sigue ordenando armarios. Es preciso introducir la tarjeta de «no molesten» en la puerta. Sólo así puedo escribir con relativa calma. Lo hago con soltura hasta las doce. Cierro el ordenador y salimos a caminar. Me he propuesto hacer ejercicio durante una hora al día. En el barco sólo hay tres posibilidades: el gimnasio, ejercicios en grupo o pasear por las cubiertas. Me decido por la última. Caminar me ayuda a pensar. Elijo el puente diez, al aire libre. La mar está tranquila y ausente. No me ve. Un viento flojo y distraído va y viene. Pienso en *Helena (con hache)*. Las preguntas de mi nieta son desconcertantes. Parece una niña azul...

A las 12 en punto, el barco hace sonar la sirena. La mar nos mira, asombrada. Y el capitán habla al pasaje y a la tripulación. Por cierto, no lo he mencionado: en el *Costa Deliziosa* viajamos 2.000 pasajeros y 800 tripulantes, más o menos. El capitán se llama Alba, como yo (es mi cuarto apellido). Alba habla en italiano. Menciona la velocidad del buque (19 nudos), la temperatura (17 grados Celsius), la de la mar (18 grados) y las millas recorridas desde Tenerife (no recuerdo el número). Anuncia que llegaremos a Barbados el lunes, 20 de enero. Y termina con una frase: «La mar —por supuesto— es una bella mujer». Totalmente de acuerdo. Yo me enamoré de ella cuando tenía tres años. Mi padre me llevó a la playa de la Yerbabuena, en Barbate, y me la presentó. Fue un amor a primera vista. La verdad es que no sé vivir si no la veo...

Camino hasta las 13:30 horas. Tras el almuerzo —pura ensalada— me refugio en el camarote e intento dormir un poco. Blanca se ha quedado en la planta nueve con doña Rogelia y *las Cubanas*. La de Gójar se ha traído un parchís. Mientras juega no habla de sí misma ni de su familia. Algo es algo.

Imposible conciliar el sueño. No sé qué me ocurre. Presiento algo, pero ignoro de qué se trata. Algo va a ocurrir...

Termino por sentarme de nuevo frente al portátil y escribo hasta las 18 horas. Voy por el folio 38. No está mal.

Aparece Blanca y se arregla para ir al teatro. A las 19 nos sentamos cerca del *jorobado de Notre-Dame*. El tipo sigue con su costumbre de tumbarse sobre cinco asientos. ¡Cuánto grillado!

Actúa un grupo llamado The Beatbox. Imita a los inimitables Beatles. Disfruto con *Penny Lane*, con *Imagine*, con *Help*... ¡Qué noche la de aquel día! Salimos reconfortados.

En la cena, Moli y este pecador hablamos de los Beatles. Discutimos. El anestesista dice que *Something* fue compuesta por Harrison. Yo dudo. En algo sí estamos de acuerdo: las letras de las canciones de los melenudos de Liverpool son una castaña; la música, en cambio, es celestial.

Doña Rogelia sigue con lo de su hija María. Moli y yo la ignoramos. Y canturreamos *Michelle*, *Yellow submarine* y *Yesterday*.

El menú ha sido excelente: sopa de verduras (en mi caso), pez espada a la plancha y sandía. Y todo bien regado con vino blanco.

Moli y yo tenemos el corazón dividido entre Lennon y McCartney. Pero reconocemos que ambos son sublimes e irrepetibles. Los camareros están desconcertados. Nunca habían oído cantar —tan horriblemente mal— las canciones de los Beatles.

De regreso al camarote, doña Rogelia sigue con la matraca sobre su madre, sobre su hermana y sobre su hija María. Sinceramente, huimos.

A las 23 horas, la mar está en su primer sueño. Las ocho mil estrellas visibles cantan muy bajito. Reconozco la canción: «¡Help!». ¿También ellas presienten algo?

16 de enero, jueves

Día soleado. El Atlántico sigue dormido. Hay algunas olas, pero remotas; como perdidas.

Interrumpo la escritura y a las 11:30 acudo al teatro, en el puente dos. Carlitos habla sobre «los portugueses en el océano Atlántico».

Lo sabía. A los cinco minutos quedo profundamente dormido.

Me despiertan unos tímidos aplausos.

A las 13 horas subimos a la cubierta nueve. En popa se abre un largo bar con una veintena de mesas. Atienden camareros filipinos y sudamericanos. El jefe es un negrazo de casi dos metros y peores pulgas. Decido llamarlo *Milla verde*. Allí coincidimos españoles, franceses y alemanes. Todos gritan más que todos. En una de las mesas nos reunimos Carlos y Ana (él cirujano maxilofacial y ella ingeniera de montes o algo así), Paloma y José Luis (farmacéutica y editor —creo— de Alfaguara), Toñi (*la Sueca*), Lourdes y Rafael (bióloga y cirujano) y Antonio (exinspector de Trabajo), entre otros. Hablan de mil asuntos. Yo me limito a observar.

—Acabamos de cruzar el trópico de Cáncer —apunta alguien. Nadie sabe quién es el tal Cáncer...

Por la tarde, tras escribir un par de horas, acudimos nuevamente al teatro. Hoy toca ópera.

Al salir del restaurante Albatros (22:30) pasamos por delante del casino. ¡Vaya! Allí está María, la tetrapléjica, en su silla de ruedas. Juega a la ruleta. Pensamos que se había curado, pero no...

Nuevo cambio de hora. A las tres de la madrugada serán las dos. Empiezo a estar un poco harto.

Me asomo al balcón y contemplo las ocho mil estrellas. La temperatura ha descendido. Los luceros lo acusan y tiemblan. Blanca se acoda en la barandilla, me observa de reojo y comenta:

—Tú tienes un gran secreto...

La miro, desconcertado. Y disimulo:

—No sé a qué te refieres.

La mujer sonríe, levanta la vista hacia la negrura y replica casi para sí:

—Sabes muy bien de qué hablo.

Quedé perplejo. ¿Cómo lo había adivinado?

Sí, tengo un gran secreto... Pero elegí el silencio. Besé primero a las estrellas. Después la besé a ella y me retiré.

17 de enero, viernes

Al subir a la planta nueve (8:30 de la mañana), con el propósito de desayunar, Blanca y este pecador descubrimos algo desconcertante: una mujer madura, toda ella vestida de verde

—¡y con bufanda del mismo color!—, se encuentra sentada frente a una mesa. Sobre el tablero aparecen dos ositos de peluche, también con sendas bufandas verdes. La señora les habla en un dulcísimo italiano. Y, con mimo, les da de comer cereales con leche. Introduce la cuchara en el cuenco y lleva el desayuno a las bocas de los ositos. Y así una y otra vez. Después, con paciencia franciscana, limpia los morritos de los peluches.

Creí que lo había visto todo, pero no...

Algo más allá, en una mesa individual, vemos a otro curioso personaje. Lo conocimos en el anterior crucero. Se trata de un suizo. Al parecer viaja solo. Pues bien, cada mañana busca la misma mesa y la siembra de banderas de aquellos países por los que navegará el barco. Una pequeña bola del mundo y una fotografía acompañan la colección de banderas. La foto —según me explicó— es de su madre, muerta. «De esta manera —aseguró— ella ve mundo.»

¡Dios de los cielos! ¿Dónde nos hemos metido?

Escribo en el camarote hasta las 12. Después camino.

El capitán proporciona información sobre la navegación. Su pequeño discurso, en italiano, es traducido al francés, alemán, español, inglés y portugués. Frase del día: «El mar, una vez que ejerce su hechizo, mantiene a uno en su red de maravillas para siempre» (Jacques Costeau). Rectifico las palabras de Alba: El mar es una mujer. Y, mientras camino, añado de mi cosecha: «No lo sabemos, pero la mar está encarcelada», «Ella —la mar— tiene los ojos azules», «Ella —la mar— es puro beneficio», «Ella —la mar— fue el primer habitante de la Tierra.» «Ella —la mar— se peina con silencios.»

A las 13 horas me uno a la tertulia, en el bar de la novena planta, en popa. La gente habla atropelladamente. No sé qué dicen sobre máscaras. Alguien me lo aclara: «Esta noche se celebra una fiesta de carnaval... Todo el mundo debe llevar una máscara... Será en el bar Mirabilis, en el nivel dos. Dudo que vaya.

Y, de repente, llega Encarna, la farmacéutica de Murcia. A pesar de sus setenta años tiene una figura escultural. Su simpatía es arrolladora. El día anterior —olvidé anotarlo en el cuaderno de bitácora— habíamos hablado.

—Juanjo —preguntó—, tú que tienes conexión con «ellos», ¿podrías decirles que me busquen un novio «clínex»?

—¿Qué es eso?

Me miró como si fuera un «E. T.». Y replicó:

—Un novio de usar y tirar...

Recuerdo que levanté la vista hacia el azul del cielo y le dije:

—Hecho.

Y pensé: «Y ahora, además, vidente».

Pues bien, Encarna, como digo, llega a mí y —muy emocionada— cuenta lo siguiente: ese viernes, 17 de enero, alguien ha dejado una nota en el buzón de su camarote. La citan para las 15 horas en el bar de la segunda planta (en lo que llamamos «la Bola»). Está perpleja y emocionadísima. Me sonríe y se aleja. Ya me contará... Me quedo de piedra. No sabía que «ellos» se ocupasen de esas minucias.

En la tertulia hablan de los personajes extraños que viajan en el *Costa Deliziosa*. ¡Vaya, qué casualidad! Pero, ¿desde cuándo creo en la casualidad?

Alguien ha visto a un franchute que viste —a diario— un pijama rojo. No se lo quita jamás.

Un alemán se planta cada mañana en la barandilla de estribor, en la novena planta, en popa, y contempla el horizonte marino durante horas, sin parpadear. Lo llaman *el Tótem*. Se coloca siempre junto al contenedor de la basura.

Hablan de *Botero*, una señora que, posiblemente supera los 200 kilos de peso. No habla. Jamás responde a ninguna pregunta.

El carnicero de Núremberg es otro tipo raro. Es catalán, tiene cincuenta carnicerías y sólo le preocupa bailar.

La Maléfica es una española —alta y esmirriada— que, según ella, «sólo viene al crucero a follar, a follar y a follar».

El Soviético es otro español enigmático. Viaja solo. Es alto como un ciprés y se dedica a espiar a las mujeres. Su única compañía es una gorra negra y soviética.

Sofía Loren es una veterana actriz italiana, bellísima y cordial. Viaja igualmente sola, con la única compañía de un bastón.

La lista es interminable.

Antes de la cena, Blanca me da otra sorpresa: ha contratado un crucero para el año 2022. Cuarenta días por el Caribe y la costa este de Estados Unidos. La veo ilusionada, pero, ¿estaremos vivos?

La noche ha llegado sin avisar...

18 de enero, sábado

Día nublado. Mar en calma. Los horizontes —mire hacia donde mire— son infinitos y perfectamente rectos. ¡Qué misterio! Nunca he visto un horizonte curvo.

Escribo sin tropiezos hasta las 12. Salgo a caminar y a pensar.

El capitán anuncia por la megafonía: «24 grados Celsius... La temperatura de la mar es ligeramente superior: 26 grados... Velocidad del barco: 19 nudos... Profundidad: 3 kilómetros, aproximadamente...». Frase del día: «La mar reza horizontes». Y añado de mi cosecha: «La mar rueda hacia ninguna parte», «Los glaciares son agua en levitación» y «He visto glaciares azules (a fuerza de silencio)».[1]

¡Vaya! Moli y doña Rogelia siguen con problemas en su camarote. Ahora es un potente ruido. Se presenta —únicamente— durante la noche. Protestan, pero no sirve de nada.

A las 13 horas, en la tertulia de la nueve, llega Encarna, la escultural murciana. Y aclara el misterio del novio «clínex». Se trataba de una invitación para participar en un vídeo publicitario del barco. Intuyo que mi prestigio como vidente está por los suelos...

A las 17 horas, Blanca acude al puente tres (Piano Bar). María Dolores Larroda —representante de los españoles— hablará sobre la próxima escala: Barbados y no sé qué más. Blanca la ha bautizado como *la monja*.

1. Frases extraídas de *1010 ideas (irreverentes)*... (Libro inédito de J. J. Benítez.). (N. del editor.)

Dedico parte de la tarde a planificar mi futuro profesional. Trazo esquemas y guiones. ¡Qué ridiculez! Si el futuro no existe, ¿por qué me preocupo de esto? Es que soy humano (todavía).

2020: escribir *Helena (con hache)*.

Mayo (2020): presentación de *El diario de Eliseo* en Colombia. Después, investigaciones en México (¿agosto?).

Corregir galeradas de *Mis primos* (segundo volumen de la serie ovni).

Septiembre (2020): escribir *In-posible* (quinto volumen de la serie ovni).

Diciembre: mudanza (?).

2021: escribir el sexto volumen sobre el fenómeno ovni. Título provisional: *Ovnis en la antigüedad*.

Entre julio y diciembre, séptimo volumen sobre el fenómeno ovni (sin título).

2022: escribir *21.000 vírgenes* (octavo libro sobre ovnis).

Entre julio y diciembre: transcribir *Rayo negro* (final de los «*Caballos*»). Desconozco cuándo se publicará.

2023: escribir *Oiz*. Blanca no quiere que me meta en esa investigación. Dice que es peligrosa. Veremos qué hago...

Me rindo. En estos momentos, el número de libros en proyecto supera los doscientos. El Maestro tenía razón: «No hagas planes más allá de tu sombra». No sirve de nada. Pero, como digo, soy humano. No puedo remediarlo.

En la cena, Cristina —una de *las Cubanas*— me habla de su hermano, muerto en Santiago de Chile. Dice haberlo visto en sueños. Quedamos para mañana. El restaurante Albatros no es el lugar adecuado para conversar sobre ese delicado asunto.

Doña Rogelia toma el mando de las conversaciones y bate su propio récord: dos horas hablando de su familia y de sí misma. Moli y yo intercambiamos significativas miradas de complicidad. Lo sé: es muy *jartible*. Queda bautizada como *la Jartible*.

Nuevo cambio de hora. Las estrellas juegan al ping-pong con el tiempo. Son listas...

19 de enero, domingo

El día promete calor. Nubes altas y 26 grados Celsius.

Escribo con ánimo, pero, de pronto, el ordenador me hace una pifia. ¡Maldita sea! ¡El folio 54 de *Helena (con hache)* ha desaparecido! No sé qué hacer ni cómo buscarlo... ¡Cómo echo de menos mis olivettis!

Renuncio y busco la cubierta diez. Camino y pienso. La mar está inexplicablemente serena. ¡Se ha quedado sin olas!

A las doce en punto, mi «pariente», el capitán Nicolò Alba, habla de las millas recorridas, de temperaturas y de la hora prevista para el arribo a Barbados. Finalmente suelta la frase del día: «Nunca disfrutarás del mundo, hasta que el mar fluya por tus venas, el cielo te cubra y las estrellas te coronen». Me parece flojita... Y recuerdo *1010 ideas (irreverentes)*... En ese libro —inédito— también se habla de la mar y del agua. «El granizo —se dice en *1010*— es una penitencia (se mire como se mire)». Otra: «La luna tira de la mar (inútilmente)». Otra: «La luna riela, sobre todo, en la memoria». Otra: «No importa que la mar le susurre; la luna no bajará».

A las 13 horas quedo con Cristina, la mapuche. Hablamos en la cubierta nueve. Le pido que cuente su experiencia con el hermano muerto.

—Manuel Eduardo Duarte —explica— falleció el 23 de marzo del 2010. Tenía sesenta y un años.

—¿Dónde murió?

—En Santiago de Chile. Tenía un cáncer de pulmón. La verdad es que lo pasé muy mal. Lloraba y lloraba. No lograba superarlo. Mi relación con él era excelente. Pues bien, dos años más tarde tuve un sueño. Fue asombroso. Yo me encontraba en mi casa, en Talagante, a 45 kilómetros de Santiago. Lo vi acodado en una baranda, en lo alto.

—No entiendo...

—Estaba de pie, como en el aire y acodado en una especie de balcón. Lo vi muy contento y rejuvenecido.

Ese dato era interesante e insistí.

—Su aspecto —aclaró la chilena— era el de un hombre sano. Y me dijo: «Negrita —así me llamaba—, no llores más. Estoy bien. Estoy tranquilo y contento. Cuídate. Tú amas a mis hijos y a Pili».

Pili es su cuñada, la otra *Cubana*.

—Entonces desperté —prosiguió Cristina—. ¡Fue un sueño tan real!

—¿Qué ropa vestía?

—Andaba con pantalón corto, de color beige, una camisa de manga corta —blanca— y cinturón café.

—¿Tenía canas?

—No. Pero, al morir, sí las tenía...

—¿Qué fue lo que más te impresionó?

—Estaba feliz. Tras detectarle el cáncer pasó siete meses muy duros. En el sueño, sin embargo, se le veía radiante.

—¿Piensas que tu hermano sigue vivo?

La mapuche no supo qué decir. Yo hablé por ella:

—He investigado mucho sobre este asunto. Empecé en 1968. Tengo miles de casos en los que las personas fallecidas hablan y se comunican con sus amigos y familiares. Puedo decirte, sin la menor duda, que tu hermano está vivo. En otro lugar, por supuesto, y con un cuerpo físico.

A Cristina se le humedecieron los ojos. Y resumí:

—Estoy seguro al 150 por ciento.

En el almuerzo, Moli ofrece las últimas novedades: el nuevo camarote, ofrecido por la compañía, se encuentra bajo la discoteca. Imposible dormir. Costa ha prometido arreglarlo en Barbados. Empiezo a pensar que hay un gafe en el grupo...

La Jartible no dice una palabra en toda la comida. Nos preguntamos si está enferma.

A las 18 horas llega Moli al camarote e intenta arreglar el ordenador. No hay forma.

Camino del teatro —hoy actúa el dúo Moonlight, que interpretará bandas sonoras de películas famosas— coincidimos con María, la tetrapléjica, y Ángel, su marido. La gallega —dulcísima— cuenta que la han operado de un tumor en el cerebro. Tiene cuarenta años. Ya está mejor. Olvidamos el teatro y me siento al lado de la muchacha. Hablamos. Y surge un tema inevitable: la «ley del contrato». Le explico y María escucha respetuosa pero escéptica. Lo comprendo. La «ley del contrato» —según mis informaciones— es obligatoria para los que nacen en este mundo; mejor dicho, para casi todos... Si fuera cierto (está por ver), el «contrato» sería elegido antes de nacer. Elegimos la vida que deseamos vivir, hasta en sus más pequeños detalles: familia, época, trabajo, enfermedades e, incluso, el momento y la forma de morir. Tras aceptarlo se procede al nacimiento. Una vez en la Tierra, el «contrato» es borrado de nuestra mente. Es la forma de no descafeinar la aventura. Eso es la vida: una aventura. Vivimos para experimentar; no para aprender.

María pregunta, con razón:

—¿Y yo elegí que me aplastara un hórreo cuando era una niña?

Le digo que sí, aunque ahora no lo comprenda.

—En el «otro lado» —añado— hay razones que la razón no entiende.

—¿Tú has estado en el «otro lado»?

Ahí termina la charla. Blanca me reclama para la cena. María, a mi entender, es una heroína. Para elegir un «contrato» como el suyo hace falta valor. Mucho valor...

20 de enero, lunes

Atracamos a las ocho de la mañana. El calor (30 ºC) y la humedad son importantes.

Barbados es selva, negros y bancos.

Descendemos del barco a las once. La policía del *Costa Deliziosa* —casi todos filipinos e hindúes— controla a cada pasajero. Un láser lee el código de barras de las tarjetas. En el *Diario di Bordo* se advierte: «El barco zarpa a las 18 horas, rumbo a Cristóbal, en Panamá. Todos a bordo a las 17:30».

La compañía ofrece múltiples excursiones: en tren hasta la abadía de San Nicolás, playas, tour panorámico de la isla, aventura en jeep o catamarán, safari (a no se sabe dónde), inmersión en un submarino (?) de cristal, baño con tortugas y «encuentro con los simios verdes». El grupo no se fía del submarino, y mucho menos de los monos verdes, y decide callejear por la ciudad. A Moli, doña Rogelia, *las Cubanas* y nosotros se ha unido un matrimonio de Motril (Granada. España). Lo conocimos en un crucero anterior, por Islandia. A él lo llamaré *Troisbon* o, mejor, para simplificar, *Trebon*. Decido colgarle este alias porque, cada poco, exclama: «Bueno, bueno, bueno». Ella es Marisa.

Barbados, como digo, tiene poco que ver: casas de colores, piratas (es decir, bancos), joyerías carísimas, una réplica del Big Ben londinense, la obligada estatua de Nelson, mercadillos para negros y para blancos y mucha luz.

Tomamos una cerveza y regresamos al barco a las 14 horas.

A las 18 subimos a la cubierta nueve y vemos zarpar al barco. Andrea Bocelli canta *Partiré*.

Moli baja con nosotros al camarote e intenta averiguar qué demonios le ocurre al ordenador.

Malas noticias: ¡se han perdido veinte folios de *Helena (con hache)*!

Moli busca y rastrea. Es inútil. Esos veinte folios se los ha tragado el maldito portátil.

Termino discutiendo con Blanca. El ordenador es suyo. Le echo la culpa de no se sabe qué. ¡Seré idiota!

Me niego a bajar a la cena. Ella se va sola.

Ceno una manzana y pienso: ¿puedo recuperar esos veinte folios? No lo creo. Menos mal que conservo los «gd's». Pero ¡qué tristeza!: los guiones diarios eran una simple percha. El resto era *jazz* (pura improvisación). Eso es irrecuperable.

Me asomo a las estrellas de Barbados. Se ríen de mí. En esos momentos vuelvo a escuchar el susurro de la «chispa»:

—Sé amable con ella... De lo contrario, te arrepentirás.

21 de enero, martes

He dormido a ratos. La voz del Padre Azul me ha dejado inquieto. ¿Qué quiso decir? Lo descubriría tres meses después... Ojalá prestáramos atención a esa «voz» susurrante...

Me olvido del ordenador. No quiero volver a verlo. Saco uno de los cuadernos y escribo a mano. Prosigo *Helena (con hache)* como si nada hubiera ocurrido. Miento: me come la rabia. ¡He perdido veinte folios!

Blanca sale de la ducha y solicita perdón por los gritos y la bronca de ayer. La abrazo. Todo olvidado. Esta mujer es nobleza pura y dura. No me la merezco (merezco dos de cuarenta).

Mientras la abrazo regresa la voz de la «chispa»:

—Acepta sus disculpas... Te conviene.

Blanca pregunta si la quiero. Le digo que sí, y añado:

—Por tu dinero...

La hago reír. Es lo importante.

A las doce subo a la cubierta diez y camino una hora.

El capitán suelta otra frase (flojita): «No pases tu vida construyendo un barco si no has probado el sabor de la sal marina». Yo dispongo de frases mejores: «En el fondo-fondo, la mar está sola (como yo)», «Lo sé: la mar acarició sus muslos mucho antes que yo», «Lo sé: la mar camina sin pies», «Lo sé: ella iluminaba a la mar con su mirada», «Lo sé: la mar resbalaba en su cuerpo, feliz. Y yo me moría de celos».

Marisa —la de Motril— me cuenta otro caso de «resucitados». La protagonista fue su madre.

—Me encontraba en la cocina, llorando. Hacía dos días que había fallecido. Miré por la ventana —explica— y la vi flotando en el cielo azul, a cosa de 20 metros... Parecía muy joven... Vestía un traje de lunares, por debajo de las rodillas... Tomaba el vestido con la mano derecha, bailaba y hacía reverencias... Tenía los labios rojos, maquillados... Aparentaba unos dieciocho años... Imagínate: ella murió a los ochenta... Después desapareció.

Nuevo cambio de hora. El Tiempo golpea el cristal del balcón del camarote. Me asomo y nos sentamos juntos. Le hago muchas preguntas.[1] Parece un niño. Y Él responde.

1. Recuerdo lo siguiente: «¿Te mueves o son habladurías? ¿Eres un paisaje que no vemos? ¿Dónde vivías antes del *big bang*? ¿Estás tan bien dotado como tu padre, el Espacio? ¿Puedes soportar el frío absoluto? ¿Existe un "no tiempo" en el que el espacio no tiene hijos? ¿Existe un "no espacio"? La flecha del Tiempo puede señalar el futuro, pero no necesariamente se mueve hacia el futuro. Es la mente la que ha creado el mañana y el ayer (por conveniencia). Señalar o desear una dirección no significa que nos movamos en esa dirección. Te contaré un secreto: el Espacio sin Tiempo es el perímetro de la Nada. ¿Qué parte de un virus está fuera del Tiempo? En el firmamento, ¿el Tiempo vive arriba o abajo? ¿El Tiempo es otro usuario del año luz? ¿Es el Tiempo invisible o somos nosotros los que estamos ciegos? ¿Por qué corremos detrás del Tiempo? ¿O no corremos? Que los segundos se desplomen no quiere decir que el Tiempo se desplome. Que los minutos se sucedan no significa que el Tiempo se mueva. El hombre, algún día, se arrepentirá de haber asociado el Tiempo con los relojes. Nacer al Tiempo es una oportunidad única (pero no lo recordamos). El toque de una campana es el Tiempo (que habla). Los años luz sólo son puentes lejanos. La memoria sí habla el idioma del Tiempo. ¿Y qué sucede con los que no recuerdan? ¿A qué clase de Tiempo obedecen? ¿Somos prisioneros del Tiempo o el Tiempo es nuestro prisionero? ¿Recordar es sacar agua del pozo del Tiempo? Quién sabe... "Eternamente tuyo" es una contradicción (seré tuyo cuando no exista el Tiempo). La eternidad dispone de todos los ahora (ahora). Eterno y siempre no son lo mismo. De los epitafios nos arrepentimos nada más morir. Si fuera santo (perfecto) recordaría el futuro. Hay algo más importante que el Premio Nobel: saber que he nacido al Tiempo y que seguiré vivo cuando lo abandone. Si todo está ahí, ¿por qué no puedo vivir dos presentes al mismo tiempo? El que muere deja de tener futuro (¿o es todo lo contrario?). Basta sentarse a pensar en el Tiempo para que éste salga huyendo. Es nuestro cerebro quien "traduce" el Tiempo. En realidad —bien mirado— todo es pasado; sobre todo nosotros. Somos nosotros quienes creemos darle cuerda al Tiempo. ¿Qué sucede en Saturno, ahora? ¿Existe un ahora universal? Algunos aseguran que el futuro existe, pero, ¿lo ha visto alguien? La gravedad no se lleva bien con el Tiempo. ¿Por qué? Algunos sueñan con el futuro, pero todos vivimos en el presente. ¿Cómo es la gravedad en el "no tiempo"? Lo terrible del Paraíso es que no hay forma de perder el Tiempo. ¿Qué pasa si dejo caer el Tiempo en un agujero negro? Tiempo y Destino: ¿quién está sujeto a quién? ¿Es el Tiempo una criatura exótica para Dios? Algo me dice que el Tiempo se halla en peligro de extinción. ¿Lleva el Tiempo una contabilidad "B"? ¿Es el Tiempo otro reflejo dimensional del Padre Azul? ¿Se ha aventurado el Tiempo, alguna vez, en la Nada? ¿Y qué hace Dios con el Tiempo consumido? ¿Lo recicla? ¿Por qué Dios prefiere el "no tiempo"? De no haber inventado el Tiempo, ¿qué se le habría ocurrido a Dios? ¿Es el Tiempo lo último que me ha sucedido? Si el Tiempo es un estremecimiento del Espacio, ¿qué soy yo que vivo en ambos?

22 de enero, miércoles

Sigue la navegación por el Caribe. A lo lejos, por la izquierda (nunca sé si es babor o estribor), se adivina la costa de Venezuela.

Si procedo de la voluntad divina, ¿cómo era yo en el "no tiempo"? Si sólo existe el ahora, ¿por qué dicen que los hombres cambian? Nacer al Tiempo significa perder la Luz (temporalmente). Me parece que el Tiempo refresca los pies de Dios. La realidad huye en cada instante. No es cierto que ahora sea presente (ése ahora ya se fue). Nos relevamos a nosotros mismos en cada ahora. No sé por qué, pero a Dios le encanta echar a rodar el Tiempo. Un "cuanto" es una forma frívola de medir un puñado de ahoras. Si elevo lo instantáneo a la enésima potencia, ¿encontraré a Dios? ¿Por qué el Tiempo se lleva tan mal con el cero? Si Dios no es Tiempo, ¿por qué lo fabrica? Si Dios sólo crea lo bueno, ¿qué tiene de bueno el Tiempo? Y me pregunto: si los universos fueran finitos, ¿el Tiempo y la Luz tendrían los días contados? El Tiempo que intuimos es sólo la punta del iceberg del "no tiempo". Si yo me negara a percibir el Tiempo, ¿dejaría de existir? El "no tiempo" podría ser el bisabuelo del Tiempo. ¿Es el Tiempo el hijo pródigo del Espacio? ¿Fue el Espacio sin Tiempo una singularidad que se extinguió? ¿Por qué los terroristas no dinamitan el Tiempo? A veces me gusta nadar en el Tiempo. La eternidad es el final del camino del Tiempo. No sé si la conciencia va de la mano del Tiempo o si éste va de la mano de la conciencia. Al Tiempo le encanta el "no": es implacable, inexorable, ineluctable, indolente, ineludible, inescrutable, imparable, indiferente, imprevisible e incómodo (entre otros *in*). Me pregunto cuántas caras tiene el Tiempo. Y el Tiempo susurró: "Cuanto más pienses en mí, más despacio caminaré a tu lado". Nos equivocamos de imagen: la muerte no se presenta con una guadaña en las manos. La guadaña, en realidad, es Tiempo. Nacer al Tiempo es olvidar —voluntariamente— que somos Dioses. Es interesante nacer, pero es más prometedor "desnacer". La toma de conciencia es una escalera cuyos peldaños son Tiempo. Dios no necesita Tiempo (escaleras) porque tiene conciencia de todo. ¿Son los ángeles hijos ilegítimos del Tiempo? ¿Dispone el Tiempo de su propia gravedad? Si la inteligencia refleja a Dios, ¿a quién refleja el Tiempo? La prisa no tiene nada que ver con el Tiempo. Los que dicen no tener Tiempo no saben de qué hablan. "Siempre" es un término que asusta porque no es cierto. ¿Por qué no le temo al Espacio y sí al Tiempo? Para el Espacio no hay eternidad. ¡Qué más quisiera Él! Hasta que llegó Einstein, el Tiempo se reía del mundo. Obviamente, alcanzar a Dios no es un problema de Tiempo. Para el niño hay muchos Tiempos; para el anciano casi ninguno. Somos nosotros quienes cubrimos a la eternidad con un velo de misterio. Es el hombre quien la emparenta con el Tiempo cuando, en realidad, ni siquiera se conocen. En el amor, cada ahora es eterno. Si el Tiempo me guiña un ojo, ¿qué pasa? Dios inventó el Tiempo porque nos conoce. El hombre mide el Tiempo con un reloj; la mujer lo hace con el corazón».

Hoy ha sucedido algo extraño... No sé si debo registrarlo en este diario. Me he propuesto caminar un poco más: de once y media de la mañana a la una. Pues bien, cuando me encontraba en el nivel tres (esta planta aparece más resguardada del sol y del viento) me he cruzado con Pili, *la Cubana*. Sonreímos y proseguimos la marcha. En la siguiente vuelta, ella me para. Y me muestra el horizonte marino.

—He visto ballenas —asegura.

No veo nada. Sólo la espuma de las olas, tímida y perezosa. *La Cubana* me acaricia con la mirada. Presiento algo y escapo.

A partir de ese momento cambio de planes. Volveré a caminar a las doce.

Nicolò Alba, el capitán, anuncia que estamos cerca de Cristóbal, en Panamá. La frase del día —de William James— no es mala: «Somos como islas en el mar, separadas en la superficie, pero conectadas en lo profundo». Y añado de mi cosecha: «La mar nos custodia, nos alimenta y nos observa», «Cuando llega a Barbate, la mar me besa (como la primera vez)», «La mar no ha sido comprendida (por eso la ensuciamos)», «Del agua procede la vida (pensemos lo que pensemos)», «La piel de la mar es pura sensualidad.»

El día transcurre con normalidad. Escribo y leo en el camarote. Blanca está en la novena planta, jugando al parchís con doña Rogelia y el resto de las mujeres.

A las 17 horas veo un rato de televisión. De pronto, el presentador ofrece una noticia que me golpea. Habla de China. No sé en qué ciudad ha aparecido un virus... Es mortal —asegura—. Se transmite por vía aérea. Lo llama «coronavirus» o algo así. La tele dice «que el contagio se produce de persona a persona y a través de la tos y los estornudos». El virus se instala en los pulmones y mata. El periodo de incubación oscila entre cinco y siete días. Síntomas: fiebre, tos seca, náuseas, vómitos, dolor muscular y dificultades para respirar. Al principio parece una simple gripe.

Y la «chispa» me sale al paso:

—¡Atención, peligro!

Quedo pensativo. No sé por qué (en realidad sí lo sé) me vienen a la mente unas imágenes: militares gringos manipulando tubos y probetas en un laboratorio secreto... Una idea llega clara y demoledora: el coronavirus es artificial. Alguien lo ha creado y lo ha «sembrado».

«Pero —me digo—, ¿por qué soy tan paranoico? Las noticias hablan de un virus, como tantos...»

Es inútil. No consigo librarme de la idea y de la visión de los militares de EE. UU. en aquel laboratorio. En realidad no sería la primera vez que fabrican virus diabólicos. Ya lo intentaron —y lo lograron— con el sida (33 millones de muertos, hasta hoy), con el ébola, con las «vacas locas», con la gripe aviar e, incluso, con mantas contaminadas de viruela (entregadas por los militares a los pieles rojas en el siglo xix).

Intento alejarme de la súbita información, pero la mente se niega. Sé que la «chispa» y la bella intuición nunca se equivocan. Permaneceré atento.

En el restaurante Albatros (segunda cubierta) acceden a cambiarnos de mesa. Doña Rogelia sugiere que cenemos en la compañía de Marisa y *Trebon*, el matrimonio de Motril. Vamos a parar a la 63. No nos gusta el cambio. Estamos en un rincón y con camareros que no hablan inglés. Solicitaremos otro cambio.

Necesito respirar. La «visión» de los militares gringos y, sobre todo, la advertencia del Padre Azul, me tienen confundido. ¿Han puesto en marcha otra pandemia? ¡Malditos! Pero debo serenarme. Quizá esté en un error... Las estrellas se asoman a la noche y gritan que no. Guardaré silencio, de momento.

23 de enero, jueves

Noche épica. No he dormido. Los recuerdos se empujan unos a otros y me atropellan. Me levanto y, a oscuras, busco el balcón. La noche está serena. La mar gime en alguna parte. Y subo al desván de la memoria...

Sucedió en 2011. ¿O fue antes? Poco importa. La cuestión es que recibí aquellas horribles informaciones. Recuerdo algunas:

«En 2020, la flecha será arrojada sobre la multitud.»

«Y caerán ricos y pobres.»

«Los muertos se contarán por cientos de miles (hasta 2024).»

«Será un ensayo general... ¡para Gog!»

Y mis «confidentes» prosiguieron:

«Una gran roca se aproxima a la Tierra... La llaman Gog... Tiene 11 kilómetros de longitud (superior al monte Everest)... No será visible hasta que esté prácticamente encima... Al entrar en la atmósfera se incendiará y eso la hará visible... Gog penetrará en la atmósfera terrestre a una velocidad mínima de 16 kilómetros por segundo... El aire no tendrá tiempo de apartarse y quedará comprimido bajo Gog... Ese aire se calentará velozmente y podrá alcanzar temperaturas de 10.000 grados Celsius (superior a la de la superficie del sol)... Tras penetrar en la atmósfera, Gog necesitará del orden de un segundo para chocar con la tierra o con la mar... Estallará y miles de kilómetros cúbicos de rocas, gases y tierra arrasarán una zona de 500 kilómetros de radio (como poco)... Las criaturas que no resulten volatilizadas por el calor serán destruidas por la gigantesca explosión (equivalente a millones de bombas atómicas)... La onda de choque se propagará casi a la velocidad de la luz... La explosión provocará también un destello cegador (como jamás haya visto el ser humano)... Y una pared negra se levantará hasta los cielos y rodará en todas direcciones, arrasando y matando... En 2.000 kilómetros a la redonda, todo quedará aplastado e incendiado... Una ventisca de rocas cubrirá esos 2.000 kilómetros, destrozando cuanto pille a su paso... El peso del asteroide ha sido estimado en 50.000 millones de toneladas... El impacto (si se produce en la mar) ocasionará un cráter de 200 a 300 kilómetros de diámetro por 50 o 60 de profundidad... El impacto se registrará a 326 kilómetros al noreste de las islas Bermudas, en el océano Atlántico (en pleno Caribe)... Coordenadas: 34 grados 12 minutos y 3 segundos norte y 61 grados 25 minutos y 15 segundos oeste».

Curioso. La suma de los dígitos de las coordenadas arroja el número 42. En kábala, «42» equivale a «terror, espanto, destrucción, temblar y mundo».

Y sigue la información confidencial:

«... Teniendo en cuenta que la corteza terrestre alcanza entre 5 y 10 kilómetros de espesor bajo los mares, el impacto afectará también al magma, que será eyectado por las antípodas... Gog provocará igualmente una cadena de terremotos de consecuencias impredecibles... Al mismo tiempo aparecerán los tsunamis, con olas que oscilarán entre 500 y 1.000 metros de altura... Numerosas costas y naciones quedarán bajo las aguas... En 24 horas, el número de muertos oscilará alrededor de 1.200 millones... Cientos de volcanes —en erupción— lanzarán a la atmósfera miles (quizá millones) de kilómetros cúbicos de ceniza, rocas ardientes y lava... En una hora, el planeta quedará cubierto por la ceniza y los materiales piroclásticos... La Tierra arderá (literalmente)... La altura del polvo volcánico oscilará entre 11 y 30 kilómetros... La Tierra se verá cubierta por miles de teragramos de humo (un teragramo equivale a un millón de toneladas métricas)... El humo de hollín negro absorberá la luz solar, se calentará y ascenderá a la estratosfera... Y se producirá la oscuridad... Una oscuridad total que podría prolongarse durante nueve años... Las temperaturas descenderán sensiblemente, pudiendo alcanzar 15 y 20 grados bajo cero... En la ionosfera se registrarán graves perturbaciones que, a su vez, provocarán el caos en las comunicaciones... Nada funcionará correctamente... En realidad, nada funcionará (empezando por la electricidad, el gas o los teléfonos móviles)... Nadie sabrá qué sucede... Las oscilaciones del magma alterarán el campo magnético de la Tierra que, como es sabido, protege la vida contra los rayos cósmicos... Los citados rayos alcanzarán el ADN, destruyéndolo... La radiación ultravioleta aumentará, provocando quemaduras en la piel y ceguera... La disminución de la luz solar afectará también a la función clorofílica, reduciendo o eliminando la producción agrícola... Se registrarán dilatados periodos de sequía y, consecuentemente, aparecerá la hambruna... Al desaparecer la agricultura, la ganadería quedará condenada... La falta de alimentos y el frío provocarán enormes migraciones (especialmente de norte a sur)... Los estados desaparecerán como tales e imperará la ley del más fuerte... Será el caos, la violencia y la destrucción... La comida y el combustible serán vitales... La población que logre refugiarse en búnkeres podrá sobrevivir, siempre y cuando disponga de alimentos y agua... ¿Soluciones?: muy pocas... Si Gog fuera detectado con tiempo (asunto complejo) podría intentarse la destrucción de la gran roca mediante el disparo de misiles nucleares... El problema es que —al destruirlo— Gog terminaría convertido en un rosario de rocas que caerían igualmente sobre la Tierra... Posible fecha de la catástrofe: agosto del año 2027».

En aquellos momentos quedé tan desconcertado con estas informaciones que terminé acudiendo a mi notario —José María Florit—, en Sevilla (España). Y rogué que levantara acta de lo que sabía sobre la gran catástrofe amarilla y Gog. Así lo hizo. Era el 13 de septiembre de 2011. Número de protocolo: 1.730.[1] Las imágenes de la visita a Florit aparecen en mi página web: www.jjbenitez.com (ver la sección «Inédito y muy personal»).

Recuerdo que di la orden de abrir el documento notarial en octubre de 2020. Pero he cambiado de opinión: la citada acta notarial no será abierta al público.

José María Florit —notario de Sevilla— mostrando el documento. (Foto: Blanca.)

1. El número «1.730», en kábala, tiene el mismo valor numérico que la palabra «triturar» (!). (N. del autor.)

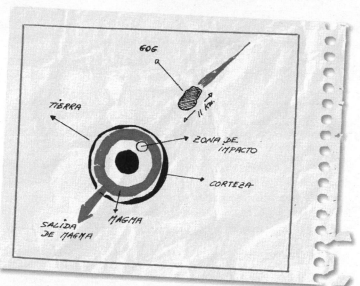

Las cenizas y los aerosoles de azufre (SO_2 en reacción con los iones OH de las moléculas de agua) pueden evitar la llegada de la radiación solar y, en consecuencia, provocar la caída de las temperaturas. (Cuaderno de campo de J. J. Benítez.)

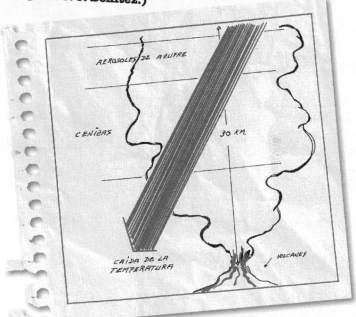

Gog provocaría una erupción volcánica en cadena. Sólo en el arco de Indonesia se activarían 150 volcanes. (Cuaderno de campo de J. J. Benítez.)

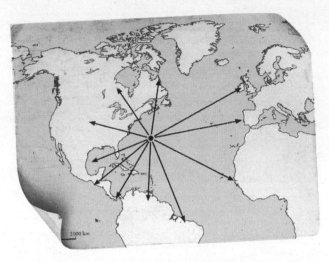

Posibles áreas afectadas por los tsunamis.

**En el círculo,
posible zona
del impacto de
Gog, al este de
las Bermudas.**

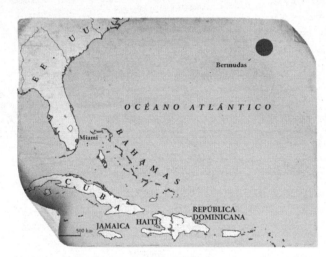

Como digo, guardé silencio sobre lo que sabía. En realidad, parte de la información fue publicada en el otoño de 2018. El libro se llama *Gog*. No tuvo mucho éxito (afortunadamente).

Paso las primeras horas de la mañana prácticamente pegado al televisor del camarote. Llegan algunas noticias —pocas— y confusas. Dicen —si no he entendido mal— «que el coronavirus tiene un número básico de reproducción (R_0) de 2,2». Es decir, el número de personas infectadas por cada individuo que contrae el virus. La cifra es comparable a la del virus de la gripe.

El locutor insiste: «Un R_0 de 2,2 puede provocar una pandemia, pero de baja intensidad. Los virus del sarampión y de la tos ferina, por ejemplo, tienen un R_0 de 15».

Desayunamos y bajamos a tierra. Cristóbal Colón es un puerto y una ciudad de juguete. Son las diez y media de la mañana. El barco zarpará hacia Manta, en Ecuador, a las seis de la madrugada.

La compañía ofrece múltiples excursiones: tour por el canal de Panamá en ferry, crucero por el lago Gatún y visita a las esclusas de Agua Clara, viajes en tren, jornada con los indígenas emberá, visita a la isla de los monos, excursión al Panamá colonial y esclusas de Miraflores y, naturalmente, compras y compras.

Me dejo llevar por lo que decide la mayoría. Al grupo de siempre se ha unido José, un muchacho que viaja solo. Fue relojero en Suiza. Es atento y silencioso. Moli y el resto deciden alquilar una furgoneta y viajar a la ciudad de Panamá. Pagamos 27 dólares por persona. Duración del viaje: una hora y media. El chófer y guía —Emir Minott— parece amable y competente.

Hacemos el viaje en silencio. Nadie habla del coronavirus. A nadie parece importarle el asunto. Es más: creo que ninguno sigue las noticias... ¡Bendita inocencia!

Paseo por la zona colonial. Doña Rogelia aprovecha la mínima para hablarnos de su hija María.

Almuerzo típico: buen pescado y plátanos fritos con arroz.

Trebon —que formó parte de la policía secreta de Franco— pregunta por la situación política del país. Emir explica que todo está bien. El canal es lo único que importa. «Da mucha plata», aclara innecesariamente.

Yo sigo cocinando ideas: «¿Es el coronavirus la gran catástrofe amarilla? No cabe duda... Pero esto sólo es el principio... ¡Dios bendito!».

Regresamos a las 17 horas. Escribo a mano en el camarote, pero mi mente está en otra parte.

Paseamos antes de la cena. Observo al pasaje. La gente sólo quiere divertirse. Los bares están abarrotados. Los franceses ríen y gritan y los alemanes gritan por encima de los franchutes. Brindan y bailan. Algunas señoritas —empleadas de la compañía— sacan a bailar a los viejos. El vino y la cerveza corren por la cubierta nueve, por la dos y por la tres. Todo son buenas caras. La compañía ha instalado varios mercadillos en el puente dos, cerca de «la Bola». Veo relojes, joyas, tabaco, güisqui, colonias, sombreros de Panamá y ropa. Puedes comprar licor, pero la compañía lo guarda hasta el momento del desembarco. Como dicen los catalanes, «la pela es la pela». De esta forma tienes que consumir en los bares. Esto es una mafia...

24 de enero, viernes

Es un espectáculo grandioso. El barco navega por el canal de Panamá. Ha iniciado la travesía a las 07 horas. Nos adentramos —rumbo sur— en la primera parte, hasta las esclusas de Gatún. Un total de tres esclusas impresionantes elevan las 92.000 toneladas del *Costa Deliziosa* a 25,9 metros (hasta el nivel del lago Gatún). Las locomotoras eléctricas (las llaman *mulius*) arrastran la nave suavemente. La gente se asoma a las orillas para ver el buque. Es más: hay hoteles, en el filo del canal, alquilados a los que quieren ver pasar los barcos. En el *Diario di Bordo* se cuenta la historia de la construcción del canal. Fueron los españoles —en 1515— quienes tuvieron la idea de abrir una vía fluvial en el istmo de Panamá. Pero no había medios para hacerlo. En 1881, el famoso Lesseps empezó los trabajos. Pero la compañía francesa quebró. En 1894 se intentó de nuevo. La malaria y otras epidemias terminaron con las vidas de 20.000 trabajadores. Y las obras se suspendieron. En 1904, Estados Unidos compró los terrenos por los que ahora fluye el canal y atacó las obras. En diez años terminaron los trabajos. El 15 de agosto de 1914, el barco *SS. Ancon* inauguró el canal. Normalmente, los buques necesitan once horas para pasar del Atlántico al océano Pacífico. El «peaje» depende del tonelaje del barco.

Sigo las noticias de la televisión con inquietud. Ahora aseguran que «el origen del coronavirus es un murciélago». Alguien se lo comió en la ciudad china de Wuhan y se infectó. No creo una sola palabra...

Aceptan la petición y vuelven a cambiarnos de mesa a la hora de cenar. Nos trasladamos a la 30. Los camareros —sobre todo María y Lacman— se alegran. Les hemos tomado cariño.

«Sopa de verduras, pez espada y sandía», canta Lacman. Se lo sabe de memoria. Sonríe y me sirve una generosa copa de vino blanco. Mi mente sigue lejos...

No recuerdo quién saca la conversación —creo que fue Marisa— pero, de pronto, nos vemos envueltos en plena rebelión de Lucifer. La charla se anima. *Trebon* me mira, silencioso. Sabe que escribí un libro sobre dicho «negocio». Y explico que —en mi opinión— lo narrado por la religión es un disparate.

—Luzbel —expongo— sólo hizo preguntas. No quiso ser como Dios...

Me miran, desconcertados. Y Moli susurra a *Trebon*:

—Está loco...

No me gusta la broma. Pero guardo silencio. Y alguien pregunta:

—¿Quién era realmente Lucifer?

—Tengo entendido que un príncipe, un ser perfecto. Por eso, precisamente, no tiene sentido que quisiera ser como Dios.

—Entonces...

—Según mis noticias —respondo a Cristina—, Luzbel planteó una pregunta: ¿por qué el camino del hombre hasta el Paraíso es tan largo? Y, por lo visto, la pregunta y la actitud del príncipe no gustaron a la Divinidad. La historia es más compleja, pero, si queréis más información, consultad *La rebelión de Lucifer*. Ahí está todo lo que sé.

—¿Estás insinuando que en el cielo no hay democracia?

La pregunta de *Trebon* llevaba dinamita. Fui sincero:

—No insinúo: afirmo.

—Bueno, bueno, bueno... —replicó *Trebon* con una media sonrisa—. Eso me *gusta*.

Doña Rogelia trató de medrar:

—Pues mi hija María dice...

Pili, *la Cubana*, le segó la hierba bajo los pies. Todos respiramos, aliviados:

—Según tú, ¿quién manda en el cielo?

—El número Uno, también llamado Padre Azul. El resto obedece.

Cristina no se mordió la lengua:

—¿Dios es como Pinochet?

En la mesa sonó una carcajada múltiple.

—No exactamente —repliqué—. A Dios no le gustan los fusilamientos. Cuando pases al «otro lado» lo comprenderás.

—Pero, ¿qué fue la rebelión? —interviene Marisa.

—Lo he explicado. El príncipe planteó algunas preguntas y una serie de mundos se puso del lado de Luzbel. Más o menos cuarenta planetas. O sea: nada. No olvidéis que la Vía Láctea, nuestra galaxia, reúne más de cien mil millones de soles con sus cortejos planetarios.

—¿Y qué pasó? —intervino Pili, *la Cubana*—. ¿Qué ocurrió con esos cuarenta mundos?

—Fueron aislados. Y así siguen. Uno de esos planetas es la Tierra.

A las 22:30 abandonamos el comedor y la animada tertulia. Mi mente sigue lejos. Sólo la «chispa» y las estrellas lo saben.

25 de enero, sábado

Entramos en el Pacífico con la madrugada. La mar observa con indiferencia. Casi no hace olas.

He dormido algo. Me siento agotado.

La gente sigue a lo suyo: yoga; gimnasia postural («entrénate —dice la publicidad de la compañía— para lograr una postura sana y correcta»). ¡Y qué coño es eso!; *aquagym* («diversión dentro del agua»); visita guiada al *spa* (¡); *fitness* (ejercicios para ayudar a tonificar las piernas y los glúteos); *quiz time* (concurso cultural); misa; concurso de talentos («¿sabes cantar, bailar o tienes un talento oculto?») *cornhole* (concurso de

44

lanzamiento de bolsas de maíz) (!); taller de algas («terapias antiinflamatorias que hacen milagros»); futbolín; ping-pong; *cardio gym* (entrenamiento para mantener el corazón en forma); idiomas; clases de pasodoble, de chachachá, de merengue y de vals y, por supuesto, bridge y dominó.

A las 11:15 horas, en Lido Azzurro Blu (puente nueve) se celebra otra fiesta: el bautizo de la mar. Mañana cruzaremos el ecuador. La gente brinda con un cava de color rosa, desangelado. Yo creo que estamos locos...

El capitán habla por megafonía. Son las doce. El buque brama y suena una campanilla muy clerical. Seguimos con rumbo sur, hacia Manta, en Ecuador. Frase del día: «Cuando todo parece estar en tu contra, recuerda: un barco, a veces, tiene que navegar contra corriente; no con ella». Flojita. «A la mar —escribo en *1010*— hay que aproximarse con respeto.» Otra: «La mar no ha dicho su última palabra». Otra: «La mar ofrece sin pedir nada a cambio». Otra: «En la tormenta, la mar saca su genio». Otra: «Las medusas son campanas submarinas (que nadie oye)».

Por la tarde, Blanca y este pecador paseamos por la cubierta dos. En el casino han montado un bingo (premio garantizado: 500 euros). La gente se mata por participar. ¡Dios bendito! Es mejor que no sepan la que se avecina...

Y llega el momento esperado por muchos: la foto con el capitán. Hacen cola. Se colocan junto a Nicolò y sonríen. La foto cuesta entre 20 y 40 euros, según. Vanidad de vanidades...

A las 19 horas nos refugiamos en el teatro. El espectáculo de hoy se titula *Gente di mare*. La tripulación canta y baila. La compañía los exprime. Uno de los camareros me cuenta: el sueldo medio está en 300 euros al mes. Sin comentarios.

En la cena nos enteramos: Moli se ha quedado en el camarote, con fiebre. Tiene tos. ¡Son los síntomas del coronavirus! La parte buena de la noticia es que doña Rogelia no acude al restaurante.

Cristina, la mapuche, retoma la conversación de la cena de ayer:

—¿Cómo sabes que hay vida después de la muerte? Hablaste del «otro lado» como si lo conocieras...

—He investigado mucho al respecto. Sé de miles de casos. Además...

Me mordí la lengua y guardé silencio. Marisa acudió en mi ayuda:

—¿Y cómo es el «otro lado»?

—No hay palabras para describirlo. En los *Caballos de Troya* se habla de los mundos MAT. Despertarás del dulce sueño de la muerte en un lugar luminoso. Allí te recibirán tus seres queridos ya muertos. Y te proporcionarán un cuerpo físico. Serás inmensamente feliz. Repito: no hay forma de describir ese lugar y mucho menos los que visitarás después.

—¿Tendré que volver a morir? —se interesó Pili, la otra *Cubana.*

—Según mis noticias no. La muerte sólo existe en esta vida. Después, en el «otro lado», irás avanzando hasta convertirte en luz. ¡Luz que piensa!

Trebon me contempla, incrédulo. Y exclama:

—Bueno, bueno, bueno...

26 de enero, domingo

¿Qué debo hacer? ¿Hablo con Blanca y el resto sobre la gran catástrofe amarilla? Le pregunto a la mar y, ante mi sorpresa, responde la «chispa»:

—Mejor guarda silencio, por ahora...

Dios tiene razón. ¿Siempre la tiene? Nadie me creería.

Cruzamos el ecuador durante la mañana (latitud 00 grados 00 minutos norte y longitud 080 grados 39.5 minutos oeste). Por más que miro no veo al ecuador ese por ninguna parte... El sol no alcanza el zenit (90 grados en el horizonte) por mucho que pelea. Es un espectáculo. ¡Pobre sol! En los equinoccios sucede dos veces al año. En este periodo, el sol tiene una declinación de 19 grados sur (se levanta por el sureste y se oculta por el suroeste). Allí lo dejo, peleando con el azul del cielo.

A las 14 horas atracamos en Manta (Ecuador). Moli está mejor.

Bajamos a tierra. No hay mucho que ver. La gente disfruta en la playa. Paseamos y saboreamos el momento. Blanca se hace fotos. Mil fotos.

Al regresar a la terminal, una vendedora de cacao pregunta si soy J. J. Benítez. Le digo que soy un primo suyo... No me cree. La mujer —Lourdes de Pandzic— es una experta en toda suerte de chocolates. Quedo deslumbrado con su sabiduría. Me regala una tableta. Asegura que el cacao lo inventó Dios; es decir, una Mujer. Estoy de acuerdo.

Hablamos de los *Caballos de Troya*. Lourdes pregunta si la historia del mayor de la USAF es real. Sonrío. Nunca me lo habían preguntado... Le digo que sí.

—¿Cómo era físicamente?

—Como Gary Cooper, pero con el pelo blanco.

La señora está feliz. Al subir al *Costa Deliziosa* pienso: «¡Qué poco se necesita para alegrar la vida de los seres humanos!».

Escribo hasta las 20:30 horas. La sopa de verduras —con vino blanco— ha sido lo mejor de la cena. *La Jartible* ha regresado con nuevas fuerzas. ¡Auxilio!

27 de enero, lunes

Me digo a mí mismo que viviré al día. Nada de preocupaciones. ¡A la mierda el coronavirus! Pero, de repente, mientras desayunamos en la nueve, lo veo claro: «ellos» me han sacado de España. Lo escribí el primer día: ¿qué sentido tiene esta segunda vuelta al mundo? Aparentemente ninguno. La intuición se convierte en certeza. «Ellos» lo han organizado todo, de forma que el virus no nos alcance. No puedo demostrarlo, pero estoy convencido.

A las 09:45 iniciamos una excursión a Montecristi, un pueblecito cercano y famoso por la fabricación de sombreros de paja. Sorpresa: los tocados en cuestión son los célebres sombreros de Panamá. El guía confirma la sospecha: «Los famosos sombreros de Panamá son ecuatorianos».

Presenciamos cómo los fabrican. Casi todos los artesanos son mujeres. Se inclinan sobre un tocón de árbol y sujetan la paja con los pechos. Así van trenzando la pieza. Blanca compra dos.

Parte del pasaje elige otras excursiones: las islas Galápagos (hay que ausentarse del barco durante cuatro días), paseo por una plantación de café, visita al Parque Nacional de Machalilla, observación de aves en isla Corazón, submarinismo o *trekking* en la reserva natural de Pacoche.

Visitamos la iglesia (sólo me interesa el arte).

El fuerte calor nos empuja a uno de los bares y saboreamos una cerveza helada. ¡Qué bien hace las cosas el buen Dios!

Al regresar al *Costa Deliziosa* me aguarda una interesante sorpresa. Blanca ha recibido un informe de uno de mis «contactos». En este caso se trata de Agustín Ceva (estoy autorizado a revelar su identidad). Vive en Arabia Saudita. Hace tiempo me confesó algo sorprendente. Traté de viajar a Riad para conversar con él, pero fue imposible. Arabia Saudita no me autorizó a entrar en el país. Visité la embajada, en Madrid, y expuse mis intenciones. Negativo. Los esfuerzos de Agustín, reuniendo la documentación exigida para mi visita, fueron igualmente estériles. Negativo. Siempre negativo. Y decidimos encontrarnos en algún lugar de Europa. Pero, mientras llega ese momento, solicité a mi amigo que hiciera un relato pormenorizado de lo que «vivió» en primera persona. Blanca, como digo, lo ha recibido hoy —27 de enero— por correo electrónico, a las 17:24 horas. Me limitaré a transcribir el mensaje, tal y como ha llegado:

... Fue a finales del invierno del año 1979... Terminábamos de merendar una pizza en el Ratskeller, un icónico restaurante... Me encontraba en la compañía de David, un compañero de clase... Al salir del lugar, David se encontró con Erick. Y mi amigo me lo presentó:

—Es el hijo de Neil Armstrong —aseguró—. El astronauta...

Y repliqué:

—Hi!... *Nice to meet you!* (¡Hola! ¡Encantado de conocerte!)

No hubo apretón de manos. Erick era un veinteañero de mi estatura (1,65-1,67 metros), con lentes y de rostro amable.

Hacía matemáticas y yo bioquímica. Le transmití mi sincera admiración por su padre y Erick dijo algo que me sorprendió:

—Tal vez, con un poco de suerte, te pueda presentar algún día a mi papá.

Pocas semanas más tarde volví a coincidir con el hijo de Armstrong en uno de los senderos de la universidad. Nos saludamos y comentamos lo difíciles que eran los exámenes. Y Erick explicó que, después de los exámenes, él y un reducido grupo de amigos irían a Baton Rouge, a la casa de su familia, con el fin de conocer a su padre. Si tenía interés podía unirme a ellos.

—Sería fantástico —respondí sin titubear—. Por supuesto que me uno.

Me dijo que él contactaría con David para perfilar los detalles de la visita... A los pocos días, Erick organizó el viaje... Seríamos cuatro los que tendríamos la fortuna de conocer a Neil Armstrong... Me sentí feliz. Neil era una leyenda... El viaje fue programado para el famoso *Spring Brake*, un periodo de vacaciones de una semana... Iríamos un jueves por la tarde y regresaríamos el viernes... Baton Rouge quedaba a dos horas escasas de Nueva Orleans... Saldríamos desde Tulane (la universidad) para llegar a Baton Rouge hacia las cuatro de la tarde... La idea era tener el encuentro con Neil entre las cinco y las siete... Podríamos conversar con él.

Antes del viaje, Erick nos dio algunas instrucciones: nada de fotos y autógrafos y tampoco grabadoras. No podíamos tomar notas de lo que dijera... No debíamos hablar con la prensa sobre la reunión... Sería un encuentro entre amigos... Y solicitó que no hiciéramos preguntas que pudieran comprometer la seguridad o la confidencialidad... En lo personal, yo había decidido no hacer preguntas... Naturalmente, acepté las condiciones.

Llegamos a Baton Rouge, capital dc Luisiana, y en cosa de treinta minutos estábamos frente a la casa del astronauta... Tengo un vago recuerdo de la mansión... Tenía un portal blanco, con unas escaleras de subida... La sala era espaciosa y elegante... Lo más impactante fue ver en una de las paredes una espada con una gema verde, una esmeralda... Me acerqué. Estaba encerrada en una urna... En la base se leía: «William I»... Erick me sacó de dudas:

—Esa espada —explicó— se la regaló la reina Isabel de Inglaterra a mi papá por su hazaña en la luna.

Poco después de las cinco de la tarde vimos aparecer a Armstrong. Lo hizo por una puerta lateral... Se hizo un silencio casi religioso... Y en tono sereno y cordial saludó:

—¡Hola, chicos!

Respondimos con un «hola». Y el hombre se disculpó por el retraso... La culpa era de la lluvia... Acto seguido, Erick dijo:

—Tengo el orgullo de presentarles a mi padre, el señor Armstrong.

Y Neil fue estrechando la mano de cada uno de nosotros... Fue un acto breve pero emotivo... Pude mirarle a los ojos... Eran de un azul claro... Transmitía vida y mucha calma interior.

Sin más, y mientras tomábamos un refresco, el astronauta se dirigió a los cinco y explicó que, aunque había contado el viaje y el alunizaje una infinidad de veces, también sucedieron cosas que no se esperaron y que cada vez que las recordaba le producían una fuerte sensación... Era como si las estuviera viviendo de nuevo... Fue como un aviso… Mi intriga creció... Y pensé que se refería a detalles técnicos de la misión.

Y anticipó que lo que iba a contar no era de dominio oficial y mucho menos público...

Con voz suave —casi como un susurro— reveló que a partir del segundo día de vuelo observaron cómo un objeto los escoltaba a media milla (800 metros) de distancia.

—Se veía claramente su forma ovalada —aseguró—. No era muy grande, pero su brillo y movimiento eran incuestionables.

Armstrong reportó el avistamiento a Cabo Cañaveral, pero los mandos le dijeron que siguiera con el plan de vuelo inicial y que estarían pendientes de lo reportado... Neil, al parecer, se molestó por el hecho de que la NASA no diera importancia a lo que estaban viendo.

El objeto los acompañó hasta el momento de la separación del módulo en el que se hallaba Collins...

—A medida que nos acercábamos al lugar del alunizaje (mar de la Tranquilidad) —prosiguió Neil— vimos otras luces. Ocurrió en tres ocasiones. Se movían con rapidez. Los observamos en el horizonte y por debajo del «Águila». Lo reportamos a Houston, pero no respondieron. Únicamente dijeron: «No se preocupen de eso... Concéntrense en el alunizaje».

Armstrong aseguró que, para entonces, tanto Aldrin como él se daban cuenta de que no estaban solos en la luna y, aunque con cierto temor, no les quedaba más remedio que seguir con la misión, confiando en que «aquello» no interferiría en su trabajo... Y Armstrong reconoció igualmente «que estaban nerviosos»...

Relató con detalle lo que iba sintiendo a medida que estaba a punto de abrir la escotilla... Fue una extrema emoción... Se hallaban frente a una «infinita inmensidad negra plagada de estrellas»...

Cuando puso el pie en la luna sintió que la más grande hazaña del ser humano se había cumplido y él, en particular, era consciente de que representaba a toda la humanidad... Su emoción era enorme, pero estaba entrenado para sujetarla.

Lo que pasó a contar a continuación nos dejó estupefactos:

—Al girar mi cuerpo, por la derecha, a la altura de mi hombro, a un cuarto de milla (unos 450 metros) me impactó ver de golpe cuatro ovnis suspendidos en el aire y a cosa de 30 metros de altura, aproximadamente. Eran de igual tamaño y forma. Lanzaban luces azules, blancas y rojas. Aparecían en perfecta formación.

Nos dijo que no daba crédito a lo que estaba viendo y pidió a *Buzz* que mirase... El tono de Armstrong, al contarlo, era de asombro.

Uno de nosotros no pudo contener la curiosidad y preguntó si el avistamiento de los cuatro ovnis fue reportado a la NASA y por qué no se escuchó nada en las transmisiones. Neil respondió que, conociendo la importancia de lo que estaban viendo, mantuvieron la calma y cambiaron a la frecuencia de emergencia, en la que sí lo reportaron.

En esos momentos, el astronauta hizo una pausa y se alejó hacia la cocina... No sabíamos si la charla había terminado... Y empezamos a conversar entre nosotros —asombrados—, preguntando a Erick sobre lo expuesto por su padre... El muchacho fue prudente.

Diez minutos después vimos retornar a Neil... Se sentó de nuevo y manifestó:

—Lo que les he contado —y voy a contar ahora— no puede ser divulgado. Es sólo para ustedes y para alguien muy cercano y de absoluta confianza. Yo les cuento porque Erick me lo ha pedido.

Y prosiguió su relato:

—Los ovnis se mantuvieron allí unos diez minutos. Después se separaron suavemente por el lado izquierdo y desaparecieron. Una hora después del alunizaje empezamos a recoger muestras de rocas. Y nos movimos alrededor del «Águila». Caminamos unos diez minutos y, al llegar al pie de una elevación de unos 90 pies de altura (menos de 30 metros), nos encontramos con lo inimaginable...

Ya puedes suponer nuestra intriga. ¿A qué se refería? Y continuó:

—¡Unas edificaciones salieron de la nada!

Estábamos mudos.

—¡Increíble! —prosiguió, al tiempo que se ponía de pie—. Estaban a unos cien pies (30 metros). ¡Eran ruinas! Mis ojos estaban a punto de saltarse de las órbitas y mi corazón muy acelerado. «¿Qué demonios es esto?» —me pregunté—. «¿Qué hace esto aquí?» Mi compañero y yo estábamos totalmente perturbados y al borde de un ataque de ansiedad. No sabíamos si acercarnos o no.

Las manos de Armstrong gesticulaban. Su emoción era notable, y explicó que la tensión fue tal que se olvidaron de cambiar a la frecuencia de emergencia. En otras palabras: su relato fue escuchado por mucha gente en la central de NASA, en Houston. Pero el comando central respondió «que no se preocuparan y que siguieran recogiendo muestras».

—Era evidente —matizó el astronauta— que los de Houston sabían con antelación de los edificios en ruinas y de la existencia de aquellas naves. Me sentí decepcionado y engañado.

Preguntamos si entraron en los edificios y replicó que sí:

—Claro que entramos. Había puertas y ventanas. Vimos dinteles que sostenían la mampostería. Había grandes espacios, como salones, pero todo en ruinas. Las paredes eran altas: de unos 12 pies (4 metros). La arquitectura —mayoritariamente— era de líneas rectas. Calculamos que el edificio podía tener entre 3.500 y 4.000 pies cuadrados (entre 1.166 y 1.333 metros cuadrados). Todo aparecía cubierto de polvo. Toqué las paredes. Eran gruesas y firmes. Supongo que el lugar fue abandonado hacía miles de años. Por supuesto, no se trataba de una formación natural. Era una edificación levantada con un propósito. Estuvimos en las ruinas unos 45 minutos.

Cuando se acoplaron con Collins le contaron lo que habían visto.

Y Armstrong explicó que todo fue filmado.

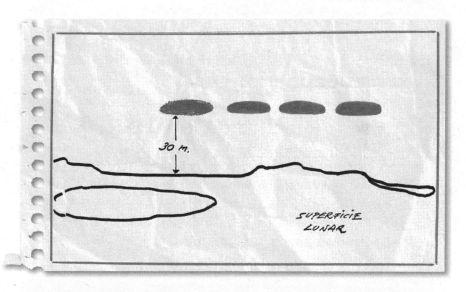

Cuaderno de bitácora de J. J. Benítez. Armstrong y Aldrin vieron cuatro ovnis en uno de sus paseos por la superficie lunar. NASA nunca lo hizo público. El suceso fue narrado por Neil Armstrong a un reducido grupo de amigos de su hijo Erick.

—Cuando regresamos a la Tierra —confesó— los militares confiscaron las filmaciones y las fotografías.

Minutos después, Neil se excusó —estaba cansado— y se retiró.

Volví a conversar con Armstrong en una segunda oportunidad y ratificó todo lo dicho.

La información de Ceva confirma lo que ya sabía y que fue expuesto en «Mirlo rojo», uno de los documentales de *Planeta encantado*.[1]

Por supuesto, Neil Armstrong no contó toda la verdad. No dijo, por ejemplo, que esas edificaciones en la superficie lunar fueron destruidas con armas tácticas nucleares por el *Apollo 17* (1972). Por eso no se ha vuelto a la luna en cincuenta años. Sencillamente: está contaminada.

Nuevamente decido guardar silencio sobre las revelaciones de Armstrong. Sólo Blanca sabe de las importantes reuniones de Agustín Ceva con el primer hombre que pisó la luna.

El barco zarpa a las 21 horas, rumbo a Perú. Y me pregunto: «¿Cuánto más nos ocultan los militares?».

28 de enero, martes

La navegación por el Pacífico es tranquila. No llegan más noticas sobre el coronavirus.

Escribo, leo y camino por la cubierta diez. Tomo un rato el sol —en solitario— y pienso. Pienso sin parar. Mi cabeza está a punto de estallar. ¿Qué va a suceder?

¡Vaya! El sol me ha abrasado la cara. Blanca —amorosa— me alivia con no sé qué crema. Y me riñe. La jornada se apaga, pero no mi mente. Las ocho mil estrellas me guiñan el ojo. Mensaje recibido.

---

1. Los documentales pueden ser vistos en YouTube. (N. del autor.)

29 de enero, miércoles

El buque se desliza —feliz— por un Pacífico de plata. Una familia de delfines baila para nosotros. Le digo a Blanca que son ángeles desterrados voluntariamente.

Todo discurre con normalidad.

Escribo y camino por la cubierta diez. Los delfines —nariz de botella— nos echan carreras.

La frase del día del capitán me gusta: «La vida en el mar no está hecha de horas, sino de momentos». Autor: Van Gogh. Aprovecho y escribo algunas frases sobre el agua y la mar (dedicadas a los delfines que nos acompañan): «Aunque no lo creas, la mar te espera siempre», «Cuando todo haya terminado, ella, la mar, seguirá suspirando», «La mar se ondula (de pura emoción)», «La mar te recuerda que la libertad sólo es un bello sueño (ella nunca escapará)», «La mar es tan honrada que avisa», «El agua piensa y, sobre todo, siente», «¿Para quién trabaja el agua? ¿Para quién espía?», «El agua bendita es pura vanidad».

Troceo la hoja y la lanzo al viento. Sé que los delfines lo leerán...

Me uno a la tertulia de las 13 horas en la popa de la cubierta nueve. Hay mucho español. Los franceses cantan y desafinan. Los alemanes ponen mala cara y exigen más cerveza. Junto a la pequeña piscina, en una de las duchas, un holandés (?) disfruta de lo lindo. ¡Toma una larga ducha sin quitarse el sombrero de paja! ¡Qué planeta!

Y, de pronto, se registra un súbito alboroto. La gente mira hacia el cielo azul y señala el sol. Me asomo y veo un enorme círculo luminoso. El sol aparece en el centro. Se trata —obviamente— de un fenómeno natural. El «aro de hielo» está ocasionado por la refracción de la luz. Blanca hace fotos. El espectáculo se prolonga casi media hora. Y surge la polémica. Algunos creen que el fenómeno traerá la mala suerte al barco. Otros opinan lo contrario. Discuten. Solicitan mi opinión. Puntualizo: ni una cosa ni la otra.

—La mala o buena suerte —les digo— no existe.

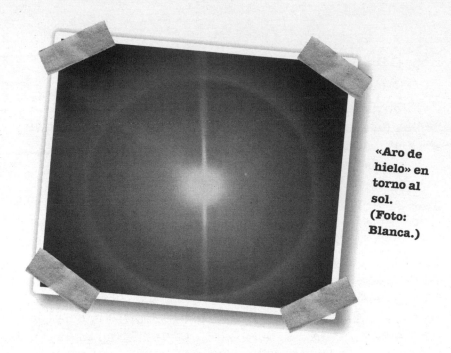

«Aro de hielo» en torno al sol. (Foto: Blanca.)

Y me extiendo —brevemente— sobre algo ya reflejado en el presente diario: la llamada «ley del contrato». Los gritos de los franchutes arruinan mi exposición.

Al retirarnos para almorzar quedo intranquilo. Sí, el «aro de hielo» es un fenómeno de la naturaleza; pero la «chispa» interior susurra:

—¡Atención!

¿Se trata de otra señal? Alguien está avisando...

La gente sigue con sus actividades diarias: escuela de música y canto (categorías: batería, guitarra para principiantes, piano, canto y solfeo), concurso fotográfico («te esperamos en la tienda de fotos»), tratamiento *phyto* (terapias para fortalecer el cabello; «disponemos de 700 plantas para hacer brillar tu melena»), compras, casino y visita a la *gelateria* Amarillo, en el nivel tres («disponemos de helados de todos los países»). En la *gelateria* se reúnen los jugadores de dominó y de ajedrez.

A las 19 horas acudimos al teatro. Hoy toca un espectáculo llamado *Cabaret*: lo lleva a cabo el equipo de animación del barco. Los chicos hacen lo que pueden...

Tras la cena, ya en el camarote, Blanca se queda dormida. Yo aprovecho para escribir «pensamientos de colores que me han sobrevolado en alguna ocasión». Escribo casi a oscuras y febrilmente.[1]

1. Ejemplos de «pensamientos de colores»: «He cumplido setenta y tres años y no sé cómo ha sido (Yo, ayer, era un muchachito). Si uno muere imaginando no sabe que muere. Los dedos sólo son segundos mensajeros. He dado 101 veces la vuelta al mundo para estar seguro de mis dudas. Si existiera la casualidad, usted no tendría este libro en las manos. Dios nunca pregunta. La muerte no es justa, ni tampoco injusta (como no lo es un ascensor). Nada es recto: Dios mucho menos. La justicia es humana y, por tanto, imperfecta. Dios, en cambio, no es justo (es AMOR). Donde hay amor no se necesita la justicia. Si descubres que vas a morir, continúa con lo que tienes entre manos. La sabiduría duda. Creí que había fracasado; entonces abrí los ojos. Para sostener un universo se necesita poder (para crearlo se requiere imaginación). Una mirada: "te quiero" a la velocidad de la luz. Dios está posado en $E = mc^2$. Una hormiga vale por mil palabras. El sol es doble si tú lo deseas; la mar es roja, según tu imaginación (todo es posible, según). No todo está en el interior, pero sí lo más notable. Al universo le sucede como a los ancianos: cuanto más viejo, más lejano. Dios se rompe por amor (aunque no del todo). Lo que merece la pena es curvo. Dios es tan imaginativo que hace flotar toneladas de agua en el aire (y sin grúas). Subir en la vida es laborioso; saber bajar exige, además, una cierta inteligencia. ¿Y si la realidad sólo fuera un regalo? La realidad depende de tu mirada (¿o no?). No puedo ver la gravedad, pero la experimento (con Dios sucede lo mismo). La imaginación ve el iceberg completo. La verdadera luz no produce sombras. Sólo importa empezar (continuamente). Si Maxwell no hubiera existido, ¿electricidad y magnetismo serían hermanos? Regresaremos a la simetría (si Dios existe). Dios no cambia cuando se mueve; yo sí. Dios besa con la intuición. Dios es santo (perfecto) porque es simétrico. Los ángeles son simétricos (siempre son creados en pareja). El reloj de la creación no atrasa ni adelanta. Las montañas hacen música con el silencio. El gran error de Einstein se llamó Lambda. Los Dioses comprenden en todas las direcciones. En nuestra galaxia, el 73 por ciento de lo que existe no es visible (pero el ser humano cree conocer la verdad). Los tréboles de cuatro hojas se ríen del método científico. Si el pasado viaja en la luz de las estrellas, ¿dónde lo hace el futuro? Sólo es posible imaginar lo que ha existido o existe. ¿Quién pastorea esos 300 millones de agujeros negros de la creación? En la vejez, la muerte es lo mejor que nos puede suceder. ¿Está sujeto Dios a la gravedad? No podemos hallar a Dios en la materia porque no está sujeto a la función de onda. El verdadero amor flota en la memoria. Dicen que el arco iris se fugó del cielo. La guerra es la peor de las amnesias. Asombroso: Dios viaja sin moverse. Somos la niñez de Dios. La vida es sagrada (por eso no puede ser revelada). Los delfines imitan a Dios: duermen con un ojo abierto. Para comprender, primero hay que vaciarse. Enamorarse es ensayar la vida eterna. Dios no escribe libros (prefiere las señales). Estamos condenados a

30 de enero, jueves

Me han dado las tantas escribiendo «pensamientos de colores». No tengo arreglo...

Me ducho y salgo al balcón del camarote. ¡Vaya! La niebla parece mantequilla. El barco se ha parado. Son las siete de la mañana. Sospecho que estamos cerca del puerto de El Callao, en Lima. La llegada estaba prevista para las 08 horas.

Desayunamos. Todo el mundo hace conjeturas. ¿Bajaremos a tierra?

El capitán habla por la megafonía y dice que «gracias a sus esfuerzos ha conseguido un permiso especial de las autoridades portuarias». ¡Vaya, este tipo no tiene abuela!

A las diez de la mañana entramos al puerto. Blanca, doña Rogelia, Moli, Marisa, *Trebon* y yo hemos elegido una excur-

---

saber. Las estrellas —como las mujeres— hablan sin palabras. Somos tan pequeños que sólo podemos proceder del Padre Azul. Saber y estar vivos son casi incompatibles. Vivir (de verdad) es desencadenarse. Una agenda en blanco son 365 victorias. No pavimentamos el Destino con buenas obras (el Destino ya está pavimentado antes de nacer). Hay realidades que existen sin necesidad de que sean observadas. Mis amigos no mueren: se diluyen sus defectos. El más grande guerrero es el que no sabe guerrear. Si muero sin que nadie me vea, en realidad no muero. No es Dios quien juega a los dados con los universos; soy yo quien juega a los dados con Él. $E = mc^2$ es un vaso de Pandora que abrió Einstein. Lo grave no es odiar; lo lamentable es perder el tiempo odiando. Fui santo (pero no lo recuerdo). Un amigo verdadero es más que el Paraíso. El sentido común es una criatura en peligro de extinción. Lo probable es otro Judas. Subrayar un libro es entrar en complicidad con el autor. Adorar al Padre Azul es coronar un "ocho mil". Descubrimos la realidad conforme llenamos el alma. Los hombres, a veces, van más allá de la estupidez (ejemplo: «Dios bendiga América»). Si Dios fuera religioso sólo sería un dios. Tutear a Dios es un buen comienzo. Las realidades empiezan y terminan como los ríos. Los dinosaurios conviven con nosotros (pero en decoherencia). Pretender la santidad aquí, en la materia, es como nevar en blanco y negro. Dios empezó siendo puntual (toma nota). El gran problema de los necios es que se reproducen. Para viajar no es necesario desplazarse. "Creador del cielo y de las Tierras..." A mayor ego, menor recorrido. Cuando adoras, Dios te deja pilotar. Lo visible es la sombra de lo invisible. La razón engaña siempre (empezando por la irrealidad de lo observado). El mundo es cien por cien imaginación (pero divina). Sólo en la materia no existe el retorno. Cultura, sobre todo, es tolerancia. Si tu dios te pide algo a cambio, desconfía.

sión por el centro histórico de Lima. El bus nos lleva a toda velocidad, vemos y no vemos el palacio arzobispal, el municipal y el presidencial. La gente protesta. Finalmente bajamos en la plaza Mayor. La estatua del pobre Pizarro ha sido retirada del lugar y trasladada a no sé qué barrio. La fobia contra España dura ya 500 años...

No te engañes: el Padre Azul no improvisa. Si Dios no existe, ¿quién susurra en mi interior? La revelación no depende de la velocidad y mucho menos de la inteligencia. Yo diría que a la fórmula $E = mc^2$ le falta algo. Acuéstate cada noche con dos o tres (dudas). Si has "contratado" la ancianidad, piensa como un anciano. La bondad es el sentido común sintetizado. Dijo el Maestro: «AMOR = tengo porque doy» ($A = T \times D$). Si la revolución tuviera algo que ver con Dios yo me haría ateo. No lo olvides: Dios no desfila. Si los corazones no son azules, ¿de qué sirven? El AMOR sólo es divisible por sí mismo. ¿Cabe la longitud de Planck en tu imaginación? Si eres capaz de decirme cuántos Dioses caben en 10^{-33} centímetros es que tú eres Dios. Nada es para siempre (ni siquiera la Nada). Vencer el miedo es calidad de vida. El cielo, si existe, tiene que caber en la palma de la mano. Miremos a donde miremos, todo es supersimétrico. Juzgar es tan peligroso como dormir de pie. El gran éxito en la vida es saber que estoy de regreso. ¿Los universos deben ser coherentes o matemáticamente coherentes? Darwin no supo de la evolución "vigilada". El futuro es un invento de la razón y del consumo. El fin justifica los medios (acto seguido fueron asesinados 200.000 japoneses en Hiroshima y Nagasaki). Algún día, la ciencia descubrirá la gravedad espiritual. Prefiero creer a ser religioso. La cuestión es: ¿tiene Dios exterior? Alguien tuvo que medir la distancia de la Tierra al sol para que nuestro mundo no estuviera más allá, ni más acá, de lo necesario (pero, ¿quién?). ¿Y si Dios y el Paraíso no fueran el final? Cúmulos globulares NGC 6522 y NGC 6528: más de 500 millones de soles (sólo los necios y los intoxicadores niegan la realidad ovni). Aprender a morir es muy saludable. Principio antrópico final y último: "La inteligencia es propia de cualquier universo". No hay más remedio: cada galaxia necesita un Dios. ¿Cómo son las criaturas de doce dimensiones? Lo sé: el silencio fue antes que Dios. Huye de las religiones y conviértete al arte. La razón siempre llega (pero tarde). No estamos preparados para analizar científicamente la adimensionalidad. Las hormigas no miran al cielo porque no saben que hay cielo. Las afirmaciones sorprendentes exigen pruebas sorprendentes (para los imbéciles). Nadie está equivocado (sólo unos pocos conocen la Verdad). Lo imposible es lo único que merece la pena. Soy una hormiga que acaba de descubrirse en el espejo. En el futuro, hasta el efecto Doppler se rendirá al azul (al AMOR). Razón y sinrazón se persiguen inútilmente. Enamorarse es necesario (nunca sagrado). La verdad no nos hace libres (aparta). El que sabe escuchar calza botas de siete leguas. El tímido pelea doblemente. El cielo de los animales es nuestra memoria. Libertad y Tiempo son incompatibles. El color violeta es un amor imposible. Uno siempre produce Dos. Los símbolos burlan la censura. Si deseas que algo viva plenamente, envuélvelo de ti mismo».

Blanca y yo huimos de *la Jartible*. Buscamos un bar y saboreamos un delicioso pisco. Ha sido lo mejor de la excursión.

Última parada en el llamado «Parque del amor», en el bello barrio de Miraflores. La gente escribe frases románticas en los muros. La guía recomienda precaución: «Ojo con los carteristas. En caso de robo no ofrezca resistencia» (!).

El regreso al barco es amargo. No hemos visto nada del impresionante Perú. Esto es lo malo de este tipo de cruceros...

En la cena surge el tema de Nasca. Cuento lo que sé —que no es mucho— y se abre un debate. ¿Las célebres pistas y figuras de la pampa fueron trazadas por los extraterrestres? Me apresuro a decir que nadie lo sabe. Hay mil teorías al respecto. Lo importante —insisto— es contemplarlas. Yo las he visitado cinco veces (ver *Planeta encantado: la huella de los dioses*) y no consigo explicar cómo se hicieron. Acto seguido, Moli pregunta sobre las piedras grabadas de Ica. Hablamos del museo del doctor Cabrera (ya fallecido). En dicho lugar —en la plaza de Armas— Javier Cabrera logró reunir 11.000 piedras grabadas de todos los tamaños. En los grabados aparecen seres que montan sobre dinosaurios, trasplantes de corazón, de cerebro, mapas del mundo (muy diferentes a los actuales) y otras escenas imposibles para la ciencia oficial. Los seres tienen manos con cuatro dedos (sin pulgares). Algunos análisis de las incisiones y de la pátina que cubre las piedras arrojan 60.000 y 90.000 años de antigüedad. Si la «biblioteca» lítica es auténtica —yo así lo creo— estaríamos ante el legado de otra humanidad. *Trebon* escucha atento y escéptico.

Ya en el camarote repaso los «pensamientos de colores». Y, no sé por qué, me da por contarlos: 156. En kábala, «156» equivale a «sustancia viva». ¡Pura magia!

31 de enero, viernes

A las tres de la madrugada serán las dos. Enésimo cambio de hora. Blanca y yo estamos de acuerdo: ¿de qué sirven los relojes si no funciona el reloj interior?

El buque navega con prisas hacia Arica, en la frontera de Chile con Perú. Conozco la zona. He investigado mucho en la región. El caso más notable fue el del cabo Valdés.

Subo a la planta diez. Mucha gente camina o corre. Esta noche —por lo que veo— el buen Dios se ha entretenido en pintar nubes discoidales. Son perfectas: blancas y algodonosas. Sonrío. A veces, esas nubes lenticulares ocultan ovnis.

A las doce, el *Costa Deliziosa* brama. Y Nicolò Alba, el capitán, anuncia las novedades. No muchas. La profundidad de la mar es de 3.000 metros. Sinceramente: no consigo entender cómo este monstruo de 92.000 toneladas —puro hierro— puede flotar. Y caigo en el pozo de los pensamientos funestos: «Si el barco se va a pique necesitaríamos del orden de cinco minutos para estrellarnos en el fondo»... «A esa profundidad, las paredes del crucero estallarían»... «Y nosotros resultaríamos aplastados»... «¿Hay suficientes botes salvavidas?»

Alba suelta la frase del día y consigo escapar del pozo: «El corazón del hombre es similar al mar; tiene sus tormentas, sus mareas y, en lo más profundo, también posee sus perlas». Me siento a tomar el sol y redacto otras frases sobre el agua y la mar: «El manantial es irreverente (por naturaleza)», «Las aguas negras están prisioneras», «Las aguas freáticas sueñan con la resurrección», «El agua malvive en las charcas», «La nieve es agua aristocrática», «La nieve es agua muda», «La nieve es agua que se niega a caer», «La nieve sabe que morirá pronto»...

A las 13 horas me uno a la tertulia en la popa de la cubierta nueve. Blanca y algunas mujeres se broncean. De pronto, entre las mesas del bar se escuchan gritos. Son franceses. Y, a pocos metros, vocifera otro grupo de alemanes. Se enfrentan y, supongo, se insultan. Uno de los franceses agarra una silla y la levanta sobre su cabeza, amenazador. Un alemán lanza una botella de cerveza que se estrella en las patas de la silla. Y empieza el cuerpo a cuerpo. Los camareros llaman a la policía del barco. Al poco, alemanes y franceses son separados. Pero los insultos siguen flotando en la popa. Alguien exclama: «Las heridas de la segunda guerra mundial no están cerradas». Tiene razón. Los agentes de seguridad toman declaración a los energúmenos. Al parecer, todo empezó porque un alemán le quitó la silla a un francés. ¡Y sólo llevamos veintiún días de navegación! ¡Dios santo, somos primitivos como caracoles!

Leo y escribo hasta la hora de la cena.

A las 20:30, doña Rogelia toma el mando nada más sentarse. Y cuenta las últimas aventuras de su familia. Me niego a escuchar y entablo conversación con Rosa y Federico, de San Cugat del Vallés (Barcelona. España). Cenan en la mesa contigua, muy cerca. Son especialmente respetuosos y hablan en castellano. Rosa me recuerda a Mirentxu Cabasés, una novia que tuve en los años sesenta. Federico ha leído algunos de mis libros y se siente interesado por los temas que investigo. Y de esta manera surge un asunto que me fascina: el alma.

—¿Qué sabes de ella? —pregunta Fede.

—No mucho —replico—. Pero habría que empezar por diferenciar mente, «chispa» y alma.

Se quedan sorprendidos. Y prosigo:

—La mente, en mi opinión, viene a ser como una caja de herramientas. Sirve para casi todo. Con ella inventas, sobrevives, analizas, etc. Es una criatura poderosa y delicada que se instala en el cerebro. Aparece cuando naces. Y sigue contigo hasta la muerte. Después se pudre, con el cuerpo.

—¿La mente no es el alma?

—Según tengo entendido, no. Es a los cinco años —más o menos— cuando llega la «chispa». Se trata de una «fracción» del Número Uno; es decir una parte minúscula del Padre Azul. Dios se entera —no sé cómo— de que el niño ha tomado su primera decisión moral y acude a él y se instala en la mente. Allí permanecerá hasta la muerte. No me preguntéis cómo lo hace. Nadie lo sabe. Ni siquiera los ángeles. Es el misterio de los misterios.

Y continúo (me encanta el tema):

—Pues bien, cuando la «chispa» llega a la mente del niño, la «fracción divina» trae un regalo: el alma.

—¿Y cómo crees que es? —se interesa Rosa.

—Me han dicho que el alma se parece a un cáliz. A lo largo de la vida se va llenando con toda clase de experiencias: buenas, malas o regulares. En realidad, el alma es tu YO, tu auténtica personalidad. Dicen que es de color naranja...

La tertulia entre los tres se prolonga hasta las once de la noche. Tenemos que abandonar el comedor. Mañana será otro día...

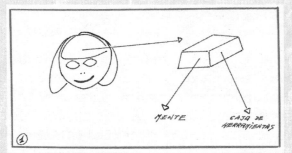

La mente humana es como una caja de herramientas. Cuaderno de campo de J. J. Benítez.

La «chispa» llega a los cinco años, aproximadamente. Cuaderno de campo de J. J. Benítez.

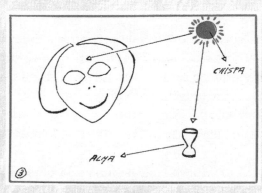

Con la «chispa» llega el alma. Cuaderno de campo de J. J. Benítez.

El cuerpo humano es un templo (literalmente). Cuaderno de campo de J. J. Benítez.

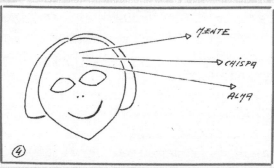

1 de febrero, sábado

El barco llega al puerto de Arica, en Chile, a las nueve de la mañana. El grupo ha desayunado y aguarda, impaciente, el descenso a tierra. Los chilenos nos reciben con música, luz y alegría. Dos mil pasajeros representan un buen dinero. Calculo que, a 50 dólares por pareja, hoy dejaremos en Arica del orden de 100.000 dólares.

Contratamos a una guía local y una pequeña furgoneta (15 dólares por persona) y recorremos la ciudad y los alrededores. Arica es puro desierto. Atacama tiene fama de ser el desierto más duro del mundo; no hay ni bacterias.

Me interesa, sobre todo, el museo arqueológico. Allí se encuentran las momias más antiguas del mundo: 6.000 años. Son diferentes a las egipcias. En los años setenta disfruté de mi primera visita a la Universidad de Tarapacá, donde se hallaban entonces. Uno de los expertos —Lucho Briones— me dio toda clase de explicaciones.

Disfrutamos de los geoglifos que aparecen en los cerros calcinados y la guía —Bárbara— me cuenta un caso ovni, protagonizado por ella y cuatro amigos en las proximidades de Iquique. Una extraña luz blanca bajó de los Andes y se detuvo frente a ellos. Era silenciosa. Se movía a gran velocidad. Después desapareció. Otro caso más... En mis archivos hay miles.

Tras la obligada visita al Morro regresamos a la ciudad y almorzamos. Estamos de suerte: los paisanos celebran no sé qué carnaval. Hay desfiles y música. La carne es deliciosa.

A las 16:30 me despido del grupo. Me siento cansado. Blanca se queda. Y camino hacia el barco. No está lejos. Pero, como me temía, termino perdido. Tengo que preguntar.

Me encierro en el camarote y escribo. Voy por el capítulo 140 de *Helena (con hache)*.

A la hora de la cena —sopa de verduras, pez espada y sandía—, Rosa y Federico retoman la conversación de la noche anterior. Han quedado intrigados y tienen más preguntas.

—¿Y qué pasa con la «chispa» y el alma —pregunta Rosa— cuando mueres?

—Se presentan tres ángeles y protegen la «chispa», el alma y las memorias. A ese proceso lo llaman «enserafinación». Me encanta el nombre.

—¿En qué consiste?

—Un serafín protege la «chispa» con su cuerpo y vuela hacia los mundos MAT. Y el resto hace lo mismo, pero con el cáliz (el alma) y tus memorias.

Me miran desconcertados e incrédulos.

—¿Y cómo sabes eso?

Sonrío y prosigo:

—Lo sé... Vuestros recuerdos —las memorias— es lo único que os llevaréis cuando paséis al «otro lado». Por eso es tan importante vivir y hacerlo con intensidad: minuto a minuto.

—¿Qué son los mundos MAT?

La pregunta de Fede da para horas de conversación, pero intento sintetizar:

—MAT es la mitad de la palabra «materia». Cuando despiertes del dulce sueño de la muerte te encontrarás en MAT-1. Allí te proporcionarán un cuerpo físico (a tu gusto) en el que la mitad es materia orgánica y el resto una sustancia parecida a la luz. E irás pasando de MAT en MAT, sin necesidad de morir.

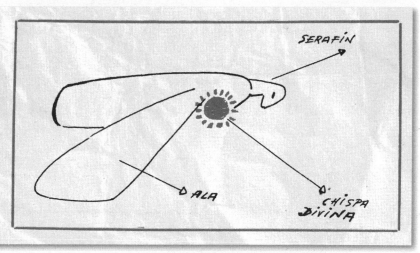

Proceso de «enserafinación». Cuaderno de campo de J. J. Benítez.

Pues bien, en ese proceso, la materia orgánica irá desapareciendo poco a poco, en beneficio de la luz. Y llegará un momento en el que serás luz. ¡Luz pensante! Al llegar a MAT-1, los ángeles te devolverán la «chispa», el alma y las memorias y te regalarán una nueva y prodigiosa mente.

Ha sido otra cena provechosa, creo.

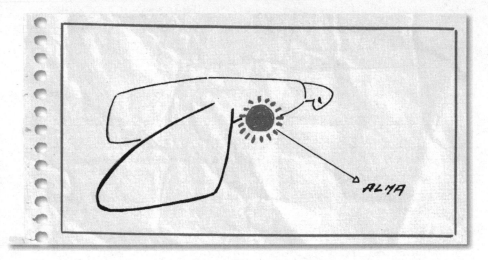

El proceso se repite con el alma. Cuaderno de campo de J. J. Benítez.

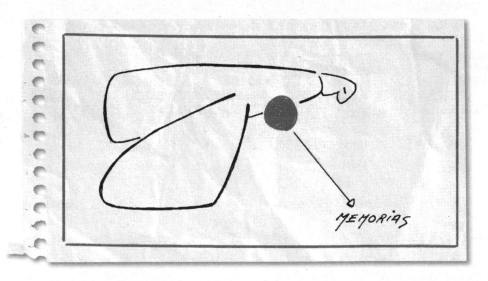

Un tercer ángel protege los recuerdos. Cuaderno de campo de J. J. Benítez.

2 de febrero, domingo

Temprano —a eso de las siete de la mañana— me asomo al balcón de la cabina. Blanca duerme. La mar me ve y trata de jugar a salpicarme. No lo consigue: estamos en el quinto piso... Después la veo alejarse con olas enfurruñadas. «Ya se le pasará», me digo.

El barco tiene prisa. Y no sé por qué. Calculo una velocidad del orden de 19 nudos.

Hoy me lo tomaré con calma. Trataré de alcanzar el capítulo 200 de *Helena (con hache)*.

No hay noticias sobre el coronavirus (al menos en la televisión). Ojalá se trate de otra de mis paranoias...

Después de desayunar —a eso de las diez— paso por la capilla del barco. Pura curiosidad. El cura se dispone a iniciar la misa. ¡Qué cosa! El *Diario di Bordo* incluye la «santa misa» en el capítulo de «entretenimiento». La capilla es como la cocina de mi casa (minúscula). Hay cuatro gatos. Por aquello de «hacer dedos» robo una estampa de la Virgen. «Stella Maris» se lee al pie. Nadie me ha visto.

A las doce, mientras camino, habla Nicolò, el capitán. Dice algo sobre la navegación. Nos dirigimos al puerto de San Antonio, en Chile.

No escucho bien la frase del día. Me siento en la popa de la cubierta nueve y escribo mi pequeño homenaje a la mar: «El gran objetivo del agua es disolver; el resto son componendas y frivolidades», «El agua te conoce; tú a ella no», «El agua tiende a la santidad (perfección)», «En realidad, el agua es esférica; es decir, santa», «No le hables a la mar de fronteras», «A veces, la felicidad humedece», «El jazmín es agua de color blanco»...

Llega la hora de la tertulia. Carlos, el cirujano maxilofacial, comenta algo sobre el firmamento del hemisferio sur. Se viste, en efecto, con otras estrellas. Y así, la conversación deriva hacia lo trascendente. Ana, su esposa, enciende sus bellos ojos verdes, y me pregunta:

—¿Cuántos universos crees que hay?

La observo. Sé que es ingeniera y, por tanto, escéptica. Pero decido decirle la verdad (mi verdad):

—En la creación visible se cuentan siete superuniversos. En cada uno de ellos hay más de 700 millones de billones de planetas.

Me miran, desconcertados y perdidos.

—Lo sé —añado— es una cifra mareante. Hay tantos planetas como granos de arena en las playas del mundo.

Y sigo con los ejemplos:

—En nuestra galaxia, en la Vía Láctea, hay más de cien millones de soles. Pues bien, formamos parte del llamado cúmulo de Virgo, con un total de 1.300 galaxias. Pero existen otros muchos cúmulos, con millares y millares de galaxias... Esa impresionante cifra de galaxias termina formando un superuniverso. Pues bien, como os decía, según mis noticias, en la creación hay siete superuniversos. El número de planetas es casi infinito. Y en el centro de esos superuniversos se encuentra el Paraíso...

Gerardo —exinspector de Trabajo— sonríe, escéptico. Tres grandes puros asoman en el bolsillo de la camisa. Pero los puros no sonríen. Los puros saben que digo la verdad.

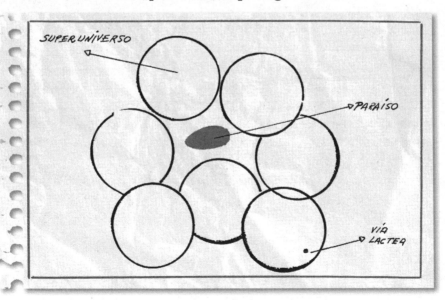

Cuaderno de campo de J. J. Benítez.

—El Paraíso —prosigo— es el único lugar fijo en la creación. Todo se mueve en torno a él. Es la casa del Número Uno, el Padre Azul. Allí sólo se puede entrar mediante el sueño.

Escucho risas. Piensan que estoy de broma. Fin de la charla.

Coincido con Pili, *la Cubana*, en una de las cubiertas. Me sonríe y me hace un regalo: una botella de güisqui. Se lo agradezco con un beso. Cada noche, antes de acostarme, me sirvo un culín. Y ambos rezamos juntos.

Los Paraguayos —un grupo musical— alegran la tarde en el teatro.

Cena de gala. Otra vez la chaqueta... Doña Rogelia está eufórica y habla de sí misma y de su buena cocina hasta el aburrimiento. ¡Vaya viaje que nos espera!

3 de febrero, lunes

Sigue la navegación hacia el sur. El barco ha reducido la velocidad y el Pacífico lo agradece con olas largas y plomizas.

Sigue la rutina: desayuno, *Helena (con hache)*, algo de lectura y la habitual tertulia de las 13 horas en el bar de popa de la novena planta. *Milla verde* sirve vino blanco y cerveza. El jamaicano está hoy de mal humor. Son dos metros de furia. Gasto cuidado...

Ana, la ingeniera de ojos verdes y luminosos, insiste en el tema de los superuniversos. Quiere saber más.

—Esa inmensa creación —le digo— es sólo una primera etapa.

—No entiendo...

—Quiero decir que más allá de los siete superuniversos hay más, mucho más. A esos lugares los llaman «zonas increadas». Están a la espera de nuevos superuniversos.

La miro, divertido. Su imaginación bulle. De eso se trata.

—¿Y qué nos puedes decir del Paraíso? —interviene José Luis, el de Alfaguara.

—No hay palabras para describirlo. Allí coexisten todas las realidades: pasadas, presentes y futuras.

—¿Quién vive allí? —se interesa Gerardo.

—El Número Uno y el resto de los Dioses importantes.

—Pero —clama Carlos— ¿hay Dioses de primera y de segunda?

—Ya lo creo. Y de tercera división.

Ríen la supuesta gracia.

—¿Tú eres católico? —pregunta Paloma, la esposa de José Luis.

—No, soy apóstata, gracias a Dios. No me gusta ese «club»; así que me borré. Nunca me arrepentí.

—¿Piensas que Dios es religioso?

La pregunta de Toñi, *la Sueca*, no me sorprende. Ella ha profundizado en la espiritualidad. Vive en Mallorca y se dedica a la fisioterapia.

—Dios no practica ninguna religión —respondo—. A Él le fascina el arte. Las iglesias son un invento humano; un invento desgraciado.

—Pero Jesús dijo «tú eres Pedro y sobre esta piedra edificaré mi iglesia» —replicó Carlos.

—Falso. Jesús nunca pronunció esas palabras. Fueron añadidas a los evangelios por interés. Jesús vino al mundo para algo mucho más importante que fundar una iglesia; una iglesia que ejecutó a 120.000 personas en la época de la Inquisición.

—¿A qué vino el Maestro, según tú?

Respondo a la pregunta de Gerardo con especial agrado:

—Se encarnó para traer un mensaje: todos somos hijos del Padre Azul y, por tanto, espiritualmente hermanos. Jesús de Nazaret trajo la esperanza químicamente pura: después de la muerte seguiremos vivos. No importa lo que pienses o lo que hayas hecho.

El resto del día fue apacible y monótono: asistimos a un desfile de modelos, tomamos un helado de mango en la *gelatería* Amarillo, Blanca hizo la colada y tendió la ropa en el balcón y, finalmente, nos reunimos en el restaurante Samsara, en el segundo puente. Tenemos derecho a una cena gratis por tramo del crucero. La comida, pésima. *La Jartible* no ha dejado

hablar a nadie. ¡Qué cruz! En el otro restaurante —Albatros—
han celebrado la noche italiana. Todos visten de verde, blanco
y rojo.

4 de febrero, martes

El barco se detiene de pronto. ¿Qué ocurre? Son las ocho de
la mañana. La niebla lo cubre todo. No se ve nada. No sabemos
dónde estamos. Suena la sirena del *Costa Deliziosa*. Los enten-
didos —siempre los hay— dicen que es para avisar a otros buques y pesqueros.

El puerto de San Antonio (Chile) es nuestra siguiente parada. Hay previstas excursiones. Según el *Diario di Bordo*, a las
20 horas de este mismo martes zarparemos hacia la isla de
Pascua.

A las nueve de la mañana, Nicolò Alba habla por la megafonía. Asegura que las autoridades portuarias chilenas no han
autorizado el atraque del buque «debido al fuerte oleaje de
fondo (olas largas)». Decepción generalizada.

Las excursiones programadas son suspendidas y la compañía devuelve los dineros. El capitán indica que viajaremos hacia la ciudad de Valparaíso.

Nos armamos de paciencia...

Pero, hacia las doce del mediodía, sucede algo extraño.
Camila, la hija de Pili, *la Cubana*, se encuentra en el puerto
de San Antonio, aguardando la llegada de la madre. Hablan
por teléfono y Camila le comenta que lo de las olas largas y
la niebla son excusas. La realidad es que el atraque al que
debería dirigirse nuestro barco está ocupado por otro crucero. La compañía lo sabía y soltó una verdad a medias: las
peores mentiras...

Hay revuelo entre los pasajeros. Al capitán lo llaman de
todo (menos bonito).

A las 15 horas ponemos rumbo norte, hacia Valparaíso.
Adiós a la visita a la casa museo de Pablo Neruda, el poeta chi-

leno y premio Nobel. Adiós a las flores que deseaba depositar sobre la lápida negra que cubre los restos de Neruda y de Matilde Urrutia, su esposa. Adiós a Isla Negra, el Barbate de Neruda.

Mientras navegamos reescribo un viejo poema: «Vendaval»...

Yo también puedo escribir
los versos más tristes esta noche...

Como un presagio,
el vendaval ha salpicado mi corazón.

Ha saltado desde las tinieblas,
recordándome quién soy.

Puedo escribir con él
que todo es oscuro;
que mi horizonte se ha borrado;
que ya sólo ondean las banderas del recuerdo.

Como el monstruo de la razón,
como la sombra prohibida,
como los ojos sin fin de la noche,
así ha saltado el vendaval sobre mi soledad.

Y yo —sin timón—
me he ido con él.

Quizá, algún día,
mi proa despierte con el alba.

Lo troceo y lo dejo en libertad. La mar se disputa los versos.

A las 21 horas, mientras cenamos, divisamos las luces de los rascacielos de Valparaíso. Blanca y yo conocemos la ciudad. Doña Rogelia pregunta si Valparaíso es la capital de Chile. Cambiamos de tema. ¡Qué *jartible*! Blanca —entre dientes— la llama «cateta ex cátedra».

5 de febrero, miércoles

Temprano —hacia las ocho de la mañana—, el grupo baja a tierra y alquila dos taxis. Nos cobran 30 dólares por ir hasta Viña del Mar y otros tantos por regresar al puerto. Aceptamos. *Las Cubanas* —felices— se han despedido. Permanecerán dos días en sus casas.

Delicioso paseo por el malecón de Viña. El cielo azul discute con la mar: «Mi azul agachado —dice el cielo— es más puro que el tuyo». La mar protesta y lo llama mangurrino.

El reloj floral —símbolo de la ciudad— nos deslumbra. Las corolas siempre están en flor.

Aquí, los chilenos son de natural alegre y confiado.

En una de las piedras del paseo marítimo leo la siguiente pintada: «Olvídate de mí (Natalia Lacunza)».

Buscamos una farmacia.

Poco después, hacia la una, nos indican un restaurante peruano. La comida es sabrosa y el pisco insuperable. La regamos con vino chileno. ¿Se puede pedir más?

En el almuerzo, José —el relojero— nos habla de una triple experiencia de ECM (experiencia cercana a la muerte), vivida en Suiza. No es el momento para preguntarle sobre ello. Le ruego que me lo cuente mañana, en el barco. Acepta. *La Jartible* no se cansa de hablar de su familia. Pido otro pisco.

Regresamos a Valparaíso y el grupo se aventura en un centro comercial. Yo me quedo en la puerta, observando a la gente. Dos paisanos —casi niños— tocan sendas guitarras. Aquí también hay pobreza. Blanca ha conseguido dos botellas de güisqui. A escondidas trasvaso el licor a dos botellas de agua.

La seguridad del barco no permite el ingreso de alcohol. El güisqui, camuflado en los recipientes destinados al agua, sí cuela. La compañía no admite ningún tipo de competencia. Si quieres güisqui en el barco, págalo.

Nos reagrupamos y *Trebon* cuenta sus peripecias en el *mall*. Dice que ha visitado una librería y ha preguntado por mis libros. Se los han mostrado. *Trebon* está perplejo. Y cuenta que les ha dicho a los dependientes: «Pues el autor está en Valparaíso...». No le creen. «Lo hubieran pregonado los periódicos». *Trebon* se marca un farol y asegura que puede llevar a J. J. Benítez a la librería en cuestión de minutos. Acepto. Y nos presentamos ante los atónitos empleados. Firmo algunos ejemplares de *Sólo para tus ojos* y *El diario de Eliseo* y nos hacemos fotos. ¡Qué poco cuesta hacer felices a los seres humanos!

Regresamos al barco a las 18 horas. Escribo. Me he propuesto redactar un capítulo por día. Se lo debo a Helena, mi preciosa nieta.

En la cena hablamos sobre las incidencias del día. Doña Rogelia está cabreadísima. Considera que Costa —la empresa dueña del barco— nos ha timado. Esta vez no le falta razón.

A las 23 horas, el *Costa Deliziosa* zarpa hacia la misteriosa isla de Pascua. El pasaje está emocionado. Pascua y Petra son las joyas de la corona de esta vuelta al mundo. Pero el Destino tenía otros planes...

6 de febrero, jueves

Tenemos por delante cinco largos días de navegación. Recuerdo que los pascuenses dicen que la tierra más próxima que alcanzan a ver es la luna... Me lo tomaré con franciscana paciencia.

Tengo un pensamiento para Teresa Vite. Hoy es su cumpleaños. Teresa es la hija de mi querido amigo Rafael Vite, un gran investigador del fenómeno ovni. Envolveré un beso en un poema y lo lanzaré a la mar.

Escribo hasta las doce. Después camino por la cubierta diez y escucho al capitán. «Por la tarde —dice— pasaremos a 40 millas de la isla de Robinson Crusoe. Pertenece al archipiélago de Juan Fernández. Cuentan que un marinero escocés —un tal Selkirk— fue abandonado en dicha isla. Selkirk pudo inspirar a Daniel Defoe.»

Frase del día: «No importa lo que pierdas. Siempre nos encontraremos en el mar». La rectifico sobre la marcha: «No importa lo que pierdas. Siempre nos quedará la mar». Así está mejor... Y añado: «La sal amordaza el agua», «Las lagunas lloran la lejanía de la mar», «Embotellar el agua es encarcelarla», «El hielo gotea melancolía», «El agua grita desde el iceberg; son gritos mudos», «El agua grita desde el iceberg. Grita libertad».

José Rojas —el relojero que trabajó en Suiza— me espera en el bar de la cubierta dos. Es un hombre pausado y frío. Me cuenta su triple experiencia.

—Sucedió en 1979 —explica—. Yo vivía en Suiza. Conducía un vehículo y, sin darme cuenta, entré en una zona de hielo. Sufrí un golpe en la cabeza y estuve dos horas en coma... Entonces me vi flotando en una especie de bruma... Flotaba tumbado, horizontalmente. En esos instantes vi una luz... Era una persona, pero con luz... Irradiaba luz... Se acercó a mí y me dijo: «Ya has descansado bastante. Es hora de volver»... Y lo repitió tres veces... Yo me sentí mal.

—¿Por qué?

—No deseaba regresar. Allí estaba muy bien...

—¿Cómo era esa persona?

—Llevaba una túnica y una especie de capucha. La vi primero a cosa de 20 metros. Después se fue acercando.

José Rojas (Foto: Blanca.)

Lo asombroso es que José sufrió dos accidentes más. Y en todos ellos —según su testimonio— se repitió la escena: él, flotando en una niebla y la figura que se aproxima y repite lo mismo («Ya has descansado bastante. Es hora de volver»).

—Ahora —aseguró— no le temo a la muerte. Sé que al «otro lado» hay algo más...

Guardé la nueva ECM (experiencia cercana a la muerte). En mis archivos hay cientos de casos.

Blanca se enfada porque me niego a participar en el simulacro de emergencia. Los pasajeros se reúnen en una de las cubiertas y, provistos de los chalecos salvavidas, escuchan las instrucciones para caso de hundimiento del buque. El *Diario di Bordo* explica que la asistencia es obligatoria. «Cuando escuches el aviso de emergencia (siete pitidos cortos seguidos de uno más largo) deberás ir a tu camarote, ponerte el chaleco salvavidas, coger tu tarjeta Costa e ir al punto de reunión, siguiendo las indicaciones del personal de a bordo.»

—Si de verdad pasase algo —me defiendo— todo eso no serviría de nada. Así que no perderé mi tiempo en el simulacro.

Blanca toma su chaleco rojo salvavidas y se va, dando un portazo.

—¡Eres incorregible! —grita desde la puerta.

Noticias de España: el mayor encuentro mundial de telefonía —el Mobile World Congress— retrasa su celebración. Causa: el coronavirus. La asistencia prevista en Barcelona es de 110.000 personas. Dicen los organizadores que los asistentes «no deberán darse la mano». Hay rumores: el acto puede ser cancelado. Mientras tanto, el IBEX 35 sigue subiendo: 9.700 puntos. Esto huele mal... De China llegan noticias alarmantes. En Wuhan —dicen— hay miles de afectados y muchos fallecidos. Todo es confusión.

Intento distraerme. En el teatro actúan los Tree Gees. Imitan a los Bee Gees y lo hacen de maravilla. El maldito humo me obliga a abandonar el lugar.

En la cena hablamos del coronavirus. La atención general se centra en Moli. Es médico. No hay información suficiente para saber de qué se trata.

7 de febrero, viernes

De madrugada cambiamos de nuevo la hora. A las tres son las dos.

He pasado una mala noche: tos seca, fiebre, malestar general y bronquios cerrados. Me cuesta respirar.

Blanca me observa con preocupación. Ya me ocurrió en la primera vuelta al mundo. Aquello fue una bronquitis de caballo.

No digo nada, pero los síntomas se parecen a los del coronavirus. El *Costa Deliziosa* partió de Italia. ¿Pudo contaminarse?

Olvido la idea. Quedan ochenta días de crucero. Tengo que mentalizarme: debo disfrutar. Pero, ¿cómo se hace eso? Hace mucho tiempo que perdí la alegría...

El día se presenta nublado, como mi mente. En el desayuno —sin querer— rozo los pechos de Pili, *la Cubana*. Ella sonríe, pícara. Yo me pongo colorado.

Decido ampliar *Helena (con hache)*. Haré más capítulos. Me sobran preguntas de la niña. Trataré de llegar a cuatrocientas. ¿O debería iniciar un nuevo libro? Me sobran días. Pero ¿cuál?

No tengo fuerzas, pero camino por la cubierta diez. A las doce, el capitán habla de no sé qué... Dice algo sobre las millas que faltan para llegar a Pascua y se refiere a una montaña llamada Roca Yosemite. Se trata de una montaña submarina de 5.000 metros que asoma 4 sobre la superficie del Pacífico. Miro, pero no veo nada. La frase del día se me antoja flojita (al menos me lo parece): «Sed siempre como el mar que, al romperse contra las rocas, encuentra la fuerza para recomenzar». Prefiero las mías: «Dicen que el agua se suicida en las cataratas; yo no lo creo», «Las aguas fecales difaman al agua», «Los ojos azules recuerdan océanos lejanos», «El hombre es tan vanidoso que embalsa el agua», «Las lágrimas son agua emocionada»...

Hoy tampoco acudo al teatro. Medio barco tose. El contagio es general.

Me presento en la cena con algo de fiebre. Alguien saca el tema de Colón. Carlitos Escopetelli ha dado una charla esta tarde. Título: «¿Quién descubrió América?». Y me explayo:

—Colón sabía hacia dónde se dirigía. Se lo contó un piloto anónimo cuando residía en Madeira. El piloto había regresado del Caribe. Lo arrastró al lugar una tormenta. Y le dio leguas y marcas. Cuando el prenauta murió, Cristóbal Colón inició un largo peregrinaje por las cortes de Inglaterra, Portugal y España para financiar el viaje hacia el oeste. Los Reyes Católicos le ayudaron porque —sin duda— les mostró algo...

—Y tú —pregunta *Trebon*— ¿cómo sabes eso?

—Lo he investigado a fondo. Te recomiendo *Planeta encantado: El secreto de Colón*. O mejor aún: *El secreto de Colón*, del profesor Manzano y Manzano. Es un libro excepcional y científico en el que se analiza la historia del piloto anónimo o prenauta.

—Entonces —interviene Moli— Colón sabía hacia dónde se dirigía...

—Pensaba que, por el oeste, también se podía llegar a las Indias. Colón nunca supo que había descubierto América.

Comentamos también el caso de María, la muchacha tetrapléjica. La compañía no permite que los inválidos accedan a los buses cuando se organiza una excursión. Eso significaría más personal...

En el puente dos organizan una fiesta de máscaras. Estoy yo como para fiestas...

Marisa, en la cena, me ofrece una receta casera para los bronquios. Dice que se la dio su abuela. A saber: untar las plantas de los pies con Vicks Vaporub y dormir con calcetines. Obedezco, pero no sé yo... En el *Diario di Bordo*, con motivo del Día de San Valentín, anuncian descuentos de hasta el 20 por ciento en las tiendas de joyería del barco. Tengo que mirar.

Me acuesto temblando. La tos acecha. Y, como cada noche, me acurruco en la voluntad del Padre Azul. Él sabe.

8 de febrero, sábado

Continúo con fiebre y tosiendo. Me rasgo por dentro en cada ataque de tos. Blanca recomienda que bajemos al hospital. Me niego y terminamos peleando.

La buena mujer me llama de todo y se va.

No puedo dar un paso. Me quedo en la cabina y escucho el susurro de la «chispa»:

—No se lo tomes en cuenta... Ella te quiere y tú eres un borrico. Si te ofrece un beso, no lo rechaces.

No sé por qué aparco *Helena (con hache)* y me entrego —febrilmente— a una labor ¿absurda?. Decido hacerle preguntas al Padre Azul; mejor dicho: son preguntas que pienso hacerle cuando regrese al «otro lado».[1]

1. Preguntas a Dios: «¿Cómo no se te ocurrió crear un mundo doble, como sucede en las cabinas de los aviones? (La alegría, por ejemplo, no se terminaría). ¿Eres el final? (Lo digo porque siempre sorprendes). ¿Qué es el «no tiempo»? Suponiendo que viajes, ¿cómo lo haces? (¿Te llevas la creación contigo?). ¿Hay que usar reloj después de la muerte? ¿Por qué se te ocurrió crear a los peces con espinas? (¿No hubiera sido más práctico y estético que, al menos, las espinas fueran de colores?). ¿Podré volar —después de muerto, claro— a 9,5 veces la velocidad de la luz? (Yo me entiendo). ¿Por qué esa afición tuya al «ahora»? ¿Qué te distrae más: el "ahora" o lo "instantáneo"? ¿Por qué los pensamientos tienen que ser blindados? (¿Sucede lo mismo en el reino espiritual?) ¿Vamos o venimos de la eternidad? (Por cierto, ¿dónde termina la eternidad?). ¿Quién es realmente mi familia? ¿Existe el papel higiénico después de la muerte? Si el placer sexual es difícil de superar, ¿cómo se las apañan los espíritus? (¿Qué has inventado a cambio?). Jesús de Nazaret, sinceramente, ¿es tu Hijo o tu Nieto? ¿Yavé fue pariente tuyo o sólo son habladurías? ¿Es cierto que no eres religioso? (¿Practicas la religión del arte?). ¿Y qué sucede cuando te aburres? ¿Por qué nunca te has metido en política? (Que yo sepa). ¿Sabes cuánto cuesta un café con leche? ¿Eres tú el responsable del cambio climático? ¿Es cierto que un día te dio por escribir la Biblia y al día siguiente el Corán? (¿O son habladurías?). ¿Puedo imaginar lo que no existe o es rematadamente imposible? ¿Has entrado alguna vez en el Vaticano? No puede ser que no cometas errores. Dime uno; sólo uno. ¿Te consideras chiripitiflaútico? ¿Madrugas? En caso afirmativo, ¿por qué? Los japoneses han inventado las sandías cuadradas. ¿Puede ser una señal del final de los tiempos? Por cierto ¿por qué no permitiste que Juan terminara el Apocalipsis? Algunas malas lenguas van pregonando que no has tenido niñez. ¿Qué puedes decirme al respecto? Dime que en el cielo no hay niños, por favor... Si no tienes forma humana —supongamos que eres una esfera—, ¿cómo haces para sonreír? ¿Por qué permites que los porteños hablen así? ¿Por qué se ríen los pesimistas? Mejor dicho, ¿de qué se ríen? ¿Hay rebajas en el «más allá»? ¿Existe algún Dios mujer? ¿Por qué todo en la naturaleza es curvo? (¿Tuviste algún trauma?). ¿Es verdad que no te ha-

Blanca regresa al camarote y, sin más, me ofrece un beso. Acepto, claro.

A las 17 horas, Carlitos habla sobre los misterios de la isla de Pascua. Le pido a Blanca que acuda a la conferencia. Lo hace y se duerme.

Por la tarde me dedico a contar «las preguntas a Dios». Sumo 120. ¡Vaya! En kábala, «120» equivale a «maravilloso».

Cena rápida y silenciosa por mi parte. No deseo contagiar a nadie. *La Jartible* no para de hablar. *Las Cubanas* miran hacia otro lado. *Trebon* ni mira. Marisa me mira y sonríe,

------

blas con la línea recta? ¿Qué fue primero: la derecha o la izquierda? ¿Prefieres al que oye o al que habla? ¿No te parece injusto que la mar no descanse? ¿Quién fue primero: tú o el silencio? ¿Por qué las nubes son apátridas? ¿Por qué las cosas no se mueven voluntariamente? ¿Cómo fue que se te ocurrió dormir a las piedras? ¿Has pensado qué sucederá si el agua se desviste algún día? ¿Por qué las mujeres hablan, sobre todo, con la mirada? ¿Por qué los muertos no se mueven? ¿Te has muerto alguna vez? Lo de la muerte, ¿se te ocurrió a ti solo? ¿Sueñas tonterías, como nosotros? ¿Parpadean los espíritus? ¿Por qué se vive hacia adelante y no hacia atrás? ¿Tienes sombra? Lo de la omnipresencia me tiene perplejo. ¿No te afectan los cambios horarios? Cuando llueve, ¿qué haces para no mojarte? Somos muchos. ¿Cómo funciona lo de la vivienda después de la muerte? Siempre me he preguntado si entiendes el latín. ¿Nunca gritas? ¿Se debe a que estás en todas partes a la vez? ¿Inmortal quiere decir para siempre o tiene truco? ¿Por qué la razón siempre llega tarde? ¿Eres creacionista o evolucionista? ¿El alma es tuya o mía? ¿Qué es la perla amatista de lo imposible? ¿Hablas en la mesa de negocios? ¿Consideras a estas alturas que eres un triunfador? ¿Alguna vez se te ha derramado algo? ¿Por qué te empeñaste en que la mar fuera salada? ¿Tiene la perfección marcha atrás? ¿Llevas alguna clase de doble contabilidad? ¿Qué tal la relación con los otros Dioses? ¿Es necesario que siempre nieve hacia abajo? ¿Siempre fue tan fácil para ti? ¿Tiene la eternidad algún fallo técnico? ¿Tú también hablas solo? Si se te cae algo de las manos, ¿adónde va a parar? ¿Qué es más emocionante para ti: llegar o ver llegar? ¿Por qué sólo algunos pájaros son capaces de detenerse en el aire? ¿Volviste a fallar? ¿Qué pasa si un día tropiezas? ¿Por qué las palabras nunca regresan? ¿Quién te plancha la túnica? ¿Cómo te gusta que te acaricien? ¿Podré quedarme algún día a solas contigo? ¿Por qué andas insinuando por ahí que 2 + 2 = 5? ¿A quién se le ocurrió pintar las mariposas de colores? ¿Por qué razón los sentimientos son incoloros? ¿Te gustan las haches intercaladas? Pregunta formulada sin ánimo de molestar: ¿en el cielo hay democracia? No comprendo por qué los humanos te tuteamos. Sabemos que tienes un Hijo.

cómplice. Blanca y yo nos miramos, más que hartos. Moli se resigna.

Al regresar al camarote retraso los relojes una hora. ¿Por qué siento tanta fascinación por los calendarios y los relojes?

9 de febrero, domingo

Noche de perros... Imposible dormir. La tos y la fiebre me retuercen. Agarro las almohadas y las coloco en el sofá. La tos retrocede, pero poco.

Blanca, solícita, me sube el desayuno al camarote. Casi no lo pruebo. Estoy desencuadernado.

A pesar de todo, escribo.

Inicio la lectura de *A estribor la Costa Blanca*, del genial Pepe García Martínez. ¡Qué delicia! Lo leo cada vez que tengo

---

¿Tienes sobrinos? ¿Tú también cambias las piedras de posición para que contemplen la vida desde otro punto de vista o te da lo mismo? ¿Qué haces si te quedas a oscuras? ¿En qué pensabas cuando inventaste el agua? ¿Por qué la luz tiene tanta prisa? ¿Es un consejo tuyo? ¿Hay algo, ahora mismo, que tengas en mente? (Si no es mucha indiscreción). ¿En los cielos hay estatuas? ¿Por qué se te ocurrió crear la dualidad? (¿Por qué negro y blanco o masculino y femenino o blando y duro o lejos o cerca? ¿No hubiera sido más fácil una sola cosa?). Sé que te gusta instalarte en el interior de los seres humanos cuando han cumplido cinco años. ¿Haces lo mismo con los animales y las cosas? ¿Por qué las montañas viven inmóviles? ¿Es cierto que los universos se estremecen cuando se corta una flor? ¿Por qué los insectos van descalzos? (¿Es cosa tuya?). ¿Qué sucede cuando te distraes o das una cabezada? ¿Consideras, como yo, que el alma de la mujer es supersónica? ¿Te has caído alguna vez en un agujero negro? ¿Cuál es tu mejor perfil? ¿Repicas por dentro? ¿Qué debo hacer para ser perfecto: avanzar o retroceder? ¿Es cierto que si dudo te beso? ¿Y qué haces cuando quieres estar solo? ¿En el cielo hay puertas? ¿Tú suspiras? (¿Por qué o por quién?). Con sinceridad: ¿eres zurdo o diestro? ¿Usas GPS? ¿Por qué las ostras tienen el culo pegado al cerebro? (¿Es una indirecta?). ¿Por qué has puesto letras en las palmas de las manos de los humanos? ¿Tú también estás obligado al secreto profesional? ¿Cómo andas de memoria? ¿Sabes nadar y guardar la ropa? ¿En qué color amas mejor? ¿Cuál es tu nombre de pila?».

el ánimo bajo mínimos. Y siempre me reconforta. Para mí, García Martínez es el mejor periodista de Europa.

No tengo más remedio que bajar a la cena. Es el cumpleaños de Moli. ¡Sesenta y nueve! Invita a champán y turrón (del blando y del duro). Lo ha traído de Gójar. *La Jartible* está muda. He debido contagiarla.

10 de febrero, lunes

El despertador suena a las 07:00 horas. Estamos llegando a Pascua. Día soleado, con nubes.

Parece que estoy mejor.

Una luna llena —enorme y maquillada de plomo— saluda desde lo alto. La isla sigue verde y mágica. Es mi séptima visita a Rapa Nui.

Pili, *la Cubana*, ha hecho las gestiones con una agencia de turismo y, en el puerto, aguarda Patricio Nercelles, nuestro guía. Parece un muchacho despierto y considerado.

Empezamos por ver los *mana-vai* (invernaderos de la época del rey Hotu Matu'a en los que crecen toda suerte de frutas y hortalizas). Después viajamos a la cantera del Rano Raraku.[1] Impresionante. El grupo se ha quedado mudo.

A la hora del almuerzo, una empanadilla de atún y cerveza. Los rapanui siguen metalizados. Por entrar en la isla cobran 80 dólares por cabeza. Por ir al baño, 1 dólar. Por preguntar cuánto cuesta una cerveza reclaman otro dólar. Por sentarse a la sombra, ¡2 dólares!

Por la tarde, el guía nos conduce a los quince moáis de Tongariki y a Te Pito Kura, la única piedra esférica de la isla. Los pascuenses creen que el gran huevo de basalto tiene *mana* (poder). Y el que lo toca ve realizados sus sueños. Ahora es imposible acercarse: un muro rodea la esfera. Nos contentamos con mirar y hacer fotografías.

1. No entraré en la descripción de los lugares arqueológicos de la isla, ya que lo hice —con detalle— en *Planeta encantado: la isla del fin del mundo*, *Mis enigmas favoritos* y *Mesa 110* (inédito). (N. del autor.)

La visita a la bellísima playa de Anakena es obligada. La mar me mira, azul y sensual. Yo me hago el distraído.

Regreso al barco a las 19 horas. El reencuentro con los moáis ha sido estimulante, como siempre, aunque los rapanui no permiten aproximarse a ellos.

Eran otros tiempos (1989): el doctor Jiménez del Oso (izquierda) y J. J. Benítez en la cantera del Rano Raraku, en Pascua. Entonces podíamos tocar los moáis... (Archivo: J. J. Benítez.)

11 de febrero, martes

Bajamos del barco a las nueve de la mañana. Segunda visita a la isla de Pascua. Patricio, el guía, nos lleva directamente al volcán Rano Kau y a Orongo. Desde allí a Vinapú. Los bloques incaicos nos dejan con la boca abierta. En el *ahu* Akivi (los siete exploradores) se nos une *la Sueca*. Me hace mil preguntas sobre los moáis.

En uno de los descansos, Patricio me cuenta su experiencia con un ovni. Dice que sucedió en febrero de 2018. Descendía

Patricio (derecha) con J. J. Benítez. (Foto: Blanca.)

del volcán Terevaka, al norte de la isla, en compañía de una pareja de turistas chilenos. Podían ser las diez y media de la noche. De pronto vieron una potente luz...

—Era roja y se hallaba inmóvil sobre un bosque —prosiguió Patricio—. Entonces se movió y se dirigió hacia nosotros. Y nos pasó por encima. Era silenciosa y grande. Yo filmé.

Y al llegar a Hanga Roa, la ciudad, Patricio comprobó que la grabación no existía.

—No lo pude entender —añadió—. Estoy seguro de que el teléfono lo filmó...

Como dije, no era el primer caso ni será el último.

Regresamos al barco a las 17 horas. El *Costa Deliziosa* zarpa hacia la isla Pitcairn a las seis de la tarde.

Subimos a la cubierta nueve y nos despedimos de Pascua. ¿Volveremos a verla?

En la cena, naturalmente, hablamos de la isla. Todos, en general, están gratamente sorprendidos.

Marisa pregunta:

—¿Y cómo crees que transportaron los moáis desde la cantera hasta los *ahu*?

—Hay varias teorías. Los arqueólogos dicen que con rodillos de madera. No estoy de acuerdo. Hace diez mil años, el volcán Maunga Terevaka entró en erupción y la lava quemó los bosques. Cuando el rey Hotu Matu'a llegó a la isla no había madera. Pascua era casi un desierto.

—¿Entonces?

—Los rapanui aseguran que los moáis fueron trasladados mediante el uso del *mana*, una fuerza mental que distinguía a los príncipes, sacerdotes e iniciados de las tribus. En otras palabras: al sacarlos de la cantera del Rano Raraku, los moáis levitaban por la fuerza del *mana*.

—¿Cuántos moáis existen en Pascua? —pregunta Cristina.

—Han sido catalogados un millar. Casi todos en el perímetro de la isla. De éstos, cuatrocientos están sumergidos.

Todos prometen regresar. Pascua, en efecto, es pura magia. Hay que visitarla (por obligación), como hay que conocer las pirámides de Egipto o Barbate.

Retrasamos la hora nuevamente. Me asomo al balcón del camarote y le digo a la luna llena que me espere. Esta noche quiero volar con ella...

12 de febrero, miércoles

Nueva jornada de navegación por el Pacífico. Parece que mejoro. Ya no hay fiebre. La tos se presenta de tarde en tarde.

Me asomo a la mar. La veo enfadada, con olas de cuatro metros. En la lejanía dibuja perfiles negros. Son islas. En esta zona, el Pacífico esconde 25.000.

A las 12, el capitán saluda y recuerda una frase de Julio Verne: «El mar lo es todo. Cubre siete décimas partes del globo. Su aliento es puro y saludable. Es un inmenso desierto donde el hombre nunca está solo». «Sí y no», me digo. Me acodo en la barandilla de popa, en la cubierta nueve, y escribo sobre mi enamorada, la mar, y sobre el agua: «Al llorar dejas libre el agua que encarcelas», «Conozco tantas aguas resignadas...»,

«Los ríos corren sin saber por qué ni para qué», «Cuando llenes el cáliz del alma morirás», «El agua embalsada es agua resignada», «La estalactita llora su cadena perpetua», «La mar se viste de plata (según)»...

En el almuerzo aparece Pedro, un camarero de Honduras. Le hemos tomado cariño. Y me cuenta su experiencia con Pedro Ramos, su padre, fallecido en 2013.

—Me encontraba en San Pedro, en Honduras, en el hospital —explica el muchacho—. Me operaron de tres hernias. Pues bien, al salir del quirófano vi a mi padre, muerto.

—¿Cuándo te operaron?

—En marzo de 2018. Mi papá llevaba cinco años muerto.

—¿Y qué viste?

—Le vi a él. Colocó su mano sobre la mía y me acompañó un trecho. Sólo le vi de cintura para arriba. Vestía una guayabera blanca. Estaba feliz. Y parecía más joven.

—¿Te dijo algo?

—No.

Pedro es un hombre muy religioso. Y a lo largo de la conversación cometo un error. Le digo que, en base a mis estudios, considero la Biblia como un naufragio. El muchacho huye. No quiere oír mis argumentos. Como digo, creo que he metido la pata. No es bueno reírse de las creencias de los demás (por muy ridículas que parezcan). La próxima vez que lo vea le pediré disculpas.

Pedro Ramos con J. J. Benítez. (Foto: Blanca.)

Costa

12 Febrero, 2020

Estimados Huéspedes,

Esperamos que estén disfrutando de su estancia a bordo de Costa Deliziosa, y que estén viviendo un excelente ambiente de vacaciones en este Crucero de la Vuelta al Mundo.

Ustedes ya estan al corriente que, la situación en Asia (con respecto a la epidemia del CoronaVirus) está empeorando día a día.

Varios países ya están implementando diversas medidas destinadas a garantizar la seguridad de la población y a contener la propagación de la epidemia..

Como ya saben ustedes, nuestro itnierario incluye destinos como Hong Kong, Japón y Corea del Sur.
Sin embargo, recientemente se nos ha informado que el Ayuntamiento de Hong Kong ha anunciado la suspensión temporal de las Operaciones Portuarias de Kai Tak y Ocean hasta nueva orden..
Del mismo modo, el Ministerio del Mar y de la Pesca de Corea del Sur ha tomado la decision de prohibir la entrada de los barcos de Cruceros extranjeros en Puertos Coreanos.

La situación permanence bajo control, y estamos trabajando en diferentes alternativas, que todavía están siendo evaluados en función de los informes recibidas por los Gobiernos y Autoridades locales.
En este sentido, la Compañía mantiene un contacto estrecho con las Autoridades Sanitarias Internacionales y Locales para garantizar una vigilancia y protección constante de la salud.
Tras la alerta global declarada por la Organización Mundial de la Salud, nuestro departamento Médico está actualizando continuamente los procedimientos y controles para la prevención ordinaria y excepcional aplicada a bordo de todos los barcos de nuestra flota con el fin de garantizar la máxima seguridad a todos nuestros huéspedes y miembros de la tripulación.

Nos aseguraremos de mantenerles actualizados en los próximos días y, mientras tanto, todo nuestro personal estará a su disposición para brindarles la mayor asistencia posible..

Les deseamos una maravillosa continuación de Crucero a bordo de Costa Deliziosa.

encima cachondeo...

Costa Cruceros

Costa Cruceros —la compañía propietaria del *Costa Deliziosa*— nos hace llegar una nota al camarote. Advierte de la imposibilidad de bajar en los puertos previstos en Japón, Corea del Sur y Hong Kong. Responsable: el coronavirus.

Los rumores se disparan. «Esto no es lo contratado», asegura la mayoría. Se habla de puertos alternativos, pero sólo son bulos. La confusión es notable. Nadie sabe nada.

Para colmo, la prensa que llega al barco sigue echando leña al fuego: «En Wuhan se han superado los mil muertos por coronavirus»... «El virus se propaga más fácilmente que la gripe y que sus predecesores: el síndrome respiratorio agudo severo (SARS) y el síndrome respiratorio de Oriente Medio (MERS), que causaron epidemias en 2002 y 2012»... «El coronavirus de Wuhan recibe el nombre de COVID-19»... «Según la OMS (Organización Mundial de la Salud), el coronavirus se contagia a gran velocidad; dicen que viaja por las cañerías»... «Según Tedros Adhanom —director de la OMS— el coronavirus es una grave amenaza para el mundo»... «La posible vacuna llegará en 2021»... «Hasta el momento, el coronavirus ha aparecido en veinticuatro países, con un total de 320 casos»... «La OMS ha declarado el estado de "emergencia sanitaria internacional"»... «Los chinos construyen un megahospital de mil camas en diez días.»

Veo pasear al miedo entre los pasajeros. Mal asunto...

En la cena discutimos. Doña Rogelia exige que le devuelvan su dinero. Moli, su marido, le hace ver que la culpa no es de la compañía.

Retrasamos los relojes otra hora. Y van...

13 de febrero, jueves

Me siento mejor. La tos ha huido.

Continúa la navegación hacia las islas Pitcairn (Ducie, Henderson, Oeno y Pitcairn).

Me decido a reanudar las caminatas por la cubierta diez. La mar ya no grita; ahora susurra. Veo olas menores y delfines negros y lustrosos.

A las doce, Nicolò Alba habla de millas y profundidades marinas. Muy pocos le escuchan.

«Más maravilloso que la sabiduría de los ancianos —dice el capitán—, y que la sabiduría de los libros, es la sabiduría secreta del océano.» La frase de Lovecraft no me convence.

Me siento y escribo: «La mar es plomo (según)», «La mar tiembla (según)», «La mar se arbola (según)», «No le preguntes: la mar no sabe qué es el tiempo», «Hay ríos —estúpidos— que se creen mar», «En las desembocaduras, el agua se disfraza», «En algunas desembocaduras, el agua se apellida delta», «En las desembocaduras, el agua dulce se sacrifica (por amor)», «Toda desembocadura anuncia tu muerte»...

A las 13 horas me siento en el bar de la cubierta nueve, en popa, y escucho las conversaciones. Todos hablan del coronavirus y del cambio de planes en el crucero. Los síntomas de la enfermedad son los que presenta medio barco: tos seca, fiebre, e insuficiencia respiratoria. «¿Estamos infectados?», se preguntan algunos. Otros dicen que no. El contagio, al parecer, se produce por pequeñas gotas de saliva que lanza el portador al toser o hablar.

En la tertulia se habla de Stephen King, Camus y Roth y de sus obras apocalípticas: *Apocalipsis*, *La peste* y *Némesis*, respectivamente. Yo hablo de un monje budista —Zidong—, perfectamente desconocido, que profetizó «la gran catástrofe amarilla». Me miran, desconcertados. Y añado: «Lo hizo en la ciudad prohibida, en China, hace un siglo... Zidong dijo que, en 2020, China llorará... No se celebrará el Año Nuevo y los tigres y lobos se esconderán en las montañas... La nueva plaga se extenderá por todo el mundo». No me creen. Por supuesto, guardo silencio sobre mi visita al notario de Sevilla en septiembre de 2011. Como dije, el notario —Florit— levantó acta de «la gran catástrofe amarilla».

En la cena, las conversaciones dan vueltas y vueltas alrededor del asunto del coronavirus. Está claro: tienen miedo a morir. Retrasamos los relojes otra hora.

14 de febrero, viernes

Al despertar —ocho de la mañana— descubrimos que el barco se encuentra parado. Nos asomamos al balcón y nos saluda un enorme peñasco negro. Es la isla Pitcairn. Los acantilados verdes son cuchillas de afeitar. La mar ha sacado sus mejores olas e impide el atraque.

Pitcairn es famosa por el motín del *Bounty*, registrado el 15 de enero de 1790. Un grupo de amotinados —entre los que destacaban doce mujeres tahitianas—, tomó la isla, sacaron lo necesario del buque, lo quemaron y se instalaron en los bosques de Pitcairn. La isla se hallaba desierta. Y pronto surgieron problemas y peleas entre los nuevos habitantes: faltaban mujeres y eso multiplicó las disputas. Posteriormente, en 1814, la Armada Británica descubriría la existencia de la colonia. Años más tarde, mi maestro —Julio Verne— escribió un cuento titulado *Los amotinados del Bounty*. El texto original fue obra de Gabriel Marcel, un geógrafo de la Biblioteca Nacional de París. Verne compró los derechos en julio de 1879 por un total de 300 francos.

La mar no se enmienda y el capitán toma una decisión: los descendientes de los amotinados pueden subir a bordo con sus mercancías. Y así es. Hacia las 9:30, las cubiertas nueve y diez se llenan de colores, de gritos y de baúles. Los indígenas venden camisetas, sellos, llaveros, pipas, figurillas de madera, gorras y lo que haga falta. El pasaje se vuelve loco. Se disputan las baratijas. Se pelean. Se insultan. La policía del barco tiene que intervenir y llamar al orden. Me quedo atónito. Parece como si nunca hubieran visto un mercadillo. La locura se prolonga hora y media. Los franceses son los peores.

A las 11:30 los bucaneros saltan a una lancha y regresan a su isla. Todos felices... Y el *Costa Deliziosa* emprende la navegación hacia Papeete, en Tahití.

Leo y escribo.

A las 19 horas, teatro. Hoy cantan los imitadores de los Bee Gees: los Tree Gees.

Aprovecho para regalar a Blanca un pequeño colgante. Es San Valentín.

En la cena —en el Albatros— Blanca muestra el regalo y algunas ponen mala cara. Sus maridos no han recordado...

Marisa —la de Motril— pregunta:

—¿Cuánto tiempo lleváis casados?

Me adelanto a Blanca:

—Unos 40.000 años...

Blanca protesta:

—Casi cuarenta.

—Toda una eternidad —aclaro. Moli y *Trebon* asienten con la cabeza.

—¿Qué es para ti el tiempo? —me interroga Pili, *la Cubana*. Le contesto al tiro:

—Es un hijo del espacio. Es una criatura que sólo podemos experimentar en la imperfección; es decir, en la materia. Cuando mueras vivirás el «no tiempo».

—¿Cuántos tiempos hay? —se interesa Moli.

—En realidad uno solo pero su comportamiento depende de nosotros.

No entienden. E intento explicarme:

—El tiempo siempre es el mismo pero, si te sientas, el tiempo te mira... Si corres, el tiempo se ríe... Si estudias, el tiempo encoge.

Se hace el silencio. Las nuevas ideas flotan sobre la mesa. Es bueno que reflexionen sobre ellas. El tiempo no es lo que creemos.

—¿Qué es el «no tiempo»? —insiste Marisa.

—Flotar en el continuo «ahora». No es fácil de asimilar. Pero no te preocupes. Eso llegará tras el dulce sueño de la muerte.

—¿Podrías dibujar el tiempo, según tu interpretación?

Acepto la invitación de *Trebon*. Y procedo a trazar algunos sencillos esquemas.

—El tiempo, para mí —añado— es como un niño. Y se comporta como tal. Si no le prestas atención, él te contemplará, perplejo. Si vas por la vida sin tiempo para nada, el tiempo se reirá de ti.

Señalo el tercer dibujo y aclaro:

—Si dedicas tu vida al estudio y a la reflexión, el tiempo será para ti insignificante. Como veis, el tiempo siempre se acomoda a tus circunstancias. No al revés.

—Y tú —interviene Cristina— ¿cómo sabes todo eso?

—Observando. La vida, fundamentalmente, es observación. Pero la gente no dedica un tiempo mínimo a la observación. La gente corre y corre, sin saber por qué corre.

Doña Rogelia está que trina. No ha podido intervenir ni una sola vez...

15 de febrero, sábado

Sigue la navegación. Tras escribir once capítulos de *Helena (con hache)* subo a la cubierta diez y camino durante hora y media. La mar se ha vestido de azul agachado. La veo contenta. Se deja abrir a cambio de besos de metal. Ella responde con lo que sabe: con una espuma nerviosa.

El capitán cuenta millas, anuncia cielos soleados, y suelta otra frase flojita: «Para mí el mar es como una persona, como un niño al que conozco desde hace tiempo. Suena como una locura, lo sé, pero cuando nado en el mar, hablo con él. Nunca me siento solo en esa inmensidad». Busco un rincón y escribo mis frases sobre la mar y el agua: «Los mares esmeraldas están de vacaciones», «La mar es una madre que mece o mata»,

«Dicen que el agua habita también en las nubes. ¡Qué portento!», «La niebla es agua, pero muy desconfiada», «El desierto es otro huérfano de la lluvia»...

A la una de la tarde me siento en el bar de la nueve, en la popa. Los españoles hablan de los cambios en el crucero. ¿Qué sucederá después de Australia?

Hemos cruzado el trópico de Capricornio, pero a nadie parece importarle. Suenan brindis perdidos en la piscina.

Alguien recuerda que nos hallamos cerca del atolón de Mururoa, de triste memoria. Mururoa (también llamado Aopuni) es uno de los cinco atolones que forman el archipiélago Tuamotu, de la Polinesia Francesa. Estamos a 18 millas de Mururoa. Entre 1966 y 1996, la «*grandeur* francesa» (?) llevó a cabo en el citado atolón un total de 178 pruebas nucleares conocidas y casi un centenar de detonaciones atómicas clandestinas. En treinta años, Mururoa fue destruido y cientos de personas sufrieron toda clase de enfermedades degenerativas: retrasos mentales, cánceres, leucemias, tumores cerebrales, etc. Al desmontar las instalaciones, los franceses abandonaron en el lugar 3.200 toneladas de residuos radioactivos, hundidos a mil metros de profundidad. Para que desaparezcan serán necesarios 250.000 años. Hoy, el atolón lo custodia un grupo de militares franceses.

Alguien de la tertulia recuerda que, mucho antes, en 1954, los malditos gringos hicieron estallar en el Pacífico Sur —no lejos del lugar por el que navegábamos— una bomba de hidrógeno. La prueba tuvo lugar en el atolón Bikini. La bomba era setecientas veces más potente que la de Nagasaki. La explosión creó un cráter en la isla de 1.600 metros de diámetro por 6 kilómetros de profundidad. En segundos, una bola de fuego de 5 kilómetros de diámetro se elevó a una altura de 13 kilómetros sobre el Pacífico. Todo quedó destruido en un radio de 100 kilómetros. Doscientos treinta y nueve isleños se vieron expuestos a la radiación. Al cabo de tres horas, un polvo blanco radioactivo —lo que los japoneses llaman *shi no hai* (cenizas de muerte)— empezó a caer del cielo.

Sí, malditos gringos...

Y de Mururoa y Bikini, la conversación voló a las explosiones nucleares de Hiroshima y Nagasaki, en 1945. Todos estuvimos de acuerdo: fue una salvajada. Yo acababa de terminar la lectura de *Nagasaki*, de Susan Southard (traducción de Guillem Usandizaga, 2017) y pude aportar algunos datos reveladores:

—¿Sabíais que en los bombardeos de Hiroshima y Nagasaki murieron 200.000 personas, como consecuencia de las explosiones y en los cinco meses posteriores, debido a las heridas y a la exposición aguda a las radiaciones?

Mis compañeros lo sabían.

—¿Y sabíais que los militares norteamericanos justificaron la masacre «porque así salvaron medio millón de vidas estadounidenses y lavaron el honor de Pearl Harbor»?

No lo sabían...

—¿Sabíais que en marzo de 1945 —cinco meses antes de Hiroshima y Nagasaki— Estados Unidos emprendió una campaña de bombardeos incendiarios? Resultado: 64 ciudades japonesas fueron reducidas a cenizas.

Tampoco lo sabían...

—¿Sabíais que la bomba lanzada sobre Hiroshima explotó a 570 metros por encima del Hospital Shima? La bomba de uranio —arrojada a las 8:15 de la mañana del 6 de agosto de 1945— fue bautizada como *Little Boy* («Chiquillo»). Murieron 140.000 personas (mujeres, niños, ancianos y adultos).

No lo sabían...

—¿Sabíais que la bomba arrojada sobre Nagasaki —a las 11:02 horas del 9 de agosto de 1945— se llamaba *Fat Man* («Gordo») y pesaba 4.900 kilos? ¿Sabíais que alguien pintó sobre ella: «¡Que os aproveche!»? ¿Sabíais que las explosiones alcanzaron temperaturas superiores a la del centro del sol?: ¡más de 300.000 grados centígrados!

No tenían ni idea...

—¿Sabíais que los hongos atómicos se elevaron hasta 12 kilómetros por encima de Hiroshima y Nagasaki? ¿Sabíais que los ojos de los japoneses estallaron, así como sus órganos internos? ¿Sabíais que las tejas burbujeaban?

No replicaron. Mis amigos estaban horrorizados.

—¿Sabíais que los malditos gringos sobrevolaron esa noche del 9 de agosto las ruinas de Nagasaki y arrojaron miles de octavillas alertando a los supervivientes de un inminente ataque nuclear?

94

—¡Cínicos! —clamó José Luis, el de Alfaguara.

—¿Sabíais —proseguí— que el presidente Truman, tras la «hazaña», declaró «que se trataba de lo más grande que ha visto la historia»? ¿Sabíais que Truman dijo: «Debemos constituirnos en administradores de esta nueva fuerza para impedir que se haga un mal uso de ella y para encauzarla al servicio de la humanidad»? Y añadió: «Nos ha correspondido una responsabilidad enorme. Damos gracias a Dios de que nos haya correspondido a nosotros en lugar de a nuestros enemigos y rezamos para que Él nos guíe y para que la utilicemos a Su manera y para Sus propósitos».

Me dieron ganas de vomitar...

—¿Sabíais que los militares de EE. UU. trataron de lanzar una tercera bomba atómica sobre Japón? ¿Sabíais que el 14 de agosto de 1945 —cuando Japón ya había aceptado la rendición—, Truman dio la orden de bombardear las ciudades niponas con un total de 740 bombarderos B-29, que lanzaron cinco millones de kilos de bombas incendiarias?

Mis amigos se removieron, inquietos. Y alguien bramó:

—¡Maldito Truman!

—¿Sabíais que el general Leslie Groves, director del Proyecto «Manhattan» (responsable de la construcción de las bombas atómicas) declaró al *New York Times*, «que la bomba nuclear no es un arma inhumana»? Hoy —rematé— los arsenales nucleares existentes en el planeta superan las 60.000 bombas. El 90 por ciento está en manos de EE. UU. y de Rusia. Sólo en la década de 1970 se llevaron a cabo 550 pruebas nucleares en todo el mundo.

—¿Y qué será de la humanidad? —se interesó Ana, la ingeniera de ojos verdes.

—Si llega Gog —apunté— esas armas podrían destruir la gran roca...

Algunos quisieron saber qué era Gog, pero no respondí. Era la hora del almuerzo.

Cena de gala. ¡Maldita chaqueta! Y, para colmo, no hay sopa de verduras...

La Jartible se hace con el control de la mesa y larga un discurso de dos horas sobre su hija María. ¡Me asfixio!

16 de febrero, domingo

Enésimo cambio horario. Esto es un desconcierto. Cada día dormimos una hora más. El cuerpo se lamenta y la mente (la caja de herramientas) mucho más.

Día casi rutinario. La mar ni saluda. Debe estar hasta el moño de tanto turista excéntrico. La veo con la moral muy plana.

En el desayuno —siempre fruta y yogur— observo que Moli no habla. Las ojeras le llegan a los pies. Algo pasa. Pregunto en voz baja y confirma que no está en su mejor momento. Quedamos en hablar. A las 13 horas en «la Bola» (segunda cubierta). Solos.

Camino por el nivel diez de once y media a una. El capitán lee una frase de Cristóbal Colón (bastante desafortunada): «El mar otorgará a cada hombre nuevas esperanzas y, al dormir, el mar le traerá sueños de casa». No es la mar la que levanta esperanzas; es la mente. Y no es la mar la que proporciona sueños: es la mente —de nuevo— la que hace el prodigio. Me siento, contemplo a mi amada, y escribo: «En realidad, la aurora boreal es agua con luz propia», «Si la pisas, la nieve cruje de dolor», «El sol muere en horizontes marinos (los mejores brazos)», «El agua llueve porque sabe», «No busques respuestas en el agua; no está aquí para eso», «En los universos espirituales, el agua sólo será un recuerdo (y difuso)», «El agua no sabe mentir»...

Reunión con el Moli. En efecto, está hundido. Su relación con doña Rogelia va de mal en peor. No me extraña. Es insufrible. Y apunto algo: «Tu señora esposa tiene un problema mental... No es normal que se pase las horas hablando de sí misma y de su familia».

—Y lo peor —tercia Moli— es que sólo habla de la suya. A la mía ni la menciona o lo hace para burlarse.

Moli confiesa que está pensando —seriamente— en el divorcio. Tampoco me extraña. Y le animo a que dé ese paso.

—No es bueno vivir en el infierno —añado—. Lo que te quede de vida, vívela con intensidad. Trata de ser moderadamente feliz.

Moli dice que, al llegar a Sídney, tomará un avión y regresará a España. Solo.

—No puedo con ella —se lamenta.

—¡Vaya! Esa frase es de la película *El padrino*...

Consigo arrancarle una sonrisa. Y le sugiero que espere. Le sugiero que aguarde a que termine el crucero. Dice que lo pensará.

Por la tarde, María Dolores —*la monja*— reúne a la gente en el teatro y habla de los puertos que nos aguardan hasta Sídney. La reunión no me interesa. Prefiero leer y escribir en el camarote.

A las 19 horas, un tal Ross imita al inimitable Frank Sinatra. No me lo pierdo.

Cena en silencio. Moli y yo nos miramos de vez en cuando. Tiene la expresión triste. ¿Cena en silencio? *La Jartible* sigue con la matraca de su madre, de su hermano y de su hija María. Yo me refugio en la sopa de verduras y en el pez espada. Esta noche, a las dos de la madrugada serán las tres.

La tristeza de Moli es contagiosa. Me asomo al balcón del camarote y busco respuestas. La «chispa» susurra:

—Ya le has aconsejado... Ahora espera.

Las ocho mil estrellas dicen que sí con sus flechas luminosas. Conviene esperar los acontecimientos. El Padre Azul nunca se equivoca. Y no se equivocó...

17 de febrero, lunes

El barco llega a Papeete a las 06:30 horas. Nos reciben un calor sofocante, un verde sofocante y unas playas doradas y bellas, igualmente sofocantes. Papeete es una de las islas de Tahití. Tiene 26.000 almas y 50.000 perros. Fue proclamada colonia francesa en 1880. En 1946, los tahitianos fueron aceptados como ciudadanos franceses. Aquí todo el mundo habla francés, pero gobierna el dólar. *Papeete* significa «agua en la canasta». Los tahitianos son primos de los pascuenses. Creen en el *mana* y en Hiva, el continente que se hundió y del que procedían.

La compañía ha dispuesto numerosas excursiones. No hay mucho tiempo. A las ocho de la tarde, el *Costa Deliziosa* zarpa hacia Bora Bora. Me hubiera gustado bucear entre delfines y tortugas, pero debo ajustarme a la decisión de la mayoría. El grupo manda.

Descendemos del barco a las nueve de la mañana. Alquilamos un 4 × 4. Pagamos 40 dólares por persona. Me parece un poco caro, pero nadie protesta. La guía y chófer se llama Leonie. Es tahitiana. Chapurrea el español y sonríe todo el tiempo. Visitamos las principales cascadas, cruzamos aldeas miserables, caminamos por selvas que parecen templos y bebemos agua de coco.

De regreso al puerto me sucede algo... No sé cómo definirlo. Moli viaja en el asiento del copiloto. El resto del grupo lo hacemos en la caja —abierta— del vehículo. Pili, *la Cubana*, se sienta frente a mí. El viento —pícaro— le levanta el vestido cada poco. Ella se tapa como puede y me sonríe. Y, de pronto (no consigo explicármelo), llega una idea a mi cabeza: «veo» que el 4 × 4 sufre un accidente. Volcamos. No lo entiendo. Treinta segundos después, un turismo que viaja de frente se nos echa encima. Moli advierte a la chófer y Leonie, con buenos reflejos, da un volantazo y esquiva el turismo. El conductor —posiblemente borracho— termina alcanzando a una moto y la derriba. La motorista queda tumbada en el pavimento, inconsciente o muerta.

La Jartible no para de gritar...

Al ingresar al barco trato de pensar. ¿Qué me ha sucedido?

Me distraigo con un grupo de bailarines tahitianos que ha subido al teatro.

La compañía vuelve a sorprendernos. «Debido a las malas condiciones del mar —reza una nota que depositan en la cabina—, nos hemos visto obligados a cancelar la escala en la isla de Rarotonga, prevista para el 20 de febrero... En consecuencia, todas las excursiones de Costa previstas en Rarotonga serán canceladas y reembolsadas automáticamente en sus cuentas de a bordo... *Costa Deliziosa* navegará hacia Bora Bora, donde prevé llegar a las 08:00 del martes, 18 de febrero.»

Lástima. Me hacía ilusión caminar entre helechos gigantes y disfrutar de las espectaculares cimas negras y volcánicas de la referida Rarotonga. ¿Volveremos? Lo dudo.

La cena gira en torno al incidente con el vehículo que casi nos aplasta. Estoy de acuerdo con Blanca: «No conviene hacer planes más allá de tu sombra; nunca sabes lo que te reserva el Destino»... Por supuesto, guardo silencio sobre mi «premonición».

18 de febrero, martes

El barco fondea frente a Bora Bora a las ocho de la mañana. El sol promete calor. Conocimos la isla en 2017, en la primera vuelta al mundo. Nos impresionó. Bora Bora es un puñado de volcanes negros y altivos —ahora dormidos— con los pies dulcificados por el verde de la selva tropical. Otemanu, con 727 metros de altitud, es el más guerrero. Lo veo pelear por tocar el lejanísimo azul del cielo. La verdad es que no lo consigue casi nunca.

El buque dispone de una flota de lanchas salvavidas con las que trasladan al pasaje hasta el pequeño puerto. Allí nos reciben los isleños, vestidos de música, de colores chillones y de moscas.

Wendi, prima de Leonie, nos guía por la isla. Primero pagar: 35 dólares por persona. Tiempo máximo: dos horas.

A las diez arrancamos. El grupo va al completo. *La Jartible* está muy callada. Algo pasa...

Me hubiera gustado nadar con los tiburones de puntas negras y con las rayas sonrientes. No es posible. *Trebon* odia a los tiburones.

Recorremos la isla en un carromato de la segunda guerra mundial. Nos detenemos en un restaurante llamado Bloody Mary's, en el que —supuestamente— ha cenado medio Hollywood. Leo los nombres de Marlon Brando, Chaplin y Greta Garbo grabados en madera.

Las playas son espectaculares. Las palmeras parecen de película. La arena es blanca y harinosa y a la mar la llaman «Turquesa».

La guía nos muestra —a lo lejos— algunos de los hoteles de lujo. Son palafitos anclados en el agua, a mil dólares la noche. Si vuelvo a casarme volveré.

De pronto, sobre la selva, observamos una nutrida banda de estorninos. Componen figuras imposibles. Una de ellas me deja perplejo: ¡es un ocho! ¡Qué extraño! ¡El «8» simboliza el infinito y la muerte! ¿Casualidad? Lo dudo...

La excursión discurre rápida y sin incidentes. A las doce regresamos al barco. Blanca se queda en el puerto, husmeando por las tiendas y chiringuitos. *La Jartible* dirige ahora la expedición de mujeres. Yo me retiro al camarote y sigo con las preguntas a Dios. Tengo muchas...[1]

1. Preguntas a Dios (para cuando pase al «otro lado»): «¿Por qué dicen que te alejas montado en el color rojo? ¿Y qué sucede si te entra hipo? ¿Es cierto que respiras números? ¿La tuya fue una creación a granel o al por menor? ¿Por qué no has creado dolores que provoquen risa? ¿Te gustan las bisagras? ¿Por qué? ¿Qué te dice la palabra «mulata»? Tú lo miras todo —dicen—, pero, a ti, ¿quién te mira? ¿Por qué no has creado un presente que dure dos presentes? ¿Es cierto que tú, en persona, le diste cuerda al número pi? ¿Por qué las despedidas matan un poco? ¿Por qué nunca te dejas ver en un adiós? ¿Has bendecido alguna vez algo? ¿Debo bendecir lo bueno o lo malo? ¿Qué tiene de malo la poligamia? ¿Piensas como hombre o como mujer? ¿Alguna vez te has quedado desnudo en público? ¿Te parece de buena educación que, a tu edad, se te escapen los terremotos? ¿Has pensado en una alternativa a la verticalidad? ¿Es cierto que no puedes desear nada porque se cumple? Convénceme de que eres imprescindible. ¿Por qué la naturaleza te sigue como un perro fiel? Estás obsesionado con repartir. ¿Por qué? ¿Tú tampoco sabes enviar mensajes por el teléfono móvil? ¿Prefieres un contrato o un apretón de manos? ¿Por qué ordenas un día de descanso si tú no paras? ¿O no fuiste tú? Dime que tú no has inventado el matrimonio... ¿Por qué el cerebro tiene que estar a oscuras? ¿Es cierto que un día te peleaste con el método científico y por eso eres indemostrable? ¿Estás circuncidado? ¿Qué te pareció la broma de Adán? ¿Es cierto que Eva fue la segunda esposa? ¿Por qué las sombras no tienen partida de nacimiento? ¿Eres ciencia o ficción? ¿Qué te queda por ver? ¿Hay gemelos en tu familia? ¿Alguna vez te has quedado de piedra? ¿Cuál es tu temperatura corporal? ¿A quién llamas cuando aparecen goteras en el Paraíso? No puede ser que no estés estresado... ¿Hay algo que se te resista? ¿Quién te complace más: el que pide o el que no pide? ¿Dónde te sientes más cómodo: en el espacio o en el tiempo? ¿Te suena Roswell? ¿En los cielos hay despido libre? No me entra en la cabeza por qué pasas del Tiempo. ¿Por qué la luz se curva cuando nadie la ve? Cuando se derrama sangre, ¿tú tam-

Cena sin mayor trascendencia. *Trebon* me interroga sobre asuntos editoriales. Respondo con sinceridad:

—Todas las editoriales roban...

Sé que ha trabajado para la Brigada Político Social de Franco y le pregunto si tiene un libro de memorias en mente. Sonríe y mira las lámparas.

La noche es espesa en Bora Bora. No puedo borrar de la memoria el «8» dibujado por la banda de estorninos. ¿Qué me reserva el Destino?

---

bién te derramas? $E = mc^2$: ¿es reciclable? ¿Lo de Lucifer fue un despido improcedente? ¿Es cierto que los cipreses creen en ti? ¿Usas papelera? En caso afirmativo, ¿podría mirar en ella? ¿Qué te gusta más: hacer llover ideas o hacerlas nevar? ¿Por qué los necios se reproducen? ¿Alguna vez se te ha pasado el arroz de la creación? ¿Estabas de coña cuando dijiste: "Polvo eres y en polvo te convertirás"? ¿O no lo dijiste? Explícale a un ciego quién eres... Y a ti, ¿quién te ayuda a cruzar la calle? ¿No te marea tanto arriba y abajo? ¿Por qué las canas no son de colores? ¿Tienes idea de lo que es un peluquín? ¿Las Diosas se cubren el cabello con un velo? ¿Por qué los mandarinos perfuman a distancia? ¿Viajas de incógnito en la música? ¿Qué cara se te queda cuando adelanto el reloj cinco minutos? En la Nada, ¿quién tira la basura? ¿No te da pena que los árboles sólo se muevan con el viento? ¿En qué idioma piensas? ¿Te han explicado para qué sirve una fotocopiadora? Si no existes, ¿quién susurra en mi interior? ¿Quién te enseñó a hacer carambolas con las emociones? ¿Cómo te las arreglas para mover las estrellas sin tocarlas? ¿Es cierto que coleccionas certezas y dudas? ¿Qué cara puso Nietzsche al verte? ¿Tienes sueños? ¿Te caes en ellos? ¿En alguna ocasión has conseguido no pensar? ¿Lo de los renglones torcidos de Dios es por la vista cansada? Si tú no llevas las cuentas, ¿quién las lleva? Y si pienso por mí mismo, ¿me darás la mano? ¿Quién dibuja la creación antes de que tú cojas el cincel? Cuando te miras en un espejo, ¿qué ves? ¿Por qué las uñas no duelen cuando las cortas? ¿Es cierto que Noé era meteorólogo? ¿Quién escapa de quién: las nubes de las sombras o las sombras de las nubes? ¿Qué prefieres: la fe que rueda o la confianza que tropieza? ¿Quién controla el mando a distancia en el Paraíso? ¿Por qué el ego no es de talla única? ¿Son parientes la teología y el sentido común? ¿A qué se dedican ahora Lorca y Neruda? ¿Cuánto pesa un litro de alma pura? ¿Dios tiene su "K"? ¿Todavía te emociona crear de la Nada? ¿Es cierto que te han visto jugar a los dados —a escondidas— con Einstein? ¿Qué cara puso Minkowski cuando llegó al mundo no físico? ¿Es verdad que el Tiempo es uno de tus mejores detectives? ¿Qué es más divertido: aparecer o desaparecer? ¿A ti te gusta la palabra colegir? ¿Has circulado alguna vez a contra flecha? ¿Dios tiene puerta trasera? ¿No te parece que la ley de la gravedad es integrista? ¿Qué palabra te gusta escribir con mayúscula?

19 de febrero, miércoles

Tras el desayuno, Blanca, *las Cubanas* y yo bajamos a tierra. Tomamos un bus y nos desplazamos a una playa cercana. No sabemos nada del resto del grupo. *La Jartible* —supongo— habrá tomado el mando.

La mar me recibe fría y transparente. ¡Qué belleza! Me baño dos veces. Las mujeres buscan corales.

Al regresar al barco siento escalofríos. Y vuelven la tos y la fiebre. La mar me ha traicionado. ¿Tampoco puedo fiarme de ella? Me acuesto y recibo la visita de la afonía. Me asfixio.

A las 18 horas, el barco zarpa hacia Tauranga.

No me siento con ánimos de bajar a cenar. Una tristeza de ojos agotados entra por la puerta del camarote y se acomoda a mi lado, en el filo de la cama. Nos miramos. Yo no la he llama-

---

¿Por qué el Tiempo es intocable? ¿Qué pasa si te tragas un taquión? ¿Cuál es tu mejor metáfora? ¿Cuántos amores caben en el AMOR? ¿Por qué se te ocurrió hacer al Tiempo invisible? ¿Tienes un nombre científico y en latín? ¿Se te ha caído alguna vez la eternidad encima? Y en el cielo; ¿cómo llaman a las llaves inglesas? ¿"Yo soy el que soy" es un órdago? ¿No crees que las puestas de sol son tristes? ¿En qué estabas pensando cuando las imaginaste? ¿Que amanezca siempre por el este es una indirecta? ¿Te cae bien el cero absoluto? ¿Por qué el "siempre" se lleva tan mal con los niños? ¿Por qué el hombre y los animales no tienen marcha atrás? ¿Por qué el Tiempo nunca se despide? ¿Es un problema de educación? ¿Eres reversible, como los calcetines? ¿En la eternidad hay puentes? ¿Es cierto que eres huérfano? ¿Qué es lo negativo de lo tangible? No creo que pueda ocurrirte pero, ¿qué sucedería si te diera por estornudar? ¿En los cielos se necesitan taxidermistas? ¿Por qué el cerebro humano necesita "traductor"? Si es cierto que creaste a Adán antes que a Eva, ¿estás arrepentido? ¿Conoces los cerros de Úbeda? ¿Estás siempre detrás del silencio de una mujer? ¿Sabes de algún lugar que sea la ausencia de lugares? ¿Qué sucedería si no tuvieras suficiente voluntad? ¿Tú ves como nosotros? ¿No te has parado a pensar que lo de la manzana de Eva fue discriminatorio? ¿Por qué no pudo ser un plátano? ¿Estás permanentemente bronceado? ¿Entre los Dioses hay negros? Si un día viste que todo era bueno, ¿qué sucedió con la serpiente? ¿En el cielo también hay descomposición de la luz? ¿Por qué no estás en el santoral? ¿Se puede ser Dios y daltónico? ¿Has perdido alguna vez las llaves del reino? ¿Dónde estás empadronado? Y entre Dioses, ¿en qué idioma habláis? Si tú eres lo único real, ¿qué soy yo? ¿En el cielo hay republicanos? ¿Te parece bonito que algunas galaxias sean caníbales?»

do. ¿Qué ocurre? Me están avisando de algo grave, pero no termino de concretarlo.

20 de febrero, jueves

La tristeza, la tos y la fiebre no me han permitido dormir. Demasiada gente en la cama... Me levanto a duras penas y huyo de la tristeza. Pero ella —en silencio— me acompaña a todas partes.

El barco es un hervidero de bulos y rumores. El coronavirus se traga el mundo...

Algunos aseguran —«de buena fuente»— que el *Costa Deliziosa* regresará a Italia (de donde partió). Otros lo niegan. «Italia está infectada», declaran. Tampoco podemos pisar Japón, Corea del Sur y China. «Este crucero es un fracaso», me digo.

Miro a la tristeza y niega con la cabeza; ésa no es la razón de su presencia.

Tras desayunar regreso a la cabina y escribo y escribo. *Helena (con hache)* me está salvando. La tristeza no dice nada. Sólo me contempla desde un rincón. A veces baja los ojos. Es una señora mayor. Se parece a mi abuela Manolita, la contrabandista. Viste de negro y cubre los cabellos con un pañolón del mismo color.

Al atardecer, Blanca me obliga a dar una vuelta por el barco. Navegamos cerca de las islas Cook, también llamadas Akatokamanava. Recuerdo haber leído algo sobre dicho archipiélago. El coral abraza a las islas y el suelo volcánico disfruta de unas características extrañísimas: las guayabas, por ejemplo, son las más grandes del mundo, con 10 kilos por unidad. Los colores de las plantaciones son únicos.

Escuchar la voz de Gisele, en el teatro, es volver a la eternidad. Daniel, su compañero, hace hablar a la guitarra. La tristeza se ha quedado en la puerta.

Después, nuevo recorrido por tiendas y mercadillos (tercera y segunda cubiertas): «Si compras un juego de relojes —a

37,99 dólares— te regalamos otro». «Álbum de fotos del crucero con cinco imágenes personalizadas ¡gratis! ¿Te lo vas a perder?» «Tratamiento en el *spa*: masajes de 75 minutos e inmersión en la piscina terapéutica.»

Sigue la fiebre (37,2).

Blanca me sube algo de cena. Estoy tiritando. Me abraza tiernamente. La tristeza nos mira desde un rincón. A la anciana se le escapa una lágrima. ¿Qué sucede? ¿Qué me están tratando de decir?

Francia, la muchacha filipina que arregla la habitación, trae una nota de la compañía. La leemos, estupefactos. Dice así:

Costa Deliziosa, 20 Febrero 2020

Estimados Huéspedes,

Espero sinceramente que todo vaya bien en su Crucero de la Vuelta al Mundo y que estén disfrutando de su permanencia a bordo de Costa Deliziosa aprovechando al máximo nuestros servicios y apreciando la atención brindanda por los miembros de mi Tripulación.

Me gustaría compartir con ustedes un anuncio importante, relacionado con el desarrollo de nuestro programa de navegación en las próximas semanas. Como saben, la situación mundial actual y, más específicamente, el área del Lejano Oriente ya se conoce y las cosas han cambiado desde que la alerta de la Organización Mundial de la Salud ha alcanzado un alto nivel de atención.

La salud y la seguridad de nuestros huéspedes y de la tripulación siempre ha sido nuestra prioridad absoluta y especialmente en este momento.

Por esta razón, Costa Cruceros, que siempre se ha comprometido a garantizar la tranquilidad y la serenidad de sus huéspedes y su Tripulación, no puede mantener su itinerario de navegación actual. Considerando la situación , hemos estudiado un itinerario alternativo para ofrecerles la misma experiencia de Crucero que cumple con el alto estándar que generalmente se experimenta a bordo de los barcos de Costa.

Este nuevo itinerario, desarrollado con la intención específica de llegar a destinos igualmente bellos, ahora incluirá puertos adicionales de Australia, Mauricio, La Reunión, Madagascar, Seychelles y Maldivas en lugar de Nueva Guinea, Japón, Corea, Taiwán, Hong Kong, Vietnam, Singapur y Malasia.

Para todos los Huéspedes que hayan reservado excursiones Costa en tierra además de los puertos de escala que han sido reemplazados, se les informa que todas serán canceladas y reembolsadas en consecuencia.

Estoy seguro de que comprenderán que este nuevo itinerario ha sido elegido para ofrecer a nuestros Huéspedes una alternativa válida al itinerario planificado originalmente, asegurando y manteniendo nuestra máxima prioridad en términos de seguridad y bienestar de nuestros Huéspedes y Tripulación a bordo.

Junto con mi Tripulación, estoy a su entera disposición, en caso de que necesiten más ayuda para la parte restante de su viaje, que todos esperamos que alcance y supere ampliamente sus expectativas.

Mis más cordiales saludos.

El Capitán,
Nicolò Alba

En otras palabras, el coronavirus ha obligado a Costa a cambiar el itinerario inicial. En principio perdemos. Estaba muy interesado en visitar Nagasaki y también Vietnam... Repaso el flamante nuevo itinerario y trato de consolarme: Madagascar no es mal sitio. Quizá pueda contemplar los maravillosos lémures de ojos amarillos. En la isla de Reunión conozco varios casos de encuentros con «hombres michelín». Podría investigar...

Mañana hay una cita con el capitán. Dará detalles. Ya veremos.

Blanca llega feliz. Ha contratado dos nuevos cruceros. Uno al Caribe (diciembre de 2021) y otro a Nueva York (marzo de 2022). La tristeza me mira con ojos profundos —sin fin— y mueve la cabeza, negativamente. ¿No habrá tales cruceros?

21 de febrero, viernes

Sigue la navegación hacia no se sabe dónde...

Los bulos ruedan por las cubiertas y bares. ¿Está el barco infectado de coronavirus? Algunos hablan de diez muertos. Los camareros —que son los que más saben— lo desmienten. *La Jartible* —cómo no— da la nota y exige, a gritos, su dinero. Escribo y me evado.

A las 16:45, en el teatro, Nicolò Alba, el capitán, presenta —oficialmente— el nuevo itinerario. Lola, *la monja*, traduce para los españoles. Hay diapositivas y risas. «Todo va a salir a la perfección», asegura el capo. La gente duda. No sabe qué pensar.

A las 19, el espectáculo «Cabaret» —imitando a Liza Minnelli y Joel Gray— disipa la niebla de los corazones, al menos durante una hora.

En la cena se disparan los ánimos. Discuten. Doña Rogelia sigue con la matraca del dinero. Y exige, además, «que preparen un pasillo sanitario desde Venecia (final del crucero) a

Gójar». Moli le da patadas por debajo de la mesa, pero *la Jartible* es incombustible.

Intento suavizar el ambiente y hablo de los lémures de Madagascar. Me escuchan sin oír. Marisa sí presta atención.

—Son nuestros verdaderos antepasados —le digo—. «Alguien» intervino genéticamente a los lémures y, finalmente, apareció el ser humano. Son los verdaderos «Adán y Eva».

No me cree.

Y propongo una excursión a uno de los parques de Madagascar, para contemplarlos.

—¡Exijo mi dinero! —repite *la Jartible*—. ¡Hemos pagado más de 30.000 euros por esta mierda de viaje!

Tiene cierta razón, pero el tono es insufrible.

Cada pareja se pierde en la noche... La tristeza, sentada al pie de la cama, vela mi sueño.

22 de febrero, sábado

Despierto en un ataque de tos. Blanca se enfada. Y exige que vayamos al médico del barco. Le digo que sí..., mañana. Me llama inútil y testarudo. Le recuerdo que soy navarro.

La tristeza no está. ¿Volverá?

Llega la noticia. Mi hijo Iván, el periodista del *Diario de Navarra*, ha viajado a Siria ¡y en pleno conflicto! Es valiente...

La compañía, en su afán de contrarrestar los bulos y el malestar general, organiza mercadillos y toda suerte de actividades: reuniones de los *rotary*, de los *lions*, de los *kiwanis*, de los amantes del solfeo y de los bailes de salón. La minúscula biblioteca del *Costa Deliziosa* se pone a hacer inventario y reclama los libros prestados. Si no se entregan antes del 26 de febrero, la compañía multará con 15 euros por libro.

Escribo y escribo. Blanca ha subido a la cubierta nueve para jugar al parchís con las mujeres del grupo. El tablero y las fichas los ha traído doña Rogelia. Mal asunto...

Las partidas se prolongan hasta las 18 horas. Siempre gana la *Jartible*.

Ópera a las 19, en el teatro. Acompaño a Blanca por compromiso. No soporto a los tenores huecos.

En la cena sigue el pitorreo a cuenta de los lémures de ojos amarillos y manos y pies prensiles.

Me hago el sueco y converso con Rosa y Federico, de la mesa contigua.

Al regresar a la cabina nos sorprende otra nota de la compañía. Anuncia que «del 22 de febrero, sábado, pasaremos al 24, lunes». En otras palabras: nos roban el domingo, día 23 de febrero. La nota se extiende en una serie de razonamientos astronómicos y ampara la decisión en no sé qué historia sobre los meridianos. «La línea internacional de cambio de fecha —reza el aviso— es una línea imaginaria en la superficie de la Tierra, establecida en 1884.» Y recuerdo las sabias palabras de mi abuela, la contrabandista: «Hijo, nunca discutas con las mujeres, con la policía y con los sabios». Aceptamos, claro.

24 de febrero, lunes

¡Qué extraña sensación! En el barco es lunes y en España domingo... Esto no puede ser bueno. Por simple cuestión práctica respetaré las normas del *Costa Deliziosa*.

No puedo caminar. La tos me rompe por dentro. Me asomo a la cubierta tres —la más resguardada del viento— y la mar hace olas blancas para llamar mi atención. «Yo también te quiero.»

Según el *Diario di Bordo* estamos navegando sobre la célebre Gójarridge, una de las cadenas montañosas submarinas más altas del planeta. Reúne setenta picos a lo largo de 4.300 kilómetros. «No representa un peligro para la navegación —asegura la compañía— porque la cima más alta queda a 1.200 metros de profundidad.»

Escucho las explicaciones del capitán sobre Gójarridge. La frase del día —de Paolini— me parece flojita: «El mar es la emoción encarnada. Ama, odia y llora». Ni hablar. La mar no odia, ni ama, ni llora. Y escribo mis frases sobre el agua: «El agua es pacífica (por naturaleza)», «El agua es bella (por naturaleza)», «El agua es solidaria (por naturaleza)», «Una vez vi agua azul; me dijeron que son lágrimas de los ángeles», «El agua es generosa (por naturaleza)», «El agua siempre trae un mensaje», «El agua no distingue razas ni credos», «El agua no debería ser moneda de cambio»...

En el almuerzo rueda una noticia alarmante: Australia está en alerta roja por el coronavirus. Doña Rogelia muestra el mapa, obtenido en Internet. El barco se dirige a Nueza Zelanda y, posteriormente, tocará varios puertos del sur de Australia. ¿Cómo es posible que viajemos hacia esa zona? La gente está revuelta y protesta. Los franceses lloran.

Acudo a recepción, en la segunda cubierta, y solicito hablar con la representante de los españoles. Al poco se presenta Lola, *la monja*, y le pido que pregunte al capitán por qué nos lleva a Australia. Dice no saber nada de esa alerta roja, pero preguntará.

La compañía sigue despistando al personal. En los mercadillos se ofrecen barajas de la suerte, cortes de pelo a 100 euros, rasurados con masajes y aplicación de paños calientes, cámaras de fotos y toda suerte de pomadas. Blanca se lo pasa en grande.

En la cena, *Trebon* me enseña una información publicada en el periódico español *El Mundo*. En la última página, y firmado por Leire Iglesias, aparece un comentario sobre Lourdes Oñederra, premio Euskadi de Literatura en el año 2000. Con motivo del 20 aniversario del asesinato —por ETA— del socialista Fernando Buesa y de su escolta, Jorge Díez Elorza, Oñederra dijo públicamente: «Aquí (en el País Vasco) ha habido asesinos y asesinados; ha habido quien los ha apoyado; ha habido gente valiente, que se ha opuesto, y ha habido otra mucha gente que nos hemos quedado mirando a otro lado». En el acto —al que asistía el lehendakari Urkullu—, Oñederra pidió perdón «a todas las personas a quienes nuestros largos silencios han revictimizado».

Trebon pregunta:

—¿*Revictimizar* es un término correcto?

Le digo que no. *Revictimizar* no figura en el diccionario de la Real Academia de la Lengua Española. Y *Trebon* se adentra en el territorio que le interesa:

—¿Qué opinas de ETA?

—Son unos cavernícolas mentales —declaro sin rodeos—. Con perdón de los cavernícolas... Tanto ellos, como los nacionalistas, caminan a contra flecha.

—¿Qué quieres decir?

—El mundo va en una dirección —hacia un gobierno mundial, una lengua y una moneda únicas— y ellos tratan de levantar fronteras. Son retrasados mentales.

Trebon sonríe, satisfecho. Y sigue preguntando:

—¿Has tenido algún problema con esos bastardos?

Guardo silencio y sonrío con desgana. *Trebon* comprende.

—Entonces —comenta el de Motril— tú no votas a los nacionalistas...

—Yo nunca voto. Soy apolítico. Me considero ciudadano del mundo. Estoy aquí para cumplir una misión.

—¿Y qué opinas de los nacionalistas? —insiste sibilinamente—. ¿Te gustan o no te gustan?

—Te lo he dicho: el nacionalismo —no importa de qué tipo o color— termina creando sufrimiento y muerte. No me interesa. Los nacionalistas son gente de escasas miras.

—¿Y Sabino Arana?

—Otro «miope mental». Fue un defensor del racismo. Se opuso, con todas sus fuerzas, a las corrientes migratorias que llegaban a las Vascongadas, como se llamaba antes el País Vasco. Lee sus libros y te llevarás una sorpresa.

Trebon me considera de los suyos: de Franco. Grave error; pero guardo silencio. Como dije, mi «contrato» es otro.

Me acurruco en la voluntad del Padre Azul e intento conciliar el sueño. La tristeza entra en el camarote sin llamar.

25 de febrero, martes

Reconozco que Blanca tiene razón, como casi siempre. Llevo una semana sin dormir y con una tos de perro. Acepto bajar al hospital.

Hay cola. Dos francesas tratan de colarse. Nueva bronca. Creo que estoy perdiendo los nervios.

El médico —lo más parecido a Einstein— me examina. Sonríe, feliz: «No es el coronavirus». Se trata de una faringitis. Me receta antibióticos, un jarabe y algo para hacer gárgaras. La factura son 220 euros. La compañía no perdona.

Blanca respira, aliviada.

A las once asisto a la charla de Carlitos en el Piano Bar (puente tres). Habla sobre «El pueblo maorí de Nueva Zelanda». Me duermo en 4 minutos (cronometrados).

Intento caminar por la cubierta tres. Imposible. No tengo fuerzas.

A las doce, tras el campanilleo de rigor, el capitán anuncia que seguimos navegando hacia Nueva Zelanda y que, en breve, pasaremos sobre el llamado «pozo Kermadec», a 400 millas náuticas al noroeste de East Cape. Se trata de uno de los pozos submarinos más profundos del planeta: 10.047 metros. En 2012 se descubrieron en el fondo de dicha sima unos anfípodos (crustáceos) gigantescos. Medían 3 metros de longitud y eran de color blanco. O sea: las gambas más grandes del mundo. Sólo le gana la llamada fosa de las Marianas, con algo más de once mil metros.

La frase del día me da risa: «Miren al mar, de noche, como se mira a una madre durmiendo». Me siento y escribo: «Es la naturaleza la que *jinotiza* al agua y la hace líquida», «Es el hombre quien ensucia y roba el agua», «El agua llega y reparte», «Nadie pregunta al agua cuando la utiliza», «Esclavizamos al agua sin el menor pudor», «El sol se fugó y concibió la cerveza», «El granizo cae (borracho perdido)», «La estalactita piensa cada gota», «La estalagmita cree en la resurrección (y espera de pie)»...

Almuerzo algo y me tumbo en el camarote. Blanca se queda a jugar al parchís. La tristeza vuelve, se sienta en el pequeño sofá y me contempla.

—¡Dime algo! —le grito.

No responde. Baja los ojos y llora. Y escucho la voz de la «chispa»:

—No es por ti... Llora por Blanca.

¿Qué ha querido decir? Pregunto, pero el Padre Azul guarda silencio. Lo comprendería meses más tarde.

En la cena hablamos del pozo Kermadec. Y cuento la historia de Enrique Castillo Rincón, un ingeniero que fue abducido por un ovni:

—La nave —me contó— entró en la mar, en la fosa de las Marianas, y descendió hasta lo más profundo. Allí, Enrique vio una ciudad submarina. Penetró en la misma y conversó con otros seres humanos.

Nadie me cree.

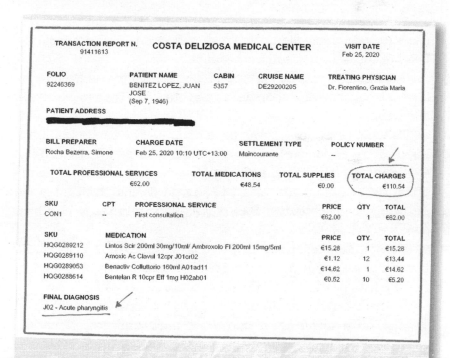

Factura del hospital del barco. (Archivo: J. J. Benítez.)

Moli se inclina hacia *Trebon* y suelta otro comentario que me duele:

—¡Está loco!

Termino el postre, me despido y salgo del comedor. Blanca me sigue. No entiende...

La compañía avisa: «Los siguientes artículos no se pueden subir a bordo y bajar a tierra en Nueva Zelanda: frutas y verduras frescas, carne de todo tipo, comidas preparadas (incluidos sándwiches), productos lácteos y flores, semilla o plantas». Nueva Zelanda, por su parte, prohíbe sacar ostras gigantes, caracolas y coral. No pensaba hacerlo...

Al llegar al camarote, allí sigue la tristeza.

26 de febrero, miércoles

El *Costa Deliziosa* atraca en Tauranga a las seis de la mañana. Y lo hace, como siempre, en silencio y de forma impecable. Las hélices laterales son un prodigio.

Tauranga es una de las ciudades importantes de Nueva Zelanda. Me asomo al balcón del camarote y veo transparencia y silencio.

Tenemos casi doce horas para disfrutar de este envidiable lugar. El barco zarpará hacia Auckland a las seis de la tarde.

Tauranga, en maorí, significa «puerto seguro». Es el Benidorm de Australia. Un alto porcentaje de los habitantes de Tauranga son jubilados. Sus playas son infinitas y el clima seco y acariciante.

Desayunamos con cierta prisa y descendemos a tierra. El bus parte a las nueve. Nos espera una excursión de ocho horas. En esta ocasión la organiza el barco.

Nueva Zelanda, como dije, es pura transparencia. Todo es vegetación y orden. En cierto modo me recuerda a Noruega. Atravesamos prados, bosques, ranchos con miles de ovejas, colinas especialmente tímidas y ríos infantiles. Los campesinos saludan con sus sombreros de paja.

La mariposa reemprende el vuelo. Durante treinta segundos permaneció en la palma de mi mano. (Foto: Blanca.)

Y llegamos a la ciudad de los *hobbit*: un gigantesco set cinematográfico —en plena naturaleza— en el que se filmó *El señor de los anillos*. Lamento no haber visto ninguna de las películas. Las casas, en miniatura, son obras de arte. No falta nada: ropa minúscula, comida, sillas y jardines de juguete.

Mientras visitamos la aldea de los *hobbit* se me ocurre algo. Alguien podría diseñar un formidable parque temático sobre los *Caballos de Troya*. Escenario: Barbate.

Sigo paseando y, de pronto, me sale al paso una familia de mariposas blancas. Juegan sobre los verdes y los amarillos de las flores. Me quedo mirándolas y decido solicitar una señal al Padre Azul. Debe estar más que harto de este pecador...

«Si en el 2027 está previsto que llegue Gog —le digo— por favor, dame una señal... Que una de estas mariposas se pose en mi mano.»

¡Qué tontería! —me reprocho—. Eso no ocurrirá...

Pero sucede. Extiendo la mano derecha sobre el macizo de flores y, a los pocos segundos, una de las bellas mariposas se detiene en la palma de la mano.

No puedo creerlo. Busco a Blanca con la mirada y le hago señales para que dispare su cámara fotográfica. No llega a tiempo. La mariposa vuelve al aire. Un escalofrío me recorre. Miro al azul del cielo y agradezco la generosidad del buen Dios. En esos instantes suena una voz en mi cabeza. La reconozco. Es el familiar susurro de la «chispa»:

—¡Qué torpe eres! ¿Por qué me buscas en lo alto si estoy en tu interior?

Mensaje recibido.

No entiendo por qué he solicitado esa señal. En los últimos años he recibido decenas de señales que ratifican la triste llegada de Gog, el asteroide asesino.

Estoy como en una nube. Paso de puntillas por uno de los museos maoríes. Allí están —y me miran— los «dioses» rojos con manos de tres dedos.

Al salir de una de las escuelas de tallado de madera, «tropiezo» casi con un turismo. Ha faltado poco para que me atropelle. Y, no sé por qué, me fijo en la matrícula. ¡No puede ser! Tomo el cuaderno de campo y la escribo. El coche se aleja. No doy crédito... ¿Es una segunda señal? En la placa aparecen

«Dioses» con manos provistas de tres dedos (sin pulgares). ¿Qué quisieron representar los maoríes? (Foto: Blanca.)

las siguientes letras y números: «KYF 27Ø». ¿«K» de *killer* (asesino)? ¿«F» de *fire* (fuego)? Y, finalmente, el año fatídico: 27 (2027). La lectura es inevitable: «El asesino de fuego en 2027». El «asesino de fuego», obviamente, es Gog. Y me pregunto: ¿por qué he tropezado con ese auto? ¿Se trata de otra paranoia?

La siguiente visita, a los espectaculares géiseres de Rotorua, me deja frío. ¿Dos señales en una misma mañana? Nadie me creerá.

Paseo despacio entre las pozas de barro burbujeante y entre las piscinas de aguas termales. Blanca me ve preocupado y pregunta. Escapo por los cerros de Úbeda. Gog es un asunto desagradable.

La excursión termina felizmente. Navegamos hacia Auckland, el siguiente destino.

En la cena hablamos de las fuertes caídas de las bolsas, como consecuencia del coronavirus. En España, el IBEX se anotó un derrumbe del 4,07 por ciento. Londres, París y Fráncfort han caído entre el 3 y el 4 por ciento. Y una idea me asalta: ¿se trata de un virus fabricado artificialmente para conseguir el hundimiento de la economía europea, entre otros objetivos?

27 de febrero, jueves

El barco atraca en Auckland a las ocho de la mañana. A las 21 horas zarpará hacia Melbourne, en Australia. La compañía establece la excursión por la ciudad a las 14:45. Tenemos toda la mañana para callejear.

Auckland es una ciudad populosa, con casi un millón y medio de habitantes y una notable colección de rascacielos. Todo es cristal, acero y dólares. La gente tiene prisa. La gente casi no sonríe. La gente evita a la gente (si puede). A Auckland la llaman la «ciudad vela». Hay tantos barcos como ciudadanos. Es la metrópoli del norte de Nueva Zelanda.

Caminamos sin rumbo. Blanca compra güisqui y yo trasvaso el licor a dos botellas de agua. La gente me mira como si fuera Al Capone...

En el almuerzo, en la novena planta, coincido con Carolina. Ha sido policía nacional. Ha leído los *Caballos de Troya*. Le gustaría conversar un rato. Quedamos para mañana.

La excursión por Auckland es monótona y aburrida. Apenas bajamos del bus. Recorremos la ciudad, sin más. Lástima. De haberlo sabido habríamos elegido una visita a la playa de arena negra de Piha, a las selvas tropicales de los Waitakere Rangers o a las cuevas de las luciérnagas, en Waitomo.

Retornamos al barco con alivio. La compañía —una vez más— nos ha tomado el pelo.

En la cena, *la Jartible* vuelve a recuperar el mando. «Nueva Zelanda —dice— es una mierda». Además de cateta, miope.

28 de febrero, viernes

Día soleado. Seguimos navegando hacia Melbourne, en Australia.

La medicación está haciendo efecto. La tos y la fiebre se han rendido.

Escribo hasta las doce.

Carolina, la que fue policía nacional, y Carlos, su esposo, me esperan frente a la biblioteca, en la cubierta tres. Carlos ha sido guardia civil. Ahora padece una enfermedad degenerativa. Buscamos un rincón y nos sentamos a conversar.

Me parece una pareja valiente. Antes de que Carlos empeore quieren ver mundo.

Carolina se interesa por los *Caballos de Troya*. Los ha leído y pregunta sobre la veracidad de la historia. Le digo lo que sé:

—La vida del Maestro —narrada en esos libros— es mucho más lógica y bella que la que cuentan las religiones.

Están de acuerdo. Y la conversación deriva hacia las mentiras de la iglesia católica.

—Jesús de Nazaret —explico— jamás fundó una iglesia. Ni se le pasó por la cabeza. Eso fue un invento humano. Otro más... El grupo de seguidores se fue haciendo grande y Pedro, Pablo y el resto se vieron en la necesidad de organizarse. Después llegaron los intereses y las palabras y acciones de Jesús fueron manipuladas. Es vergonzoso.

—¿Y qué pretendía el Maestro?

—Muy simple y muy difícil. Él quiso dejar un mensaje de esperanza: «No todo está perdido. Después de la muerte hay vida. Somos hijos del Padre Azul y, por tanto, iguales (espiritualmente hablando)».

Carlos se interesa:

—¿No vino a redimirnos?

—Mentira de la iglesia. El alma es inmortal y, en consecuencia, no necesita ser salvada. Él murió para demostrar —con su resurrección— que después de la muerte entramos en un reino invisible y alado.

—Y tú —pregunta Carolina—, ¿qué religión practicas?

—La del espíritu... O sea: mi propia religión. La religión del espíritu no depende de nadie. Yo busco y yo me equivoco. Yo experimento y yo acierto. Es una búsqueda interminable de Dios. Y lo hago a mi manera, con los medios que tengo. No necesito templos, ni sacerdotes, ni dogmas. El Padre Azul vive en mi mente. Yo soy su templo.

—¿Qué es lo más importante de esa religión?

Respondo a Carlos con seguridad:

—CONFIAR, con mayúsculas. Confiar en las palabras del Maestro. Confiar en la vida después de la muerte. Saber que estamos de paso y que la verdadera realidad no es ésta.

—¿Qué es para ti la vida? —pregunta la mujer.

—Una aventura. Estamos aquí —en la mayoría de los casos— para experimentar sensaciones; de todo tipo. Por ejemplo: para experimentar el tiempo. Después, cuando regresemos a «casa» —a nuestra verdadera casa—, viviremos en el «no tiempo».

Naturalmente, terminamos hablando de la «ley del contrato». No podía ser de otra manera.

En la tertulia de las 13 horas, en la cubierta nueve, recibo noticias de España. Aumentan los afectados y muertos por el coronavirus. Los periódicos publican informaciones de todo tipo y confusas: «Se desconoce el origen del virus... ¿Lo transmiten animales?... ¿Es un virus ARN, con ácido ribonucleico como material genético?... Los síntomas pueden permanecer ocultos durante dos semanas... Cada persona infectada puede contagiar a 2,68 individuos... El 51 por ciento de los fallecidos por el coronavirus tenía más de sesenta años de edad... El murciélago chino fue el causante de la tragedia».

Dudo de todo.

Por primera vez, el *Diario di Bordo* incluye normas sanitarias contra el coronavirus: «Lávese las manos después de toser o estornudar, antes de comer, después de usar los servicios higiénicos, cuando las manos estén visiblemente sucias y después de haber tenido contacto con animales o residuos de animales».

Nuevo cambio de hora. A las tres de la madrugada serán las dos.

Me duermo recordando la resignada expresión del rostro de Carlos, el marido de Carolina. Sabe que morirá pronto, pero lo afronta con dignidad y valor. Sabe que seguirá vivo tras el dulce sueño de la muerte.

29 de febrero, sábado

La mar despierta nerviosa, con olas cabreadas. Hace frío. Estamos navegando por aguas de Tasmania.

En el desayuno, cuando trato de tomar un par de mandarinas, un franchute me increpa e insulta por coger la fruta con los dedos. Y señala unas pinzas de plástico. ¿Nos estamos volviendo majaretas? Después me entero de que el francés cuida de una mujer paralítica. Queda perdonado.

Me encierro en el camarote y sigo escribiendo «preguntas a Dios».[1]

1. «Estoy intrigado. ¿Qué o quién rige las mareas gravitatorias? ¿Es cierto que el Espacio se hallaba anestesiado antes de que te diera por crear el Tiempo? ¿Qué color obtienes si mezclas el infrarrojo con el ultravioleta?

A las doce, Nicolò Alba habla por la megafonía y explica quién fue Abel Tasman. Viajó por el mundo, al servicio de la Compañía Holandesa de las Indias Orientales. Él descubrió la

---

¿Te puedes mojar en los océanos estelares gravitatorios? ¿Es cierto que las galaxias se tiran de los pelos en cuanto te descuidas? ¿En el cielo hay inflación? ¿Eres feliz porque no caminas o no caminas porque eres feliz? ¿Por qué la esperanza no está sujeta al método científico? ¿Hay un director de orquesta en cada galaxia? ¿Quién inventó las sorpresas? ¿Alguna vez has emigrado? ¿Alguna vez te han crecido los enanos? ¿Es la materia oscura del cosmos un atracador? ¿Qué te dice la palabra "fósil"? ¿Sabes de algún ateo que ejerza después de muerto? Y Darwin, desde que está contigo, ¿ha evolucionado mucho? Y tú, ¿cuándo cambias? ¿Qué prefieres: una certeza o mil dudas? Si vives en un continuo presente, ¿significa eso que no tienes memoria? ¿Cuál es tu símbolo favorito? ¿Alguien va por delante de ti, sondeando el Espacio? ¿Creces hacia adentro o hacia afuera? ¿Quién te pasa las páginas cuando lees la historia? ¿Te ríes cuando lees la historia del mundo? ¿En el cielo hay perdedores? ¿Eres lo que dicen, lo que parece o lo que intuimos? ¿En el Paraíso está prohibido asomarse al exterior? ¿El UNO produce Dos o mucho más? ¿La intuición eres tú, que avisa? ¿Qué haces cuando llegas a un cruce de caminos? ¿Lo tuyo es trabajo telemático? ¿Cómo lees: de derecha a izquierda o de arriba abajo? ¿Eres velocista o corredor de fondo? ¿Qué es mejor para localizarte: el telescopio o el microscopio? ¿Tienes álbum familiar? Y tú, cuando regresas, ¿a dónde vas? ¿Qué pesa más: una risa o una sonrisa? ¿Tu intemporalidad se encuentra por encima de la inmortalidad? ¿Cuál es la distancia más corta entre dos imposibles? ¿Qué sucedería si un día me levanto y no estás? ¿Has probado —sólo por probar— a ser malo? ¿A qué sabe el Tiempo? ¿La creación está en ti o tú en ella? ¿Eres bueno por convencimiento o por economía? ¿No te produce vértigo no tener límites? Si un día tuvieras que huir, ¿dónde te esconderías? ¿Qué te costó más: inventar el pasado o el presente? ¿Podrías vivir sin simetría? ¿Debo agarrarme al presente o al pasado? ¿Hay futuro-bis? ¿Sabes silbar? ¿Te reflejas en las miradas o son suposiciones mías? ¿Los Dioses ascienden por antigüedad? ¿Qué tal te llevas con la casualidad? ¿Los ángeles se secan el pelo? ¿Sabes qué es un clip? ¿Vas a todas partes con la Santísima Trinidad? ¿No es un poco incómodo? Si el pasado, el presente y el futuro están en la palma de tu mano, ¿qué hay en la otra mano? ¿Eres mejorable? ¿Sabes sorber? ¿Alguna vez te han hecho el túnel en la creación? ¿Por qué te gusta tanto la palabra "oops"? ¿Internet es el segundo diluvio universal? Para ser Dios, ¿qué es mejor: tensión alta o baja? ¿Hay túnel de lavado para los transportes seráficos? ¿Quién te inspira más confianza: el Todo o la Nada? ¿Es cierto que los malos son de quita y pon? ¿Alguien mira hacia otra parte cuando te ve llegar? Y cuando hay que dar un puñetazo en la mesa de la creación, ¿quién lo da? ¿Qué cara ponen los curas cuando te ven? ¿Cómo se te ocurrió lo del sentido del humor? ¿Te gustaría obedecer, aunque sólo fuera por una vez? ¿Cómo te las arreglas para disimular en el interior de la mente humana?»

mar que lleva su nombre: Tasmania. «El mar —dice el capitán— no tiene caminos.» Y este pecador añade: «El limón anestesia el agua», «El sifón es agua falsa (falsísima)», «El agua cristalina —como la verdad—, escasea», «La inteligencia es agua eléctrica», «El agua ama lo circular», «El agua cambia la realidad en cada instante», «Procedemos del agua y hacia ella vamos», «Entre vivir y soñar está el agua», «Victor Hugo se equivocó: no hay ningún espectáculo más grande que la mar»...

A las 13 horas subo al bar de la cubierta nueve. Blanca dialoga con Enma y Juanfran. Los conocimos en la anterior vuelta al mundo, cuando visitábamos la Puerta de la India. Enma fue enfermera. Tiene los ojos de Liz Taylor. Es un violeta que *jinotiza*. Su marido es arquitecto. Destaca por su altura, su nobleza y por saber escuchar. Enma conoce mi trabajo y mis libros. Es una delicia hablar con ella. Y me suelta, de pronto:

—¿Cómo era Jasón, el mayor de la USAF?

—Como Gary Cooper —respondo—, pero más viejo y con el pelo blanco como la nieve.

—¿Y Eliseo?

—Distinto al mayor. Me pareció muy joven...

Y Enma se interesa por los libros «que no he publicado todavía».

—Si no recuerdo mal —le digo— en estos momentos hay escritos diez o doce...

—Sin publicar...

—Exacto. Y cito algunos de los títulos: *Mis «primos»*, *Están aquí*, *Risas y lágrimas*, *1010*, *Luz de tungsteno*...

Hago una pausa, tratando de recordar, y Enma me anima a continuar. Sus ojos violetas me aturden. ¡Qué belleza!

—... *Momentos*, *Cartas no enviadas* —prosigo—, *Cartas a Satcha*, *Belén*, *Amado gurú* y *Mesa 110*.

—¿Ésos están ya escritos?

Digo que sí y añado:

—Y guardados en un armario.

—¿Y por qué no se publican?

—La editorial no quiere más de un libro al año.

A Enma no le parece bien. Yo me encojo de hombros.

Llegan noticias del mundo. La Organización Mundial de la Salud (OMS) ha elevado el nivel de riesgo de expansión del coronavirus a «muy alto».

Tras la cena, una vez en el camarote, me da por contar el total de «preguntas a Dios»: 336. Consulto la kábala. ¡Vaya! «336» equivale a «preguntar» (¡). La suma de los dígitos de 336 (3 + 3 + 6) = 12 = «3» tiene el mismo valor numérico que «Ab-bā (Padre) y revelación». Quien tenga oídos que oiga...

1 de marzo, domingo

Navegamos a toda máquina por el estrecho de Bass. Se trata de una mar rebelde y gris —de apenas cincuenta metros de profundidad— que separa Australia de la isla de Tasmania. Aquí se han perdido muchos barcos. En 1859 se construyó, al fin, un faro salvador.

El viento —montuno— impide caminar por cubierta.

Me dedico a terminar *Helena (con hache).* Y un súbito pensamiento entra por la puerta del camarote: «No me importaría regresar a casa. Estoy cansado de este crucero». ¡Qué extraño! ¿Por qué pienso cosas así?

A las doce medio escucho al capitán. La megafonía se la come el viento. Dice algo que dijo Joly: «Todos admiten que el mar es uno de los paisajes más bellos de la naturaleza». El tal Joly se quedó calvo detrás de la oreja... Me siento y escribo para mí: «El cerebro interpreta el agua como un ser vivificador... Pero hay más; mucho más», «El agua nunca es ordinaria», «Juzgarás el agua según tu sensibilidad», «El agua puede ser física y abstracta al mismo tiempo», «Cuando el agua piensa, brilla», «El charco es agua mutilada», «El agua es la última en abandonar tu cuerpo», «Ante la pobreza, el agua guarda silencio. En la riqueza se vuelve muda», «El agua es inteligente: se comporta igual ante el sabio y ante el necio», «El agua sabe cuándo está en presencia del bien o ante el mal»...

13 horas: tertulia en la cubierta nueve. Algunas mujeres toman el sol y Enma, la bella de los ojos violetas, quiere saber más sobre esa docena de libros míos no publicados. Y hago una excepción. Enma se lo merece. Le hablo de *Momentos*. Fue escrito hace años. En él describo mil «momentos» singulares en mi vida. Y le anuncio:

—Es un libro especialmente erótico...

No sé si me cree. Y añado:

—¿Se publicará algún día? Lo dudo...

—¿Por qué?

Le digo la verdad:

—Hay mujeres comprometidas.

Me mira, desconcertada. Y prosigo:

—*Luz de tungsteno*: diez mil frases, diez mil pensamientos sobre los más variados asuntos. En la portada aparece el siguiente aviso: «Publicar después de mi muerte o desaparición».

—¿Desaparición? ¿Qué quieres decir?

No respondo a las preguntas de *Liz*.

—Siguiente libro —continúo—: *Belén*. Se trata de las páginas arrancadas al *Caballo de Troya (9)*. No sé cuándo se publicará.

—¿Aparece el Maestro?

—Claro. Jesús y su gente huyen del Sanedrín durante seis meses. Es una historia preciosa e interesante. Tampoco sé cuándo saldrá a la luz. Siguiente libro: *Mesa 110*. Fue nuestra primera vuelta al mundo. Tú y Juanfran la vivisteis con nosotros.

Enma sonríe con el violeta de los ojos.

—*Mis «primos»*, *Están aquí* y *Risas y lágrimas* son libros de investigación ovni. Son la continuación de *Sólo para tus ojos*.

—¿Y por qué no publicas dos libros al año? —pregunta la mujer, visiblemente contrariada.

—Te lo dije. Planeta no lo permite.

—¿Y el resto de libros?

—Los dejaremos para otra ocasión...

La jornada discurre sin tropiezos y sin sucesos llamativos. Blanca visita los mercadillos y juega al parchís. En una de las tiendas me señala un brillante. Le gusta. El precio es de risa: 9,99 euros. El bingo está a reventar de gente. El «bote —dice la compañía— es de 5.000 euros».

En la cena —de gala—, Pili, *la Cubana*, explica cuál es la situación en Chile, su país. Total desastre. Las manifestaciones se suceden. Queman y asaltan comercios. Es el caos... *Trebon* echa la culpa a los «malditos comunistas» y exige que vuelva Pinochet.

—Está muerto —aclara Moli—. Gracias a Dios...

Blanca explica al grupo que yo conocí al general. Y me invita a relatar lo sucedido. Lo hago a regañadientes.

—Fue con motivo de una investigación —resumo—. A través de un buen amigo —Giovanni Carella— tuve acceso a él. Conversé con Pinochet durante cuatro horas. Y le hablé de lo que me interesaba: el caso del cabo Valdés. Pinochet dijo que Valdés era un borracho. Al día siguiente, un ayudante del general llamó a la puerta de mi habitación, en el hotel de Santiago, y me entregó una documentación secreta sobre el avistamiento ovni del cabo y la patrulla que custodiaba caballos cerca de Putre, al norte de Chile. Volví a ver a Pinochet, en su casa, y pregunté por qué me había regalado aquella documentación confidencial si, durante cuatro horas, estuvo negando la autenticidad del encuentro ovni. «Es que los americanos —respondió en voz baja— vigilan todos mis movimientos.»

Retrasamos los relojes de nuevo. Me asomo al balcón del camarote. La mar brama. No la reconozco. Esta mar tiene mucho que aprender de la de Barbate.

2 de marzo, lunes

Me despierto a las siete de la mañana. Sigue la navegación. La mar no descansa. Arremete contra el barco una y otra vez. ¿Qué le pasa? Parece que quiere decirme algo...

Desayuno, escribo y leo.

El día se presenta monótono. Llegan noticias de España: en Torrejón (Madrid) aparece un súbito foco de infección por coronavirus. Se han detectado siete casos. ¡Qué raro! —me digo—. En Torrejón hay una base aérea de utilización conjunta con los norteamericanos... Sí, muy extraño. En Italia se sigue propagando el virus (ya hay 1.700 casos y 34 fallecidos). Por su parte, los trabajadores del Louvre se niegan a abrir el museo «por miedo a contagiarse del coronavirus».

Escapo de las noticias y camino por la cubierta nueve. La mar levanta el puño, amenazadora. Sé que quiere decirme algo pero, ¿qué? El capitán se luce con una frase espléndida: «Según algunas leyendas, el mar es la morada de todo lo que hemos perdido». Y pienso: «Tengo que hablar con Nicolò Alba y convencerlo: la mar es una mujer». Y escribo (para mí): «La mar no sabe gotear (ni gatear)», «No te empeñes: la mar nunca sonríe», «La mar no sabe que está viva», «La mar no sabe qué es la mar», «No comprendo por qué la mar no tiene goteras», «Las burbujas tienen toda la pinta de renegadas», «Dicen que el hidrógeno y el oxígeno son los padres putativos del agua (me parece un cotilleo muy mal intencionado)», «El diluvio universal es otra mentira bíblica», «Un día lo descubrí: Noé era meteorólogo«, «El vidrio es otra cárcel del agua»...

Tras el almuerzo acudo al Piano Bar, en el puente tres. Carlitos habla sobre astronomía. Necesito dormir...

¡Vaya! Al volver al camarote me doy cuenta: ¡he perdido a Dios! ¡He perdido el dado que siempre llevo en el bolsillo izquierdo del pantalón! ¿Cómo es posible? Mi tío Julián tenía razón: «Este niño —decía— no es torpe; es torpísimo». Cuando me asalta una duda grave consulto con Dios (es decir, con el dado). Lo lanzo y, si sale «1», «2», o «3», lo interpreto como «sí». El resto de los números es «no». Así he resuelto algunos problemas. El dado, en fin, me da confianza. Desde hace mucho es un maravilloso compañero. Lo buscamos. Reviso la cabina. Miro debajo de la cama y del sofá. Negativo. Dios no aparece. Blanca, compadecida, me presta su dado. Ella también es de la secta...

En la cena, *Trebon* habla de política. Asegura que muchos periodistas comen del «pesebre». Así llama al «sistema» que alimenta a los mediocres.

—Ahora —afirma— toca socialismo y comunismo.

Pregunto, inocentemente, cuánto gana un político. *Trebon* sonríe malicioso y replica:

—Seis mil euros al mes, como poco.

124

—¿Y *el Coleta*? —se interesa Cristina.

—Ése más —concluye *Trebon*—. Ése no baja de los 12.000 euros al mes.

—Y, si es comunista —se interesa Moli—, ¿reparte con los más necesitados?

Trebon lo mira, atónito.

—Que sea *comunistoide* —proclama— no quiere decir que sea tonto. ¿Has visto algún comunista que comparta su dinero?

De regreso al camarote echo de menos a mi dado (mi Dios).

3 de marzo, martes

El *Costa Deliziosa* atraca en Melbourne (Australia) a las seis de la mañana. La ciudad despierta violeta. Los rascacielos y las avenidas están a un paso. Casi los podemos tocar con la mano.

Blanca y yo conocemos la ciudad. La visitamos en 2017. Y, de mutuo acuerdo, prescindimos del grupo. Estamos hartos de *la Jartible*. Callejearemos a nuestro aire.

El barco zarpa a las 19 horas rumbo a Sídney. Tenemos tiempo de sobra para husmear en las tiendas y, sobre todo, en las librerías.

Al bajar a tierra, la policía australiana examina los pasaportes y nos examina. Es un *face to face* divertido. En estas situaciones siempre pongo cara de malo (a ver qué pasa). Blanca me pellizca, irritada. No pasa nada. El policía de turno sonríe y —cómplice— responde con otra mueca.

Asombroso. Australia está en alerta roja a causa del coronavirus y, sin embargo, a nadie parece importarle. Nadie se protege. Nadie guarda distancias.

Aprovechamos la brisa de terciopelo de la mañana y caminamos y caminamos. Compro libros sobre pinturas rupestres en el norte australiano. Tomamos un sabroso café y saltamos a los viejos tranvías que se aventuran, valientes, por los bulevares. Visita obligada a la catedral de San Patricio, al mercado de colores de Queen Victoria y a la anciana estación de Flinders Street. Almorzamos el plato típico de Melbourne —*fish and chips* (pescado y patatas fritas)— y lo hacemos en el restaurante con más solera: Young and Jackson. Delicioso.

Y agotados, tras seis horas de callejeo, regresamos al buque y al camarote.

Blanca repasa sus armarios por enésima vez y yo escribo. Y, de pronto, movido por el recuerdo de las deliciosas *chips*, me pregunto: «¿Y cuáles son las pequeñas grandes cosas que me *jinotizan*?». Agarro el cuaderno de campo y busco en el laberinto de la memoria. Y escribo: el valor de lo pequeño aumenta, exponencialmente, en función de las carencias. En mi caso sucede lo contrario: cuanto más sé sobre Dios, y sobre mí mismo, más me importa lo supuestamente pequeño. Y escribo.[1]

1. Pequeños grandes asuntos que me *jinotizan*: sentarme y aprender (me), subirme al tren bala del número pi, la indefensión del dedo meñique, recostarme en una mirada, acompañar a los pies desnudos por la arena de una playa, levantarme por la mañana y saber que Orión sigue ahí, el lenguaje de seda de los dedos, el perfume —de puntillas— de los naranjos, contemplar la prehistoria de un tomate en una flor, adivinar los pensamientos de una mujer mientras finge que no piensa, suponer a Dios prendiendo estrellas (una a una), la calderilla de la risa; el sofrito de algunos encuentros y conversaciones, Beethoven a eso de las siete de la tarde, un par de tragos de soledad conmigo mismo, conjunción de firmamentos en una idea y conjunción de ideas en un firmamento, una noche estrellada (aunque sea sin Van Gogh), imaginar (incluso en sueños), el reencuentro con la ducha tras dos semanas de amor con el desierto, abrir las páginas nocturnas del Sahara, contemplar el horizonte inalcanzable de la tolerancia divina, dos huevos fritos con patatas crujientes, el silencio (no importa a qué hora ni dónde), los pechos de una mujer (mientras me asomo a la imaginación), salir de excursión a la memoria, subir al cielo con el humo del primer cigarrillo del primer café de la mañana (cuando fumaba), terminar (no importa qué), ocupar la jornada con un máximo de cero obligaciones. Sentarme en el pensamiento y ver pasar a los demás, cine, por favor (más cine, por favor), arrellanarme en mi sillón y reírme del día que se va, saber que siempre vuelvo, abrir cada «ahora» y descubrir qué contiene, contemplar la *bellinte* de Dios, saber que los muertos se van (pero sólo temporalmente), el reencuentro con mis zapatillas, cortar una rosa para ella (o para Él), el pistoneo de *La gitana azul* en la memoria, el tirón de un choco con Barbate al fondo, saber que no soy imprescindible, las caras de los demás (casi todas), el lenguaje de trapo de Frasquito, cualquier encuentro con IOI (palo-cero-palo), aprender (aunque sea para olvidar), los días (tras las rejas negras y rojas de los calendarios), rememorar

¡Vaya y revaya! Cuento el número de pequeñas grandes cosas que me *jinotizan* y leo IOI. En kábala, «101» equivale a Micael, el verdadero nombre de Jesús de Nazaret. ¿De qué me asombro?

Cambiamos de restaurante. La cena tiene lugar en el bufet de la novena planta. En esta ocasión con *las Cubanas*. Me ale-

---

aparcería, una vieja fotografía (que vuelve sin avisar), el misterioso silencio de los ascensores, apagar la sed (no importa cómo), el agua fría (correteando por los pies), el fuego casi eterno del sol, contar años luz (pero con los dedos), asomarme a las estrellas (para saber quién soy), atrapar ideas (antes de que escapen), yo mismo (contemplado con una cierta perspectiva), burlar la ortodoxia y descubrir que no pasa nada, intuir que nadie se equivoca (nunca), un cuaderno en blanco al que resucitar con rotuladores de colores, saber que la felicidad no se busca (ella te encuentra si no la buscas), no hacer planes más allá de mi sombra, Dios a la vuelta de la esquina, leer (incluso con los ojos cerrados), sentir cómo llaman los peristálticos y cómo se van los fenoles, vaciar el tiempo, dormir bajo un techo de cristal, oír el comadreo de la lluvia bajo un techo de cristal, la impenetrabilidad del pensamiento, la precisión de la mirada, la velocidad (superior a la de la luz) de la intuición, la simetría de todo lo que contiene amor, el más insignificante de mis hallazgos, los neutrinos (capaces de atravesar billones de kilómetros de plomo sólido sin que nada los distraiga), los pilotos (que hacen volar lo que, obviamente, no puede volar), los pilotos (porque jamás hay que repetirles las cosas), la gravedad (tan sufrida, tan constante y tan silenciosa), el pan frito y su música (al masticarlo), abrir un melón de madrugada y sorprender a Dios en su interior, la tenacidad (no humana) del oleaje, el poder invisible de los polos, Dios, en el *big bang* (ajustando la densidad de la materia para que hoy sea 0,1), el incomprensible silencio de los muertos, el misterioso pecado de los osos hormigueros (por el que han sido condenados a no soñar), la belleza, oportunidad, precisión e invisibilidad del sexto sentido femenino, la matemática simetría C_6 (no humana) de un copo de nieve, imaginar el Tiempo sin el bastón del Espacio, la fidelidad de los espejos, Lorca y Neruda y su peculiar manera de enredar en el interior de Dios, el pobre Heisenberg (siempre con su incertidumbre crónica), haber llegado a los setenta años sin proponérmelo, el obligado silencio de los peces, una familia de gotas de lluvia (perdida en el cristal de mi ventana), mi padre: José Benítez Bernal (como Dios, pero más alto), el seco crujir de la nieve cuando me ve llegar, la ventana de mi imaginación (por la que entran los Reyes Magos), la orfandad de las profundidades marinas, las damas de noche y sus conciertos en los cines de verano de Barbate, la mar (a todas horas: no importa que esté pintada), el olor a purpurina (mientras la vieja estufa de leña me calentaba las orejas y la imaginación), el intrigante silencio de los cuadros, *Veinte mil leguas de viaje submarino* (sin una sola salpicadura), el vuelo a la pata coja de una mariposa azul...

gro de perder de vista a *la Jartible*. Lo tengo claro: no más viajes —no más trato— con esta señora...

4 de marzo, miércoles

Nuevo día de navegación.

A las once de la mañana termino *Helena (con hache)*. ¡Bravo! Otro libro al armario de los inéditos...

A las doce camino por la cubierta diez y escucho al capitán. Navegamos hacia Sídney. En breve aparecerá por nuestra izquierda la isla Gabo. Puro granito. Su faro —el segundo más alto de Australia— fue levantado con granito rosa. Cuenta la leyenda que el que lo contempla de día «vuelve a casarse». ¡Vaya! Me ha tocado...

La frase del día resulta flojita: «Cuando se es frágil emocionalmente, basta con escuchar el sonido del mar...». Al autor de la misma —Yoshimoto— le falta un hervor. Escribo las mías: «Cuando la mar retrocede, las playas —desoladas— lloran cangrejos», «La mar se confunde muy poco», «La mar se ríe del océano Atlántico, del Índico, del Pacífico y de los otros mares», «El agua huye del hombre (constantemente)», «La mar baila con la boya», «El agua se resigna en la copa», «La lluvia siempre es forastera», «Las tuberías tratan de domesticar —inútilmente— al agua», «El hombre no ha inventado (aún) el agua rallada»...

Blanca se va de mercadillos. En el puente tres exponen relojes, ropa, perfumes y toda suerte de pomadas afrodisíacas. Le tengo miedo...

Leo y leo. Llevo devorados diez libros.

La cena —en el restaurante Albatros (segunda cubierta)— resulta de lo más animada. Es la fiesta italiana. Los camareros cantan y bailan por el mismo sueldo. La gente agita pañuelos y baila la conga. *La Jartible* prefiere hablar de su hija María.

Moli saca a relucir la última noticia: el Vaticano está en bancarrota como consecuencia del coronavirus. Dice la televisión que llevan perdidos 320 millones de euros. La gente, obviamente, evita las aglomeraciones en la basílica y los Museos Vaticanos están cerrados.

—¡Que se jodan! —brama el anestesista—. Sólo piensan en el dinero...

—La iglesia es un negocio —añade *Trebon*—. Es la inmobiliaria más importante de Italia. Además, fabrica armas y preservativos...

—¿Y por qué la gente sigue acudiendo a las iglesias? —pregunto al de Motril.

—Cada vez menos... Y los que lo hacen es porque se agarran a un clavo ardiendo.

En eso estoy de acuerdo con *Trebon*. Las iglesias —todas— son un naufragio. Intento explicar en qué consiste la religión del espíritu, pero doña Rogelia se adelanta y arruina mis propósitos. El discurso sobre su familia se alarga el resto de la cena. Y, para colmo, nos habla de las excelencias de Melbourne. No puedo creerlo. Durante la visita, *la Jartible* y Marisa sólo se preocuparon de buscar tiendas de sedas. Tengo que terminar con esta situación. Pediré el cambio de mesa. Esta señora es insufrible...

Caminamos por la tercera cubierta. Hace frío. Necesito calmarme. Las estrellas se han tapado con un edredón de nubes. Blanca y yo hablamos. ¿Solicitamos el cambio de mesa para desayunar y cenar? Discutimos. Blanca solicita paciencia. «Estoy harto —le digo—. Llevamos dos meses soportando a *la Jartible*.» Termino por aceptar su prudente criterio. Resistiré.

Antes de dormir me acurruco en la voluntad del Padre Azul...

5 de marzo, jueves

La llegada a Sídney —siete de la mañana— es espectacular. El amanecer se ha vestido de naranja, lila y azul agachado. Todo refleja (incluso mi mente). Las gaviotas de cuello blanco —bien adiestradas— corren la cortina de la noche y dejan al aire la Opera House y un bosque de mástiles. A lo lejos se escucha una sinfonía en mástil menor. Son más de trescientas campanillas en otros tantos veleros. Sídney es así: música (siempre música).

Blanca organiza una excursión con el barco. Ya hemos visitado la ópera, pero decidimos repetir. Es excepcional.

A las 16 horas retornamos al *Costa Deliziosa*. Días antes pudimos localizar a Óscar Corrales, un uruguayo que vive en Australia. Al parecer tuvo un encuentro ovni.

Óscar llega puntual. Es un hombre tranquilo, acostumbrado a la dinámica de hierro de Australia.

Tuvo su primera experiencia a los tres años, en Uruguay. Salió a pasear a eso de las diez de la mañana y, sobre unos árboles, observó una especie de campana con dos escalones... Sus primos también lo vieron.

—Entonces aparecieron dos personas delante de mí —siguió explicando—. Pero sólo pude verlas de cintura hacia abajo. Fue muy raro... Y empezó una especie de zumbido, muy fuerte. Esto ocurrió en Montevideo. En esos momentos, mis primos y yo vimos una tela de araña que cubría el cielo.

En 1991 —según el testigo— «ellos volvieron».

—Me encontraba en mi casa —añadió—. Y «ellos» se presentaron. No sé cómo entraron. Me dieron a beber un líquido y volvieron a visitarme otras dos veces.

Pregunto por el aspecto de los seres y los describe con grandes cabezas y numerosas arrugas en el rostro y en el cuello. Asegura que proceden de otras dimensiones y que tienen una extraordinaria capacidad técnica.

—Pueden transformarse en lo que quieren: un cuerpo humano o un animal —relata Óscar—. Viajan de la Tierra a la luna en dos segundos.

Óscar cree que la Tierra viene a ser como una granja. Toman lo que desean y lo manipulan, siempre en su beneficio. «Nos llevan 148.000 años de adelanto», afirma convencido. «Ellos» se lo dijeron.

No sé qué pensar. Nos despedimos y escribo en mi cuaderno de bitácora: «Caso dudoso».

Cenamos y regresamos al camarote. Mañana zarparemos hacia Tasmania.

Óscar (derecha), con **J. J. Benítez** en Sídney. (Foto: Blanca.)

6 de marzo, viernes

Día tranquilo. Abandonamos el barco a primera hora de la mañana. Quiero visitar el acuario de Sídney, uno de los más notables de Australia. Me interesan las rayas de caras sonrientes, los amorosos hipocampos y, sobre todo, las medusas. En un próximo libro —de título *In-posible*— ocuparán un lugar destacado. Necesito fotos.

Nos acompañan *las Cubanas*. Todos estamos hasta el moño de *la Jartible*.

Comemos algo y subimos a la célebre torre de Sídney. El atardecer está pintando tejados. Pero, de repente, alguien me empuja y casi me derriba. Me vuelvo, desconcertado. Un maldito y grosero franchute me mira, desafiante. Y pide paso. ¿Será posible? Me planto frente al energúmeno y lo llamo estúpido. El francés me mira a los ojos, sabe que no voy a moverme, y se arruga. Lo decía mi abuela: «El problema de los necios es que se reproducen».

Compramos güisqui, llevo a cabo el «trasvase», y regresamos al buque. Estos franchutes se consideran superiores. Es una plaga.

El *Costa Deliziosa* zarpa hacia Hobart, en Tasmania, a las cinco de la tarde. Mientras las gaviotas corren la cortina de la noche, Blanca contempla las primeras estrellas y me hace una pregunta singular:

—Cuando pasemos al «otro lado», ¿seremos espíritu?

—Al principio no. Necesitarás un «no tiempo» para ser luz que piensa...

—¿Y qué ventajas e inconvenientes tiene ser espíritu?

—Según mis noticias, todo son ventajas...

Blanca me observa, incrédula, y solicita una lista:

—¿Podrías escribir esas ventajas?

Le digo que sí. Y me encierro en el camarote, dispuesto a revelarle algunos de los beneficios de ser espíritu.[1]

1. Ventajas (y escasos inconvenientes) de ser espíritu: no hay que madrugar. No hay que hacer cola. No hay enfermedades. Nadie se aburre. La muerte es un recuerdo muy difuso. No hay que comprar papel higiénico ni compresas. Es posible estar en dos sitios a la vez. No hay sexo (¿inconveniente?). No se corta la digestión. No se te cae el pelo. No hay teléfonos ni Internet. No hay publicidad ni *Sálvame Deluxe*. No hay fondos de inversión. No existe el miedo. No hay pasado ni futuro. No hay desempleo. No hay políticos. El transporte es público y gratuito. Nada caduca. No hay esposo, ni esposa, ni padres, ni hermanos, ni hijos y mucho menos suegras y cuñadas. No tendrás que dar explicaciones. No hay números rojos. Todo es gratis. No hay dogmas ni religiones. No es posible tocar (adiós a las caricias). Se puede respirar bajo el agua (en realidad no se respira). Los pensamientos siguen siendo blindados. No hay forma de dejar huellas en la arena. No hay puestas de sol. Se puede volver a la materia (según). No existe el error. Todos (o casi todos) marchan en la misma dirección. No hay ruido. Nadie grita. Todos se entienden en la misma lengua. No necesitarás bronceador. No hay hospitales ni Seguridad Social. No hay socialismo ni capitalismo (en realidad no hay democracia). No tendrás que votar. No existe el IVA. Se puede viajar a 9,5 veces la velocidad de la luz... La felicidad es indescriptible y permanente. Recuperarás tu verdadera identidad (perdida en la materia). No hay que abrir puertas. ¡No hay niños! Trabajarás en lo que verdaderamente te gusta. En realidad no seremos uno o una (seremos dos en uno). Entonces, cuando seas espíritu, entenderás que la Verdad es incomprensible. Dios (el Padre Azul) estará menos lejos. Cuando seas espíritu dormirás (si te apetece). Allí hay fronteras (pero no se ven). Allí no me llamarás Juanjo. Allí empezarás cada «ahora». Allí nadie llora (las lágrimas son un recuerdo). En el «otro lado» nada pesa. Allí, nada es imposible. La imaginación (la verdadera) superará todo lo imaginable. Allí hablarás con la mirada (como ahora, pero mejor). Allí no hay espíritus negros, blancos o amarillos. Allí no hay frío ni

7 de marzo, sábado

Día triste. Nada más desayunar, Rosa Paraíso nos da la noticia: Manolo Delgado ha muerto. Manolo era un excelente guía. Lo sabía todo sobre Egipto. Hicimos varios viajes al país del Nilo en su compañía. Era un hombre servicial y atento. Aunque tuvimos nuestras diferencias, Blanca y yo lo apreciábamos.

Blanca, tímidamente, me anuncia que ha solicitado una señal a Delgado. «Si estás vivo —me dice— tendré que ver, por algún lado, la palabra "pirámides". No importa dónde ni cómo ni cuándo.»

---

calor (todo lo contrario). Allí se acabaron las mudanzas. Allí no hay peluquerías. Allí todo es público (o casi). Allí nadie fuma (¡pobre Fernando Jiménez del Oso!). Nadie te rascará la espalda (y tú tampoco). No hay genes. No sales en las fotos (entre otras razones porque no hay cámaras fotográficas). No se te cae la tostada (y mucho menos por el lado de la mantequilla). Sorpresa: descubrirás algo mucho mejor que el sexo. Por más que te empeñes, la lluvia no te mojará. No hay Navidad ni Reyes Magos. Nadie miente (¿para qué?). Los viajes son otra cosa. Te enamorarás de ti mismo. Jesús de Nazaret sólo es una etapa. Descubrirás que cada galaxia necesita un Dios. Descubrirás que las revelaciones ya no caen como lluvia mansa. Allí no hay estrellas en la noche (en realidad no hay noche). Allí no hay libros (y mucho menos sagrados). Allí hay más jefes que indios. Allí, nada más llegar a los mundos MAT, recibirás un curso de rehabilitación mental y otro de reciclaje histórico. Allí no hay vicios. Allí, si hablas mal de alguien, es que todavía estás muerto. Allí nada te parecerá real (al principio). De allí nadie regresa (salvo que esté autorizado y brevemente). Allí no hay escaleras (ni siquiera mecánicas). Serás plena conciencia (como nunca). Sentirás por cada poro de tu nueva conciencia. Podrás ver por el cogote (o sea: tendrás visión de 360 grados). Descubrirás que los ángeles, como los Dioses, no tienen ombligo. Allí, cuando seas espíritu, descubrirás que todo es relativo. Allí nadie utiliza el sentido común (no es necesario). No lo creas: ser invisible no es tan incómodo. Allí los colores y la música son puros. Allí está prohibido hacer planes (al fin). Allí no tienes por qué circular por la izquierda o por la derecha (y no hay guardias de la circulación). Allí, todo es TODO. Allí, todos somos de todos. Cuando despiertes del dulce sueño de la muerte te aplaudirán. Allí descubrirás que nada es lo que parece (en la materia). Allí descubrirás que la casualidad es un infundio. Allí comprenderás que Dios son muchos. Allí estarás obligada a visitar el país de Nunca Jamás. Allí te enseñarán a vivir —únicamente— el «ahora». Allí nadie usa reloj.

Me parece muy bien, aunque la señal la considero endeble. Es cierto que vivimos con él interesantes experiencias en las pirámides; en especial en la de Keops. Pero no digo nada. Y solicito mi propia señal. «Si está vivo —como creo—, en Madagascar, cuando visitemos el parque de los lémures, uno de estos animales deberá acercarse a mí y me tenderá la mano.» Se me antoja difícil (por no decir imposible), pero lo escribo en el cuaderno de bitácora. Ya veremos...

A las doce habla el capitán. Seguimos navegando hacia Tasmania. Nicolò Alba llama la atención sobre el llamado *Cape* (cabo) Howe, a poco más de 12 millas del *Costa Deliziosa.* Nos encontramos en el East Gippsland, un parque único en el mundo. En él habitan tortugas de colores y serpientes marinas de 20 y 30 metros de longitud (peligrosísimas). «Que nadie se aproxime a las barandillas», recomienda. Asombroso: la sugerencia del capitán hace que todo el mundo se asome por la borda... Los de seguridad obligan a la gente a retirarse. Hay protestas y teléfonos móviles por todas partes. Las serpientes no aparecen.

Frase del día: «Conozco el camino del océano —dice Helena Blavatsky—, que recibe todos los ríos y arroyos. Pero la poderosa calma del mar permanece sin sentirlos». Busco un rincón y escribo mis propias frases sobre el agua y la mar: «La caricia del agua es "inagualable", «El agua —constante— ven-

Manolo Delgado y Blanca, en uno de los viajes a Egipto. (Foto: J. J. Benítez.)

ce al granito», «La ventisca es agua irritada», «El agua alivia porque procede de Dios», «El agua es envenenada a la fuerza», «El agua reúne lo visible y lo invisible», «Los puentes son pura cobardía», «En la mar hay criaturas que el ser humano no imagina»...

A las 13 horas subo al bar de la cubierta nueve. Los españoles discuten. El gobierno español ha convocado una serie de manifestaciones para celebrar el Día Internacional de la Mujer (8-M). Los estudiantes, por su parte, han organizado un día de huelga para protestar contra la violencia machista y «el voto parental». Hoy, sábado, saldrán a la calle en cuarenta ciudades españolas. «Es inaudito —argumentan los españoles, con razón—. La OMS advirtió el pasado 2 de marzo del "peligro de las concentraciones masivas". El coronavirus pasará factura.» Algunos van más allá y acusan a Sánchez, presidente del gobierno, de «inútil e inconsciente». Habrá que pedir responsabilidades penales. ¿Cuánta gente quedará infectada como consecuencia de estas manifestaciones? Y las bolsas europeas siguen en caída libre...

Blanca se distrae en los mercadillos del barco (segunda cubierta). «Elige cuatro accesorios —"Cruise Club"— a partir de 10,99, entre bolsos de fiesta, corbatas, collares, brazaletes, pashminas y pareos y te regalaremos uno.» La publicidad es absorbente. «Si compras diez postales (de viaje) te regalamos dos.»

Lola, *la monja*, habla a los españoles de los puertos australianos que nos quedan por visitar (17:45 en el teatro). ¿Y qué pasa con la alerta roja? Esto no me gusta...

En la cena siguen los improperios contra Sánchez y *el Coleta*. Los llaman «tontos de baba», «progresistas de mierda», «borricos» y «frotaesquinas».

8 de marzo, domingo

Me despierto a las seis de la mañana. El barco reduce la velocidad y acaricia las aguas grises que juegan con los acanti-

135

lados de Tasmania. A las ocho avistamos Hobart, la capital. Después de Sídney es la ciudad más antigua de Australia. Fue fundada en 1804. Sus primeros habitantes fueron trescientos convictos y un puñado de granjeros.

A las 08:30 bajamos a tierra. Un bus nos pasea por la ciudad. Es como Barbate, pero más fea y con algunos rascacielos. Visitamos un jardín botánico —estoy de flores hasta el moño— y regresamos al barco. El *Costa Deliziosa* zarpa a las 18 horas, rumbo a Adelaida, en la costa sur de Australia. Me hubiera gustado ver el diablo de Tasmania, pero no ha habido tiempo.

En la cena sigue el tumulto: «¡Sánchez a la cárcel!», solicita la *Jartible*. *Trebon* anuncia: «Nueve ministros acuden a la manifestación del 8-M». Moli los llama pardillos. Marisa se abstiene. *Las Cubanas* no entienden nada. «¿Tenemos lo que nos merecemos?», pregunta *Trebon*. Yo digo que no.

Moli recuerda que Australia sigue en alerta roja respecto al coronavirus. ¿Por qué nos llevan a Adelaida?

—La compañía —sentencia Moli con sobrada razón— debería suspender el crucero y devolvernos a casa.

Doña Rogelia aplaude y vuelve a solicitar un «pasillo sanitario desde Venecia hasta Gójar».

Esta madrugada, la televisión ofrece imágenes de diferentes ciudades españolas. Miles de personas se manifiestan por las calles, exigiendo igualdad para la mujer. ¡Qué desastre! ¡Y nueve ministros en cabeza! Al mismo tiempo se habla de un «salto» en la epidemia. En un solo día, el coronavirus ha matado a diecisiete personas. Italia registró ayer 133 nuevas muertes. Los italianos viven conmocionados. Giuseppe Conte, el primer ministro, ha decretado el aislamiento de 16 millones de vecinos en el norte italiano. ¡Y nosotros jaleando el 8-M!... ¡Qué mierda de país! Fernando Simón, director del Centro de Coordinación de Alertas y Emergencias Sanitarias, afirma ante las cámaras que todos los fallecimientos —en España— son de personas de avanzada edad y con patologías previas. El gran foco está en Madrid, con doscientos casos.

Esto se pone feo...

9 de marzo, lunes

El sol de Tasmania es especialmente feroz. Amanece rojo de rabia. Blanca sube a la popa, en la novena cubierta, y le advierto: «Gasta cuidado. Ese sol no te conviene...». Se lleva un libro y me sonríe. Nunca aprenderé que las mujeres hacen lo contrario de lo recomendado. Así lo dicta su naturaleza.

Yo me refugio en el camarote y trazo esquemas para un nuevo libro.

A las doce, como siempre, camino por la cubierta diez y escucho al capitán. Hoy habla del diablo de Tasmania, un marsupial de la familia *dasiurid*. Según Nicolò Alba, este animal dispone de la mordedura más potente del planeta. Puede moler huesos y convertir el granito en arena fina. Frase del día: «Cuando me afloran pensamientos complejos, negativos o la ansiedad, voy al océano y los arrojo al mar». Falso. Me siento y escribo mis frases: «Los necios consideran el agua como un accidente de la naturaleza», «El agua debería ser estimada como una criatura superior», «Al beber agua cierra los ojos y reza; ella se sacrifica por ti», «La mar te dejará huella (no al revés)», «Yo inventé Macondo (1949) en la playa de la Yerbabuena, en Barbate», «El melón contiene a Dios (licuado)», «La mar truena en la memoria. Es la ley», «La sandía es agua roja (directamente de la nevera de Dios)», «El mango es agua y oro (robados a la Divinidad)», «La piña es agua señorial»...

En el almuerzo, Blanca —nerviosa— me muestra el libro que está leyendo. Se titula *Enamorada del diablo*, o algo parecido. Autora: Gaelen Foley. Lo abre y señala una página. Ha subrayado una palabra en rojo. Leo «pirámides». Blanca pasa del nerviosismo a la alegría. Y exclama:

—¡Es la señal que solicité a Manolo Delgado!

Vuelvo a mirar. En efecto, allí aparece la palabra solicitada cuando supimos de su fallecimiento. De eso hace dos días...

Bajo a la biblioteca del barco y cuento los libros en español: sesenta disponibles. ¿Qué probabilidad matemática hay de que mi esposa elija un libro, al azar, y ese libro contenga la palabra *pirámides*?

Charles se secó una gota hela~~~ ~~~~~~~~~~~~ ~~ ~~~
desagrado en los labios, aunque Dev ya se había percatado de que
el procurador había estado en lo cierto acerca del agente inmobi-
liario. Dalloway se mostraba tan escurridizo como el aceite y tan
dicharachero como una rata sobre un montón de basura mientras
los conducía por el lugar, ensalzando sus supuestas virtudes.

—El pabellón principal, en el que nos encontramos ahora, se
~~~~ de unos mil metros cuadrados, con unas inmensas coci-
~~~ de procurar alimento a un regimiento. Cuidado por
~~~~ñorita. Aquí están las escaleras. Tienen que ver las ha-
~~~~ la planta alta…

~~~~~ alta contaba con un distribuidor que daba paso a las
~~~~~~~ones, cada una de ellas dedicada a un tema en concreto.
Una estaba decorada como una jungla. La habitación egipcia tenía
una falsa palmera en el centro de la estancia y en las paredes se
apreciaban unas desvaídas <u>pirámides</u> pintadas al trampantojo.
Otra de las habitaciones representaba el palacio del César en la
Antigua Roma, con desnudos de escayola blanca barata que imi-
taban el mármol y enormes divanes escarlatas, que servían de alojamiento para los ratones. Su escrutinio lo llevó hasta los tapices
que colgaban de las paredes y las montañas de excrementos de
murciélagos.

dos,
juz~
sor~
des~
no~
po~
fe~
ún~
g~

n~
l~

Manolo Delgado respondió. ¡Sigue vivo! (Foto: Blanca.)

**Portada del libro en el
que Blanca encontró la
respuesta a su petición.
(Foto: Blanca.)**

Sofía, una contactada de Écija (Sevilla. España), envía a Rosa Paraíso un mensaje para mí. Y Rosa lo remite a Blanca. Sofía dice que procede de Manolo Delgado (?). El mensaje llegó el mismo día de la muerte de Delgado (6 de marzo a las 22:48 horas). El mensaje dice, entre otros asuntos: «... Sé lo que es (el anillo de plata)... Lo sacó del mar... De lo que pudimos estudiar, casi nada es verdad... Es muchísimo más, pero muchísimo más...».

No le echo cuenta. Me interesan más los rumores que rueden por el barco. Los franceses aseguran que no bajaremos en la India. Tampoco me fío de los franchutes...

Hay que atrasar los relojes media hora. Esto es de locos.

10 de marzo, martes

Día despejado. El sol de Tasmania ha robado las nubes y se ha quedado con todos los azules.

Dedico una hora a la lectura —*La tierra llora*, de Peter Cozzens—. Después camino durante otra hora y espero la frase del día. «El mar es un desierto de olas», asegura Nicolò Alba. No está mal... Y replico, a mi manera: «La uva repite el prodigio de Caná: el agua se convierte en vino», «El agua con gas es una hermana bastarda del agua», «El agua no sabe combatir», «El agua destruye (muy a su pesar)», «La nieve respira geometría», «Cuando el agua se enfría aparece su mortal enemigo: el hielo», «El agua —audaz— se aventura en todas partes», «En algunos hongos, el agua alucina», «En algunos hongos, el agua mata (sin querer)», «El agua no sabe dormir»...

A las 13 horas me siento en el bar de la novena cubierta, en la popa, y escucho las animadas conversaciones de los españoles. Siguen los rumores. «Tampoco bajaremos en Madagascar —dicen—. Y mucho menos en la isla de Reunión. En Madagascar están con los tanques en las calles.»

¿Y qué será de mi petición a Manolo Delgado? ¡Necesito que un lémur me dé la mano!

Noticias de España: el gobierno establece una serie de medidas para luchar contra el coronavirus. A saber:

1. Las competiciones deportivas de gran afluencia se jugarán (dos semanas) a puerta cerrada.

2. Cancelación de los viajes del Imserso durante un mes.

3. Prohibidos los viajes.

4. Supresión de todos los vuelos a Italia durante catorce días.

5. Prohibición de celebrar eventos de más de mil personas.

6. Cerrados todos los museos, teatros, centros culturales y bibliotecas.

7. Suspensión de toda actividad lectiva «de cero años (!) a la universidad».

Y alguien pregunta: «¿Qué actividad lectiva tiene un niño de cero años?». Todos se ríen del señor Sánchez. Otro levanta la voz y recuerda al grupo: «Sí, prohibidos los actos con más de mil personas, pero ¿qué pasa con el 8-M? El señor Sánchez animó a salir a la calle a miles de ciudadanos...».

La Comunidad de Madrid cancela las cirugías. Italia queda en situación de aislamiento (60 millones de afectados). Han muerto 463 italianos por el coronavirus. Irán concede un permiso carcelario a 70.000 presos, con el fin de contener el virus en las prisiones. El número de muertos en la república islámica asciende a 237. El petróleo cae a 35 dólares el barril. Valencia suspende las Fallas. Jordania prohíbe la entrada a los españoles, alemanes y franceses. ¡Adiós a Petra! Donald Trump señala en Twitter «que el coronavirus es otra noticia falsa». ¡Vaya regalo de los cielos!

La idea de un virus fabricado en algún lugar secreto de EE. UU. crece y crece en mi mente. Objetivo: hundir la economía europea (de momento).

Antes de abandonar la tertulia le presto *A estribor la costa Blanca* a Gerardo, el que fuera inspector de Trabajo. Necesita un poco de alegría (como todos).

La tarde discurre sin más. Blanca juega al parchís y pierde, como casi siempre. Yo me sumerjo en las guerras de los pieles rojas con Custer y los otros impresentables. EE. UU., en nombre de la libertad, robó las tierras a los indios y los masacró. Y me acuerdo —no sé por qué— de mis amigos, los palestinos.

11 de marzo, miércoles

El barco se empareja con el puerto de Adelaida a las ocho de la mañana. Es la quinta ciudad de Australia. Supera el millón trescientos mil habitantes. Adelaida es todo iglesias, bares y luz. El vino, especialmente el Barossa, baja directamente del cielo.

A las 8:45 partimos en el bus 17. La excursión es otro timo. La guía —argentina— no sabe ni hablar. Visitamos un parque en el que nos muestran tres canguros inválidos y aburridos y dos koalas pasotas. ¡Y para eso tres horas de autobús!

Regresamos al barco a las 13:30. En el almuerzo veo correr rumores de todos los colores: «¿Se suspende el crucero? El actor Tom Hanks y su esposa —Rita Wilson— se encuentran en Australia, ¡contagiados del coronavirus! Los franceses y alemanes exigen bajarse en un puerto seguro».

A las 18 horas, el *Costa Deliziosa* zarpa hacia Albany. Las iglesias de Adelaida se despiden con campanarios de colores. Como debe ser...

En la cena, más polémica. Moli considera el coronavirus como un invento de laboratorio. Y apunta a los malditos gringos. Estoy de acuerdo y recomiendo que entren en mi página web: www.jjbenitez.com. Bajo el título *Historias inventadas. ¿O no? (Operación «Lamentación»)* pueden leer lo siguiente:

«Ya anochecido, un avión Hércules KC-130 H tomaba tierra en la base aérea de Torrejón, en las proximidades de Madrid (España). Supuestamente, el avión militar formaba parte de la operación de apoyo a la visita del secretario de Estado norteamericano, general Alexander Haig, prevista para ese mismo día. Horas después, efectivamente, aterrizaba en Barajas (Madrid) el avión oficial del general Haig, procedente de Oriente Medio. El vuelo llegó con más de dos horas de retraso. Haig, en representación del gobierno de Reagan, traía la misión de renegociar el Tratado Mutuo de Amistad y Cooperación entre España y EE. UU., firmado en 1976. Era el 8 de abril de 1981.

A la una de la madrugada, el Hércules fue descargado. Los dos contenedores fueron trasladados a sendos camiones. En el exterior de cada uno de los contenedores podía leerse: «Material desinfectante». La carga real eran 6.250 kilos de tomates, todavía verdes, procedentes de Fort Detrick, en Maryland (EE. UU.), uno de los laboratorios militares en los que se trabajaba en la manipulación genética. Los tomates, de la variedad *lucy*, contenían un potente veneno sistémico; es decir, un tóxico introducido por la raíz de la planta, que termina por ser asimilado por el fruto. El tóxico era un organotiofosforado del grupo fenamiphos (4-(metiltio)-m-toliletilisopropilamidofosfato). Una vez en el interior del fruto se transforma en un fitometabolito de gran agresividad. Al ingresar en el cuerpo humano, el poderoso veneno —inhibidor enzimático— provoca, entre otros efectos, una neuropatía periférica, con atrofias musculares y deformaciones en las extremidades superiores. Existe un alto porcentaje de posibilidades de muerte.

La mortífera carga fue repartida por los Servicios de Inteligencia norteamericanos entre los mayoristas que, a su vez, vendieron los tomates en los mercadillos ambulantes de Madrid y alrededores (Alcalá de Henares, Alcorcón, Torrejón de Ardoz, Carabanchel, San Fernando, Coslada, Getafe y Hortaleza, entre otros). De Madrid se difundió a otras provincias españolas.

Resultado de la llamada «Operación Lamentación»: 3.000 muertos (346 según las cifras oficiales) y más de 20.000 afectados (18.500 según las cifras oficiales).

El ensayo de guerra química nunca ha sido reconocido por las autoridades norteamericanas y españolas.

P. D.- En el avión militar que transportó la carga envenenada se hallaba también el correspondiente antídoto, consistente en un oponente de la acetilcolina.

P. D. (2)- El doctor Antonio Muro y Fernández-Cavada, que defendió la tesis de un envenenamiento por vía digestiva, fue cesado en su cargo como director en funciones del Hospital del Rey (Madrid) y, posteriormente, falleció de un cáncer de pulmón.

Juan José Rosón, ministro de Interior, uno de los hombres mejor informados de España sobre el envenenamiento masivo, también murió de cáncer de pulmón.

Higinio Olarte, colaborador del Dr. Muro en sus investigaciones, falleció de cáncer de hígado. Otros dos componentes del equipo de Antonio Muro tuvieron que ser intervenidos quirúrgicamente y se les extirpó sendos cánceres.

Andreas Faber Kaiser, investigador, que escribió el libro *Pacto de silencio*, en el que se denuncia el envenenamiento masivo, murió de sida.

Ernest Lluch, ministro de Sanidad a partir de 1982, que tuvo conocimiento del ensayo de guerra bacteriológica, fue asesinado.

J. J. Benítez todavía vive...».

En otras palabras: el envenenamiento por el supuesto aceite de colza en España fue una maniobra secreta de los militares norteamericanos. No fue la colza la que provocó los muertos y afectados. Fue un agente químico, fabricado en una base militar en EE. UU. Una vez comprobada la eficacia del veneno, éste fue utilizado en la guerra de Afganistán, contra los rusos.

Retrasamos los relojes otra media hora y Blanca y yo conversamos en el balcón del camarote. Estamos de acuerdo: conviene retrasar los viajes previstos para 2020, empezando por la presentación de *El diario de Eliseo* en Bogotá y Cali (mayo), las investigaciones previstas en México (agosto) y otro viaje a Uzbekistán (octubre). En esos momentos no podíamos imaginar lo que el Destino nos tenía reservado...

12 de marzo, jueves

Sigue la navegación. Dedico parte de la mañana a explorar la cubierta tres. Debo elegir un lugar para lanzar la pequeña botella de vidrio. Es un ritual que practico en cada vuelta al mundo. Encierro en la botella un papel, con un breve mensaje, y la lanzo a la mar. Lo hago siempre el 13 de marzo. Decido que el mejor lugar es a proa, por babor, y desde un «ventanal» oculto a las cámaras. Las hay cada cincuenta metros.

La frase del día me deja perplejo: «Huela el mar —dice el capitán— y sienta el cielo. Deje volar su alma, espíritu de arena». Flojita, flojita... Yo escribo las mías: «En la oscuridad, el agua disimula», «En el sol, el agua es poesía», «El cometa no sabe que tiene la cabellera de hielo», «En otras dimensiones, el agua es de colores», «El agua es el primero y gran médico del mundo», «El agua devora al rayo de luz», «En su viaje por las profundidades marinas, el rayo de luz arriesga inútilmente», «El agua es tan celosa que, a 50 metros, prohíbe el paso de la luz»...

Regreso al camarote, escribo el mensaje «Espérame en el cielo (a 300 millas de Albany)» y lo guardo en el frasquito de cristal. Blanca no sabe nada.

En la tertulia de las 13 horas, alguien habla del ébola. Piensa que también fue un virus provocado por el hombre; más exactamente por los militares norteamericanos. Arrasó media África en 2013. Todo empezó en un pequeño pueblo de la Guinea forestal llamado Meliandou. Mató a miles de africanos.

Les recuerdo que el sida fue mucho peor. Surgió en 1985 y ha terminado con la vida de 33 millones de seres humanos en todo el planeta. Y les hago una confesión:

—En octubre de ese año, en Costa Rica, un destacado médico y científico —Andrija Puharich— reveló a una serie de investigadores «que el sida fue provocado por los militares de Fort Detrick, en Estados Unidos. Objetivo: terminar con los homosexuales».

Preguntan si yo estaba entre esos investigadores. Digo que sí. Ponen caras de no creer.

Llega una noticia de última hora: la OMS (Organización Mundial de la Salud) declaró ayer la crisis del coronavirus como pandemia. Un total de 114 países afectados. Más de 4.000 personas han perdido la vida. El presidente Sánchez aconseja no darse besos... Estamos todos de acuerdo: este señor hará bueno a Zapatero... El Ministerio de Cultura de España lo cierra todo. Las discotecas y salas de música echan la persiana. Los cines se van a paseo. Retrasamos los relojes y los corazones. ¿Qué será de nosotros?

13 de marzo, viernes

Estoy nervioso. Hoy es el gran día... A las doce me posiciono en la cubierta tres (en el lugar seleccionado). Y espero a que no pase nadie. El capitán habla por la megafonía. Y cuenta la historia de Mateo Flinders, un explorador británico del siglo XIX. Al parecer recorrió Australia y, de vuelta a Londres, escribió un libro sobre sus aventuras. Ese trabajo se tituló *Un viaje por Terra Australis* y fue publicado en 1814. Desde entonces, la gran isla continente recibió el nombre de Australia.

Nicolò Alba recuerda una frase de André Gide: «El hombre no puede descubrir nuevos océanos hasta que no tenga el coraje de perder de vista la costa». ¡Bravo! Me acodo en la borda y escribo mis frases: «Sé de aguas rumorosas, atronadoras, chispeantes, habladoras, reidoras y, sobre todo, silenciosas», «El agua transforma a los que saben», «El agua habla; sobre todo a los que saben», «El agua es muda para los necios», «El agua es el mejor mensajero», «Añoramos el agua cuando se ha ido», «El agua sabe de tus traumas infantiles», «El agua cuenta la historia de Dios»...

Al terminar las frases tomo la pequeña botella de cristal, la beso y la lanzo a la mar. Nadie me ha visto. Alborozada, la mar hace mil espumas y se lleva el mensaje a las profundidades. En el interior he depositado tres piedras negras y brillantes, el mensaje y mi corazón. En ese lugar —a 300 millas al este de Albany—, la profundidad es de 4.800 metros. Después, la mar se riza, feliz.

El resto de la jornada carece de luz propia.

Siguen llegando noticias de España: diez millones de alumnos se quedan sin clases; la bolsa se desploma un poco más (el IBEX 35 cae un 14,06 por ciento; las pérdidas suponen 235.000 millones de euros); el alcalde de Madrid —José Luis Martínez Almeida— pide a los ciudadanos que no salgan de sus casas y transforma los hoteles en hospitales; los perros y gatos no contagian el coronavirus (según el Colegio Oficial de Veterinarios de Barcelona)... En otras palabras: sigue el caos.

Esa noche, ella me abraza...

14 de marzo, sábado

He olvidado retrasar los relojes una hora.

Llegada a Albany a las ocho de la mañana. Al salir de la ducha observo que el vientre de Blanca aparece muy hinchado. Es como si estuviera embarazada de ocho meses. Se lo hago ver y asegura que «está engordando por culpa del tabaco». Blanca dejó de fumar hace un año. Algo me dice que ésa no es la causa de la hinchazón. Y la «chispa» susurra:

—Acompáñala al médico...

Pero no hago caso.

Bajamos a tierra por nuestra cuenta. El grupo —gracias a Dios— se ha evaporado.

Albany es una sola calle principal, como en el oeste americano. Y a derecha e izquierda, tiendas y bares.

En una librería encuentro un libro fascinante: *Islas inventadas*. Lo hojeo y se me ocurre otro libro: *Paisajes y paisanajes a los que, seguramente, no volveré*. El título es demasiado largo...

Compramos güisqui y hago el «trasvase» en un cuarto de baño, a escondidas.

Blanca curiosea en un gran almacén. Me niego a acompañarla. Me aburren las compras. Me siento en un café y la espero. Y en ésas estaba cuando escucho de nuevo la familiar voz de la «chispa»:

—La intuición es más rápida que el fuego... Si no quieres escucharme a mí, escúchala a ella.

Juanjo Benítez junto al anuncio, en Albany. (Foto: Blanca.)

«¡Qué raro! —me digo—. El Padre Azul se ha vuelto filósofo.»

Y «algo» me obliga a girar la cabeza. Sorpresa: a cinco metros veo un anuncio —muy atractivo— sobre los recientes y pavorosos incendios en Australia. Al leer las frases que acompañan a la fotografía me quedo de piedra. El texto dice: «Soy fuego. Tú caminas a 5 kilómetros por hora. Pero yo puedo moverme a 25».

Mensaje recibido.

Seguimos caminando por la miniciudad. Entramos en otra tienda de regalos y Blanca mira y remira. Me armo de paciencia y aguardo en un rincón. La tienda está llena de pasajeros del *Costa Deliziosa*. Y, de pronto, escucho de nuevo a la «chispa»:

—Mira a tu espalda...

Me vuelvo y veo un precioso ángel blanco, de cerámica, con las alas extendidas. Está en actitud orante y sonríe.

—Llévatelo —susurra el Padre Azul—..., para ella. Lo necesitará.

No lo dudo. Me hago con la pieza y me reúno con Blanca. A la mujer le encanta el ángel. Sabe que hago colección. No le digo nada sobre las indicaciones de la «chispa». En realidad, el ángel es para ella. Y me pregunto: ¿por qué lo necesita?

De regreso al barco nos cruzamos con Nicolò Alba, el capitán, y Melone, director del hotel del *Costa Deliziosa*. Sonríen,

El ángel de Albany.
(Foto: Blanca.)

felices. Ambos se tocan con sendos sombreros australianos. Y me pregunto: «¿Australia no está en alerta roja?».

Una vez en el buque, el cirujano maxilofacial —Carlos G. Fajardo— me busca y me entrega un libro del genial Borges: *Ficciones*.

En el camarote espera otra sorpresa. La compañía hace saber que las autoridades de los próximos puertos —Seychelles, Mauricio, Madagascar, India, Sri Lanka y Maldivas— no permiten bajar a los pasajeros de los cruceros. Vuelvo a leer la nota, incrédulo. ¿Qué pasará con nosotros?

El barco se levanta en armas. Alemanes y franceses recorren los pasillos y salones con el puño en alto y vociferando contra el capitán. «¡Lo sabía!», es el grito más repetido. Los españoles —más tímidos— murmuran por los rincones.

A las 19:30 horas, el *Costa Deliziosa* zarpa hacia Perth, al oeste de Australia.

Los ánimos están tan alterados que, en la cena, nadie echa cuenta de las últimas noticias llegadas de España: Pedro Sánchez declara el estado de alarma, amparado en la Ley orgánica 4/1981, de 1 de junio. El estado de alarma se justifica ante «una alteración grave de la normalidad» (sean crisis sanita-

Costa

14 de Marzo del 2020

Estimados Huéspedes,

Esperamos que estén disfrutando de su estadía a bordo de Costa Deliziosa y estén experimentando un excelente ambiente de vacaciones durante este crucero alrededor del Mundo.

Como ya sabe, la situación en todo el mundo (con respecto al brote de CoronaVirus) se está desarrollando a cada instante.

Varios países ya están intensificando el nivel de respuesta implementando diversas medidas destinadas a garantizar la seguridad de la población y contener la propagación de la enfermedad.

Como saben, nuestro plan de viaje incluye destinos como Seychelles, Mauricio, Madagascar, India, Sri Lanka y Maldivas.
Sin embargo, recientemente hemos sido informados de que las Autoridades Portuarias de los destinos mencionados anteriormente han anunciado la suspensión temporal de las operaciones de cruceros hasta nuevo aviso.

La situación es muy clara y estamos trabajando en diferentes planes alternativos, que todavía están bajo evaluación y dependen de los comentarios recibidos por los Gobiernos y las Autoridades locales.

En este sentido, la Compañía mantiene un contacto estrecho con las autoridades sanitarias internacionales y locales para garantizar un control y protección constante de la salud.

Tras la alerta global declarada por la Organización Mundial de la Salud, nuestro departamento médico también actualiza continuamente los procedimientos y controles para la prevención ordinaria y extraordinaria aplicada a bordo de todos los barcos de nuestra flota con el fin de garantizar la máxima seguridad para todos nuestros huéspedes y tripulación.

Nos aseguraremos de mantenerlo actualizado en los próximos días y, mientras tanto, todo nuestro personal estará a su disposición para brindarle la más amplia asistencia posible.

Le deseamos una maravillosa continuación del crucero a bordo de Costa Deliziosa.

Costa Cruises

Nota de la compañía.

rias, epidemias o contaminación graves). El gobierno puede limitar la circulación o permanencia de personas y vehículos en horas y lugares determinados e, incluso, requisar todo tipo de bienes e imponer «prestaciones personales obligatorias». El estado de alarma autoriza al gobierno a llevar a cabo la ocupación transitoria de industrias, fábricas, talleres, explotaciones o locales de cualquier naturaleza (con excepción de domicilios privados).

Según mis noticias, es la segunda vez que se aplica el estado de alarma desde la muerte de Franco. La primera tuvo lugar el 4 de diciembre de 2010. El gobierno de Zapatero optó por el estado de alarma ante la huelga de controladores aéreos. En aquella ocasión, el control del espacio aéreo español quedó bajo el mando de los militares del Ejército del Aire.

El impresentable de Trump da marcha atrás y firma una declaración de emergencia nacional que le permite disponer de 50.000 millones de dólares para hacer frente al coronavirus. ¿En qué quedamos? ¿No era una noticia falsa?

Lo último procedente de España hace referencia al País Vasco: el ejecutivo autonómico ha prohibido el uso de monedas y billetes en los autobuses urbanos. Sólo se puede utilizar tarjetas de transporte o bancarias.

Me voy a la cama mareado...

15 de marzo, domingo

Sigue la navegación hacia Perth.

Me siento triste. No quiero ver ni hablar con nadie. Sé que algo grave —muy grave— está a punto de suceder. Pero, ¿qué?

Me asomo a la cubierta diez e intento caminar. La mar se ríe de mí, pero yo sé que estoy en lo cierto.

Habla Nicolò Alba y anuncia algo sospechoso: «El capellán del barco está a disposición de los creyentes de 16 a 17 horas. Razón: consuelo espiritual. Podemos encontrarlo en el Piano Bar (puente tres)».

¡Vaya y revaya! El asunto está más feo de lo que pensaba...

La frase del día me suena a «catapunchimpún»: «El mar está allí, magnífico, imponente y soberbio, con sus ruidos obstinados. Es una voz imperiosa, que hace propuestas extrañas. Las voces de un infinito están ante nosotros».

Yo escribo las mías: «La mar roba reflejos (siempre lo hizo)», «La mar procede de la eternidad», «¿No se cansa la mar?», «Siempre que puedo me quedo a solas con la mar», «Hay que saber leer entre olas»...

La compañía insiste en las medidas de seguridad contra la pandemia. Y desliza otra hoja bajo la puerta del camarote. «En lugar de estrechar manos —reza el panfleto— sonríales.»

Escucho las noticias en la tele: 142.651 contagiados por el virus en todo el planeta; suspendidas las procesiones de Semana Santa (Sevilla llora); las ventas en los supermercados se disparan un 180 por ciento (la gente se lleva decenas de rollos de papel higiénico [!]); más de 12 millones de españoles en riesgo de máxima pobreza.

Los bulos y rumores han conquistado el barco: «¿Dónde nos llevan? ¿Y si se presenta el coronavirus en el *Costa Deliziosa?*».

Estoy asombrado. La gente acapara comida. Cargan platos monumentales de fruta y de langostinos. Y se los llevan al camarote. La gente se empuja en el bufet, se insultan y gritan. Se disputan los pasteles y las naranjas. Se miran con odio y con recelo. Los nervios se desatan. Los franceses lloran. Los alemanes se emborrachan y los italianos y brasileños se abrazan. Los españoles, naturalmente, discuten más que nadie. Todos tienen la solución al problema del coronavirus. Por cierto, los 160 españoles que navegamos en el *Costa Deliziosa* queremos reunirnos con Nicolò Alba y solicitar que nos permita desembarcar en España. Han redactado una carta con la petición. Carlos, el cirujano de La Coruña, se pone al frente de la idea y de las gestiones. Le aconsejo que sea prudente. Los españoles somos cainitas... *La Jartible* sigue con la matraca del «pasillo sanitario».

Renuncio a todo y huyo al camarote. Allí espera la anciana tristeza...

Son sus VACACIONES,
¡STAY HEALTHY!

> Con el fin de que disfrute al máximo de su crucero,
COSTA HA REFORZADO TODAS LAS MEDIDAS DE HIGIENIZACIÓN y cada día pone al corriente a los miembros de la tripulación acerca de las mejores prácticas existentes en la actualidad

> **USTED PUEDE PONER DE SU PARTE** para protegerse, tanto a usted como a las demás personas a bordo, siguiendo estas sencillas reglas, tal y como las recomienda la Organización Mundial de la Salud

 LÁVESE las manos frecuentemente con jabón y agua durante 20 segundos o use un desinfectante de manos con base de alcohol

 NO TOQUE sus ojos nariz o boca si no se ha lavado las manos

 CÚBRASE la nariz y la boca con la parte interior del codo flexionado, o con un pañuelo desechable de papel, cuando tosa o estornude

 EVITE el contacto cercano con personas que sufran una enfermedad respiratoria

 En lugar de estrechar manos con otros, **SONRÍALES**

> Toda nueva directriz será comunicada a través de la App de Costa, el programa diario y el canal de Seguridad en el televisor de su camarote

> En caso de necesitar información adicional, por favor, póngase en contacto con Recepción, o marque el 3333 desde el teléfono de su camarote

Stay healthy y DIVIÉRTASE!

Costa

16 de marzo, lunes

La llegada a Perth está prevista a las siete de la mañana. Suena el despertador a las 6:30. Blanca protesta. Desayuno a las 7:15. La excursión por la ciudad arranca a las 8:15 horas.

Y, de pronto, a las 7:30, en pleno desayuno en el bufet, suena la megafonía. Es el capitán. ¡Qué extraño! Nunca se dirige al pasaje a estas horas... Y transmite una orden: «Prohibido bajar en Perth». Yo sólo tengo un pensamiento: «¡Qué impresentables! Ayer lo sabían y nos han hecho madrugar...».

El silencio es de plomo. Nadie se atreve a comentar el asunto. La gente apura el desayuno y va desfilando —con los ojos bajos— hacia sus camarotes.

Trescientos pasajeros deciden bajar en Perth y dar por terminado el crucero de la vuelta al mundo. No hay españoles entre los desertores.

El barco procede a las operaciones de abastecimiento de víveres y gasolina. La gente contempla el trasvase desde los camarotes y las cubiertas y lo hace en total silencio. Los australianos aparecen en el puerto con mascarillas. Todos esperamos una explicación de la compañía. ¿Y ahora qué? ¿Hacia dónde nos dirigimos? ¿Nos llevan a casa? *La Jartible* exige su dinero...

Por la tarde llega al barco un grupo de excursionistas que había desembarcado en Adelaida con el fin de recorrer Australia por el interior. Al bajar del bus se encuentran con la sorpresa: la compañía los encierra en sus respectivos camarotes y los somete a una cuarentena de quince días. Entre los «apestados» hay dos españoles: Nieves y Rafa.

Los nervios siguen de punta, pero la gente levanta el pie del acelerador. Y se lo toma con cierta filosofía. No podemos hacer gran cosa. Estamos en manos de la compañía...

En la cena discuten sobre las «ofertas» de Costa: un crédito de 100 euros por persona (como compensación por lo de Perth), a gastar en el barco: tiendas, *spa*, restaurantes, casino, etc., y otro crédito de 70 euros, también por persona, al fallar la excursión a Perth. Doña Rogelia quiere más dinero y que se excusen. Es aborrecible...

Las noticias procedentes de España son inquietantes:

«Los parados superan los tres millones... Se podrá salir a la calle, únicamente para comprar alimentos, a la farmacia,

Costa Deliziosa, 16 Marzo 2020

Estimado Huésped,

Esperamos que su experiencia de Crucero a bordo de Costa Deliziosa se esté desarrollando de acuerdo con sus expectativas; nos gustaría ofrecerle una actualización con respecto a nuestro próximo Puerto de Escala en Fremantle (Perth).

Como ya saben ustedes, el COVID-19 se ha convertido ahora en una pandemia global según lo declarado por la Organización Mundial de la Salud, y esto ha llevado a las Autoridades Sanitarias de varios países a incrementar aún más sus medidas de precaución mediante la introducción de una serie de prohibiciones de entrada en sus territorios.

Con el objetivo principal de obtener información más actualizada, Costa permanece en contacto constante con todas las Autoridades locales de los destinos previstos por sus barcos. Esto se hace para permitir que Costa tome las decisiones más apropiadas y / o implemente las medidas más adecuadas para garantizar que se cumpla con el nivel más alto de seguridad para sus huéspedes y miembros de la tripulación. La seguridad, de hecho, es una prioridad absoluta para nosotros, tanto durante la navegación como en tierra.

Dada la continua evolución de la situación mundial que ha resultado en el brote del Covid-19 que recientemente ha afectado también a Australia, lamentamos comunicarle que para preservar el medio ambiente a bordo del barco y para proteger la salud de los huéspedes y de la tripulación, durante la parada de Costa Deliziosa en el Puerto de Fremantle (Perth), desafortunadamente no se le permitirá desembarcar. Si se le permite desembarcar, de hecho, un período de cuarentena sería obligatorio a bordo de nuestro barco.

Costa Deliziosa permanecerá en el Puerto hasta que terminen las operaciones de abastecimiento de combustible y provisiones. Posteriormente procederemos con la navegación. La Compañía permanecerá en estrecho contacto con todas las Autoridades para evaluar las próximas paradas y trabajar arduamente para mantener el itinerario original según el programa a pesar de las dificultades. Si el itinerario sufriera algún cambio, lo comunicaremos tan pronto como sean necesarias estas modificaciones.

Comprendemos su insatisfacción y decepción por un cambio tan repentino de nuestro programa. Tengan en cuenta que la situación actual que todos enfrentamos es algo totalmente inesperado que no podemos controlar y que no era previsible de antemano. Dada la delicada situación en todo el mundo, la salud de nuestros huéspedes y la tripulación es algo que no podemos comprometer ni negociar.

Para minimizar su incomodidad por esta situación impredecible, Costa se complace en ofrecerle:

- un crédito a bordo de 100€ (cien Euros) por persona (máximo 2 personas por camarote) reconocido como compensación por la visita perdida del Puerto de Fremantle. Esta última compensación se puede utilizar para todos los gastos a bordo, incluidas las tiendas, Spa, Restaurantes, Casino, Excursiones en tierra, Fotos y Cuotas de servicio. Esta cantidad se deducirá de su cuenta final y, si no se utiliza por completo, se reembolsará en efectivo a bordo;
- un crédito a bordo de 70€ (setenta Euros) por persona por la excursión de Costa en Fremantle incluida en su ticket del Crucero. Cualquier otra excursión de Costa en el Puerto de Fremantle se cancelará de su cuenta y se le reembolsará en consecuencia;

Todo nuestro personal se encuentra a su disposición para brindarle la más amplia asistencia. Lamentamos este cambio y le agradecemos su comprensión en estas circunstancias imprevistas.

Nota de la compañía: prohibido desembarcar en Perth.

al trabajo o por causa mayor... Todos los comercios quedan cerrados, así como los bares y restaurantes... El gobierno podrá movilizar al ejército (si lo estima necesario)... Los recursos sanitarios —públicos y privados— quedan bajo las órdenes del ministro de Sanidad... El transporte se limita al 50 por ciento». ¡Qué desastre!

17 de marzo, martes

He olvidado de nuevo retrasar los relojes. Mi mente está hecha un lío.

Tenemos por delante siete largos días de navegación. Todo agua. Sólo agua. Supuestamente deberíamos atracar en isla Mauricio. Costa —la compañía— no dice ni mu.

Me corto las uñas de los pies, empezando por el dedo gordo del pie izquierdo (como debe ser). Blanca observa, divertida, y comenta:

—Algún día contaré tus manías. Será un *best-seller*.

El viento se ha puesto de pie y sopla con fuerza siete. Casi no puedo caminar por la cubierta diez.

A las doce habla Nicolò Alba. Se limita a cantar las excelencias de la mar. De nuestro próximo destino ni una palabra. Y suelta una frase afortunada: «El mar más hermoso es el que aún no hemos navegado. Nuestro día más hermoso es el que todavía no hemos vivido y lo más bello que me gustaría decir aún no lo he dicho». Tomo nota y escribo mis frases: «Nadie conoce (de verdad) las leyes que gobiernan la mar», «Nadie conoce (de verdad) a sus habitantes», «Nadie ha explorado (de verdad) sus dominios», «Nadie es propietario (de verdad) de la mar», «Cuando la mar se alza, nada sirve», «Si contemplas la mar, la cambias», «La mar nunca falla (fallamos nosotros)», «Cada estela es una herida en la mar (¡qué inconscientes somos!)», «No le hables a la mar del ocaso (no te entiende)», «La mar es como Dios: duerme con un ojo abierto»...

El almuerzo discurre en silencio. Me dedico a leer los pensamientos. La mayoría quiere bajar del barco y regresar a sus casas. Tienen miedo. Es curioso: el 90 por ciento de la gente no quiere morir. ¿Por qué? «Muy simple —me digo—. No saben que seguirán vivos después del dulce sueño de la muerte. No saben lo que les espera. No saben que serán inmensamente felices.»

Por la tarde, en el camarote, mientras Blanca juega al parchís con *la Jartible* y *las Cubanas*, me dedico a poner por escrito algunas de mis manías (confesables). Me ha gustado la idea de Blanca. Y escribo y escribo (mis manías no tienen fin).[1]

1. Algunas manías que recuerdo: me corto las uñas de las manos antes de un viaje (las de los dedos de los pies si el viaje es largo). No podría cortarme las uñas si no consulto previamente el reloj. El corte de uñas empieza siempre —inexorablemente— por la mano y pie izquierdos (en la mano empiezo por el dedo índice y en el pie por el pulgar; con la mano y pie derechos sucede lo mismo. No sé cortarme las uñas en compañía de otra persona). Antes de arrancar el motor de un automóvil me subo los calcetines (primero el izquierdo y después el derecho; soy incapaz de hacerlo cuando voy de acompañante). Si conduzco un coche tengo que consultar el cuadro de mando cada 30 segundos. Jamás arranco mi vehículo si no conozco antes el total de kilómetros recorridos hasta ese momento. No soporto el cinturón de seguridad, pero me lo abrocho (al llegar a un pueblo o a una ciudad lo suelto, pase lo que pase). No puedo iniciar un viaje por carretera si antes no he limpiado el vehículo, personalmente (la limpieza exterior e interior se lleva a cabo en un orden muy severo). Tengo un viejo contencioso con el intermitente de la derecha (no lo uso nunca). Cuando manejo, la billetera es depositada a la vista (siempre junto a la palanca del cambio de marchas). Queda terminantemente prohibido comer o beber en mi automóvil. Cuando conduzco, si alguien dice algo, apago la radio. En los peajes de las autopistas siempre pago a los seres humanos (nunca a las máquinas). Hace tiempo me peleé con las columnas de los aparcamientos subterráneos (ahora aparco donde no hay columnas). Durante años introduje un palito en una de las ranuras de ventilación del coche, cerca del salpicadero, y lo tocaba cuando veía un coche fúnebre (ahora sé que la muerte no es cuestión de mala suerte). Cuando entro en un pueblo o en una ciudad bajo siempre mi ventanilla. Me burlo del año que termina comiéndome las uvas antes de las campanadas (ahora ya ni como las uvas). Cuando escribo huyo del «había», del «podía» y del «debía» (no los soporto). En mi mesa de trabajo, ningún rotulador rojo puede hallarse a la izquierda de un rotulador negro (sólo faltaría...). Las cartas las escribo a mano (no me hablo con Internet). Cuando escribo un libro, los folios en blanco, los escritos, los rotuladores, el limpiador de las gafas, la lupa, las tijeras, el café descafeinado y demás cachivaches deben aparecer a mi derecha (la documentación, libros de consulta, apuntes,

156

En la cena —no recuerdo cómo ni por qué— alguien pregunta sobre las famosas ruinas en la superficie de la luna. Creo que ha sido Marisa. Explico muy por encima lo que vieron Armstrong y Aldrin. Y *Trebon* —incrédulo— pregunta:

—Pero, ¿llegaron a la luna?

---

cuadernos de campo, etc. son ubicados —necesariamente— a mi izquierda; de no ser así no sabría escribir). Antes quemaba uno o dos paquetes de Ducados —siempre Ducados— mientras escribía (ahora bebo agua; a eso se llama degenerar). Rezo dos veces a la hora de escribir (entre oración y oración corrijo los folios escritos el día anterior). Escribía con una máquina Olivetti STUDIO 46 (siempre azul y de hierro; tengo seis. La falta de piezas de recambio me ha obligado a usar el maldito ordenador. Lo sé: soy un traidor). Al concluir un libro, la Olivetti de turno era trasladada a la capital (entonces vivía en Barbate) y sometida a una severa operación de limpieza y engrase (sé que me lo agradecían). Los folios para cada nuevo libro deben ser regalados (si son azules o amarillos, mejor). Al empezar un libro estreno zapatillas (también deben ser regaladas; no pueden costar más de un euro). A las doce del mediodía interrumpo el trabajo, tomo una manzana (situada siempre a mi derecha), contemplo la imagen de mi Jefe (Jesús de Nazaret), que preside el despacho, y Él, indefectiblemente, pregunta: «¿Cómo estás?».* Una rosa acompaña permanentemente la imagen de mi Jefe (casi siempre son blancas). A las siete y media u ocho de la mañana entro en mi despacho, con el primer café en la mano (y le doy los buenos días a Jesús de Nazaret. Él responde con una sonrisa). Para concentrarme necesito frotar ambos muslos al mismo tiempo. Tras saludar al Jefe procedo a limpiar las gafas, siempre con el mismo producto, comprado en la misma óptica y a la misma persona (un error en la cadena sería un cataclismo). Anoto los folios que escribo cada día, y lo hago en un *planning* Quo Vadis (que encargo cada año en la misma papelería y a la misma persona; las anotaciones son de color rojo, necesariamente). Sería incapaz de escribir un libro si antes no he limpiado —personalmente— la mesa de trabajo (esa limpieza tiene lugar, obligatoriamente, la noche anterior al comienzo de la escritura). Al iniciar un libro enciendo una vela (Él sabe por qué). No sé escribir sin música (el equipo está ubicado a mi izquierda, por supuesto). La música seleccionada me acompaña día tras día, hasta terminar el libro (la escucho hora tras hora, durante meses; esa música termina formando parte de lo que escribo). Nunca tomo el segundo y último café de la mañana hasta que no redondeo el primer folio. Los folios «100», «200», «300», «400», «500», etc., son dedicados al Padre Azul o a Jesús de Nazaret (depende). Si debo enviar paquetes por correo utilizo sobres usados y cinta adhesiva (mucha cinta adhesiva). Cuando leo dibujo en los márgenes del libro (sólo comprendo lo que soy capaz de dibujar).

---

* No soy católico (gracias a Dios), pero admiro al Maestro. La culpa la tuvo el Cristo de madera de la iglesia de San Paulino, en Barbate, y los *Caballos de Troya*.

Observo el desinterés general y cambio de tema.

A las diez y media de la noche organizan una fiesta en el puente dos (bar Las Delicias). Todo el mundo viste de blanco.

La silla de mi despacho debe ser giratoria (y debe saber gemir en cada giro). Al salir de casa guardo un dado en el bolsillo del pantalón izquierdo (es mi particular forma de llevar a Dios conmigo). Adelanto siempre mi reloj —y todos los relojes de la casa— 5 minutos (es mi particular forma de saludar al Padre Azul). No soporto que me saquen sangre o que me toquen las venas (huyo, literalmente). Para desenfadarme necesito del orden de tres días. Si rompo con alguien es para siempre (en este mundo). Los títulos universitarios, medallas y demás privilegios cuelgan en las paredes de mi cuarto de baño (lo hago para no olvidar quién soy). Practico con la imaginación 25 horas al día. En mi despacho, un mapamundi cuelga boca abajo (como venganza contra las grandes potencias; el mundo se ve muy distinto). No me gusta que me den las gracias. El documento nacional de identidad es guardado en mi cartera con la foto boca abajo (y así lo entrego, siempre, con la foto boca abajo). La manga izquierda no debe tapar el reloj (sería otra catástrofe). En la billetera guardo 205 pesetas (en recuerdo de Manolita Bernal, mi abuela, la contrabandista; ella jugaba ese número a los ciegos). Al regresar a casa deposito en una hucha de barro todas las monedas de valor inferior a 20 céntimos de euro (las odio). Sólo mastico por el lado derecho (mi lado izquierdo es virgen). No bebo vino en copa (sólo en vaso). Cuando como melón —de madrugada— me acuerdo del Padre Azul y de su *bellinte**. Al terminar la cena preparo los aparejos necesarios para el desayuno (y los deposito en el mismo lugar y en idéntico orden). Mis cubiertos ocupan siempre el mismo lugar en la mesa (el cuchillo, por supuesto, al frente; la servilleta, por supuesto, de color azul; el pan y el vino, por supuesto, a la izquierda). Al terminar la cena reúno las migas en un montoncito y lo coloco en el centro de la mesa (allí se queda hasta la mañana siguiente). Antes de desayunar saco la basura (¿qué sería del mundo si sacara la basura en otro momento?). El orden de consumo, en el desayuno, es igualmente sagrado: zumo de naranja, fruta, yogur, tostada con aceite de oliva y café descafeinado con leche. El pan no debe ser tostado, sino sollamado. Cuando me sirven un café en un bar retiro la taza y la deposito en la mesa o en el mostrador, fuera del plato. Es raro que coma pollo (por si tropiezo con espinas). Los huevos fritos con patatas crujientes —mi plato favorito— los devoro siempre en el mismo orden: primero los huevos (con pan) y después las patatas (si altero el orden, el sabor no es el mismo). No como nada que tenga concha (me moriré sin descubrir a qué sabe una ostra). Siempre me siento de espaldas a la luz (otro viejo contencioso). Me gusta cenar en las habitaciones de los hoteles (pero desnudo de cintura para abajo). Orino antes de entrar a un cine (es obligatorio). Nunca duermo en el lado derecho de la cama (sería el fin del mundo). Programo mis sueños desde que hice control mental. No soporto los pijamas con botones. Duermo sin pantalón y sin calzoncillo (por principios). Escribo todo lo que sucede a mi alrededor (incluso lo inconfesable).

---

* «Bellinte»: palabra inventada por Jesús de Nazaret que resume la belleza e inteligencia de Dios a la hora de crear.

Beben y bailan como si el mundo y el coronavirus no existieran. Mejor así...

La televisión sigue arrojando noticias sobre España: el ejército sale a la calle (350 militares de la UME desplegados en siete ciudades), el virus se ensaña con los mayores de 80 años (ya son 294 muertos), multas entre 600 y 30.000 euros a quienes incumplan el confinamiento, alquilan perros (25 euros) para poder salir de casa... ¿Estamos locos?

Mis enemigos tienen una carpeta especial en mi archivo (la titulo «vampiros»). No presto dinero a los amigos. Desconecto los teléfonos a partir de las 20:30 horas. Hace años que rompí mi amistad con las corbatas. No uso camisas sin botones en el cuello. Al entrar en la habitación de un hotel, nada más abrir la maleta, arrojo la parte superior del pijama sobre la almohada, y siempre sobre el lado en el que duermo. En los hoteles extiendo una toalla pequeña en el suelo (al pie del lavabo) y otra junto al váter, también en el suelo. Antes de ducharme consulto la hora. Al levantarme de la cama lo hago con el pie derecho (hacerlo con el izquierdo sería catastrófico). Cuento los pasos desde la cama a mi cuarto de baño: tienen que ser cuarenta (si no salen las cuentas regreso a la cama y repito la operación). En el baño, el orden es igualmente espartano: orino, conecto la radio (siempre Radio Nacional), me cepillo los dientes (empezando por la izquierda y durante 2 minutos), me afeito, nunca canto (trae mala suerte), hago de vientre, me limpio con papel de dibujitos, me ducho (empezando por los pies), me seco (empezando siempre por la cabeza), me peino (siempre con un peine rojo), utilizo una gota de colirio para cada ojo (en la operación sujeto el pene), desconecto la radio y apago la luz. Busco un pañuelo limpio (los rojos y azules son para días importantes). Vestirme es otro ritual (no puede ser alterado jamás). Empiezo por el calcetín derecho, continúo por el pantalón (no uso calzoncillo), la camisa y las zapatillas (si permanezco en casa) o los zapatos (si me dispongo a salir); por último guardo el pañuelo limpio en el bolsillo derecho del pantalón. Una vez vestido tomo el pañuelo del día anterior y me sueno cuatro veces (con gran ruido). En el cuarto de baño siempre hay cinco rollos de papel higiénico (de repuesto). Leo el periódico de atrás hacia adelante (y siempre a las 20:30 horas; jamás me detengo en los deportes). Camino a la izquierda de las personas (lo más cerca posible del corazón). Me niego a hablar inglés (salvo emergencias) desde el 11-S. Jamás duermo en un avión. Nunca leo las entrevistas que me hacen (por higiene mental). Paso horas frente a los números de los calendarios (*jinotizado*). No asisto a bodas, comuniones o funerales. No sé permanecer quieto cuando hablo por teléfono. Dibujo extraños símbolos cuando hablo por teléfono. Sé que Dios habla desde el «IOI» (palo-cero-palo) y me paso el día a la caza del numerito (veo al Padre Azul hasta en las matrículas de los coches).

18 de marzo, miércoles

Navegación hacia ninguna parte...

El barco luce bandera amarilla (limpio de coronavirus).

Mientras camino por la cubierta diez tomo una decisión importante: «Aplazaré la publicación de *Mis primos* (prevista para otoño de 2020) y, en su lugar, sacaré *La gran catástrofe amarilla*» (diario de lo sucedido en el crucero).

A las doce, el capitán suelta lo siguiente: «Baile con olas, muévase con el mar y deje que el ritmo del agua libere su alma». Me siento en un rincón de la cubierta y escribo: «Yo me situaba en la orilla y dejaba que la mar me cantara», «Ella, la mar, llegaba a mis pies desnudos y bailaba —alegre— vestida de espuma», «Yo, entonces, la tomaba entre mis dedos y derramaba besos (era un amor químicamente puro)», «Después, la mar —preñada de amor— huía redonda», «Yo la veía alejarse, pero no era cierto (ella había mojado mi corazón para siempre)», «Desde entonces la busco (desesperadamente)», «Y a veces la encuentro en el último rincón del mundo: bella, celosa y sonriente (como una novia)», «Y regresan los besos, las caricias y las promesas (no importa que no se cumplan; el amor es así)», «Después, de nuevo, un adiós de hielo (y ella llora, montada en su redondez; y yo lloro montado en mi pequeñez)», «Después llegan los desiertos de la vida...», «Pero la mar se agita en la memoria y me envía su espuma (yo también te amo)», «Así ha sido (así es) mi historia de amor con la mar (la princesa que me espera en cada playa)»...

Paso la tarde en el camarote, dibujando esquemas para el nuevo libro. ¿Seré capaz de reflejar la vida en este crucero?

Llega la noticia: la compañía suspende las actuaciones en el teatro.

Los ánimos siguen revueltos. Echo en falta a la señora que da de comer a los ositos de peluche. ¿Habrá desertado? María, la joven tetrapléjica, aparece más serena que nadie. Y sigue bailando con su silla de ruedas —en solitario— en la pista de la cubierta dos. ¿Qué pasará por su cabeza? Pili, *la Cubana*, me sonríe a cada poco...

En la cena, Moli habla sobre la posible vacuna contra el coronavirus. Asegura que EE. UU. está ensayando con animales y voluntarios. El Instituto Nacional de Alergias y Enfermedades Infecciosas —dice— ha bautizado la vacuna como «RNA-1273». No estará lista antes de dieciocho meses. La RNA fue desarrollada utilizando una plataforma genética denominada ARNm (ácido ribonucleico que transfiere el código genético desde el ADN del núcleo celular a un ribosoma en el citoplasma).

No entendemos gran cosa.

Y alguien pregunta cómo es el coronavirus.

—Tiene forma esférica —explica Moli—. Y dispone de puntas o espinas que le dan apariencia de corona. Esas espinas son las que se ponen en contacto con las células humanas.

—¿Y qué pasa cuando el virus penetra en el cuerpo humano? —pregunta Cristina.

—Infecta los pulmones y los convierte en «piedra», para que me entiendas. A eso se llama fibrosis. Y mata, por supuesto.

La noche escapa entre mis dedos, sin sentir.

19 de marzo, jueves

De madrugada, enésimo cambio de hora. A las tres son las dos. Me asomo al balcón del camarote y me recibe una niebla espesa y asfixiante. El buque brama de vez en cuando y avisa. Navegamos a velocidad de «patio».

Tras el desayuno, Blanca acude a recepción y pregunta si podemos bajar en isla Mauricio y regresar a España. Dada la situación en el crucero entendemos que es lo mejor. La señorita no sabe. Y Blanca —tozuda— busca al capitán y lo interroga. Nicolò —siempre amable y sonriente— niega con la cabeza:

—En Mauricio —expresa en perfecto castellano— sólo pararemos para repostar. Nadie bajará a puerto.

Y se aleja sin perder la sonrisa. Un grupo de alemanes —que ha escuchado la breve explicación— se subleva. Gritan. Alzan los puños y amenazan. Exigen un puerto seguro y la presencia de tres aviones que los repatríen. Esto tiene mala pinta...

El vientre de Blanca sigue hinchado. ¿Cómo no nos dimos cuenta mucho antes? Sugiero que bajemos al hospital, pero ella se niega.

A las doce subo a la cubierta diez y camino una hora. El capitán habla por la megafonía y nos distrae con millas y profundidades marinas. Después suelta una frase en italiano que no comprendo. Respondo con mis propias frases: «Nunca pude acariciar sus pechos (aunque la mar se dejaba)», «Nunca fueron besos de pasión (aunque la mar lo deseaba)», «Nunca alcancé a abrazarla más allá de un suspiro (ella escapaba, burlona)», «Nunca la hice mía, aunque la mar —voluptuosa— terminaba tumbándome», «Nunca puso condiciones (sólo limitó los abrazos al horizonte marino)», «Nunca me traicionó, aunque sé que ella —la mar— ama a muchos», «Si te asomas a la mar, ponte tus mejores galas (o, mejor aún, desnúdate)», «Si tratas de juzgar a la mar te equivocas», «Si crees saber más que la mar es que no has comprendido», «Si escribes sobre la mar, si la pintas, hazlo por puro amor», «La mar es lo mejor que te puede pasar en la vida»...

La tele deja de emitir. ¡Lo que faltaba!: ¡censura! Pero el personal no se resigna. Desde el exterior llegan noticias (vía correo electrónico):

«Las autoridades de Guayaquil, en Ecuador, no han permitido el aterrizaje de un avión de Iberia (vacío) que trataba de recoger a un grupo de españoles para repatriarlos. Han situado automóviles en la pista de aterrizaje. El avión no ha podido tomar tierra». «Perú se niega a dar alojamiento a los españoles.» «Saqueos en Honduras...»

La compañía entrega una nota en cada camarote, prohibiendo todo tipo de actividades: bailes, espectáculos, conferencias, manualidades, etc.

En la cena llegan más noticias: suspendido el Festival de Eurovisión. *Trebon* invita a una copa de champán y, al brindar, hace alusión al reciente discurso del Rey, Felipe VI, en televisión:

INFORMACION SOBRE SUSPENSIÓN DE ACTIVIDADES DE ENTRETENIMIENTO

Estimados huéspedes ,

Como bien saben, la situación global actual con respecto al CoVid-19 está en constante evolución y la Organización Mundial de la Salud ha declarado recientemente un estado de pandemia global. Muchos países están aumentando los controles y diversas medidas de seguridad para preservar su población y evitar la propagación del virus.

Según lo recomendado por la Organización Mundial de la Salud y las Autoridades Nacionales, Costa Cruceros también ha decidido tomar medidas preventivas a bordo de sus barcos, destinadas exclusivamente a aumentar el nivel de protección de todos nuestros huéspedes a bordo.

Basándonos en estas recomendaciones, específicamente aquellas relacionadas con la agrupación masiva de individuos, Costa Cruceros ha decidido suspender la mayoría de las actividades de entretenimiento que facilitarían las agrupaciones organizadas. En particular, les informamos que la participación en espectáculos, conferencias, talleres manuales, lecciones de baile e invitaciones a bailar está suspendida.
Para tratar de proporcionar un programa de entretenimiento que pueda hacer que su permanencia a bordo sea lo más placentera posible, les informamos que algunas actividades, como espectáculos y conferencias, se transmitirán en directo por la televisión de su camarote. Para todas las actividades restantes, queremos que nuestros huéspedes sean conscientes de la importancia de evitar las reuniones colectivas.

Lamentamos tener que introducir estas medidas de precaución, pero como comprenderán el espíritu de estas nuevas disposiciones de la Compañía, están destinadas exclusivamente a salvaguardar la salud y la seguridad de todos nosotros a bordo.

Al confirmar nuestro máximo compromiso para garantizar su máxima comodidad y el más alto nivel de satisfacción, les agradecemos en este momento por su amable colaboración.

Sinceramente,

Nota de la compañía.

—¡Por el Rey! —clama *Trebon*—. Para que Santa Lucía le conserve la vista...

El rey, al parecer, había dicho, entre otras cosas: «Ésta es una crisis temporal. Un paréntesis en nuestras vidas. Volveremos a la normalidad».

No estoy de acuerdo con *Trebon*. Felipe VI es un rey honesto y valiente. Si pronunció esas palabras fue por algo. Se lo hago saber y me mira con desprecio.

La cena termina mal. Estoy hasta el gorro de estos fachas...

20 de marzo, viernes

Sigue la niebla y la confusión en el *Costa Deliziosa*. El Índico nunca me gustó. Ahora lo confirmo: sus olas llegan siempre por la espalda.

A las once de la mañana —ante la sorpresa general— Nicolò Alba toma el micrófono y dice, entre otras cosas: «Gracias por el comportamiento de todos... El barco, en las actuales circunstancias, es el lugar más seguro del mundo... Los médicos aseguran que la situación en el buque es tranquila... Pero habrá que esperar... En los siguientes puertos, las paradas serán puramente técnicas: combustible y víveres... Nadie podrá descender a tierra... Estamos buscando un puerto seguro para aquellos que quieran abandonar el barco... De lo contrario continuaremos nuestro viaje hacia Suez y Venecia».

Camino una hora y pienso. Dejaré que Blanca tome la decisión. Estoy tranquilo, aunque preocupado por su vientre y por los avisos de la «chispa». Dejaré que la vida fluya...

Nicolò Alba elige una frase profunda: «La vida es como el océano. Puede ser serena y tranquila, abrupta y rígida, pero, al final, siempre es hermosa». Me siento y escribo: «Hay gente que nunca vio la mar. ¡Pobrecitos!», «El agua es una aventajada alumna de la mar», «Si de verdad amas a la mar, ella te saldrá al encuentro», «Tras la muerte, ella —la mar— te cantará en silencio», «Tras la muerte, ella —la mar— será parte de tu "YO"», «Tras la muerte, ella —la mar— te hará comprender», «Tras la muerte vaciarás de nuevo el cáliz de tu alma (y lo llenarás de una mar diferente y luminosa)», «Los ojos se humedecen cuando alguien o algo toca tu mente (¡es tan importante acariciar la mente!)»...

El nerviosismo crece entre los pasajeros. Algunos se plantan en recepción, en la segunda cubierta, y exigen la devolución de la mitad del dinero. Gritan que el crucero ha fracasado. Tienen y no tienen razón. La compañía no es responsable de la pandemia.

En el bufet escasea la comida. Y la gente —egoísta y avariciosa— llena los platos y repite. Los franceses son los peores.

Empujan, se cuelan y te miran por encima del hombro. Está claro: si han de morir, lo harán con el estómago lleno.

Por la tarde siguen llegando noticias de España: ya han contabilizado mil muertos por coronavirus; el ejército se despliega en Cataluña (a pesar de las protestas de Torra): pretenden desinfectar el aeropuerto de El Prat, en Barcelona; la Unión Europea solicita el cierre de las fronteras exteriores (al menos durante un mes); el gobierno británico pide a los ciudadanos que no acudan a los *pubs* (la Royal Opera House cancela todas sus funciones).

En la cena, *Trebon* nos muestra otra «perla»: «El 23 de febrero, Fernando Simón, director del Centro de Coordinación de Alertas y Emergencias Sanitarias, decía públicamente: "En España ni hay virus ni se está transmitiendo la enfermedad"». Bueno, sólo llevamos mil muertos...

Y *Trebon* lee otra noticia: «El etarra Erostegui Bidaguren, encarcelado por el secuestro del funcionario de prisiones Ortega Lara, ha salido de la cárcel». *Trebon* revienta:

—¡Debería pudrirse en prisión! ¡Sólo ha estado veintitrés años!

Hay demasiado odio en esta mesa. Me levanto y me voy. Blanca me sigue, aturdida.

Me asomo al balcón del camarote. La mar respira a los costados del barco. Cada vez lo tengo más claro: «ellos» nos han sacado de España, ¡y a tiempo!

21 de marzo, sábado

La noticia llega a las ocho de la mañana. Se ha abierto paso entre la niebla: en el *Costa Pacífica* —buque hermano del *Costa Deliziosa*— parte del pasaje se ha amotinado. Las informaciones son débiles y contradictorias. Al parecer, 180 españoles y 950 argentinos se niegan a descender en Italia. Tienen miedo. La compañía ofrece bajar en Marsella, pero el pasaje se niega. España no ha permitido que el *Costa Pacífica* pudiera atracar en Canarias, Málaga y Barcelona. El barco salió de Argentina el pasado 3 de marzo. Los franceses levantan la voz y piden hacer lo mismo que en el *Costa Pacífica*. Los ánimos se retuercen, una vez más. Los españoles del buque amotinado han pedido ayuda al Ministerio de Asuntos Exteriores. Ya veremos...

A las doce del mediodía, el capitán anuncia que nos detendremos en Mauricio y Reunión, «pero sólo para repostar». Ya lo sabíamos.

La frase del día me deja frío: «El mar es sobrecogedor porque es obstinado e irascible. Transforma todo lo que toca sin que sea posible cambiarlo». Prefiero mis frases: «No intentes beberte la mar (ella no lo permitirá)», «La curiosidad abre la mar como un cuchillo», «La mar te mira siempre sorprendida (como si fuera la primera vez)», «La mar sigue buscando la "tierra sin mal" de los guaraníes», «Lo único que le falta a la mar es la palabra», «Si la mar te ama, has cumplido», «La mar carece de conexiones neuronales (sinapsis) (¿por qué?)», «La mar, desde el aire, es otra historia», «La mar, desde el aire, es seda», «Los barcos hieren a la mar sin misericordia»...

Almuerzo en el bufet de la novena planta. *Las Cubanas, la Jartible* y el resto siguen comiendo en la segunda «porque no desean contagiarse». Yo alucino... Estoy harto de este ganado.

Dedico el resto del día a leer y a escuchar las noticias que llegan del exterior: la Unión Europea prohíbe la entrada de ciudadanos no comunitarios (al menos durante treinta días), el PNV no quiere que los militares entren en el País Vasco para desinfectar los aeropuertos (¡qué borricos!), fallece el marqués de Griñón (ochenta y tres años) a causa del coronavirus, el agujero de la Seguridad Social, en España, supera ya los 55.000 millones de euros, la deuda pública española roza 1,2 billones de euros (y qué les importa a los de la «manivela»).

En la cena, *Trebon* califica a Torra de «chorra al aire» y doña Rogelia aplaude, frenética. La conversación penetra en el resbaladizo terreno del separatismo catalán. Todos estamos de acuerdo: son cavernícolas mentales. Pero Marisa —inteligentemente— desvía la charla hacia otro asunto. Le sigue interesando la llegada (o supuesta llegada) de Gog, el asteroide asesino. Ya hemos hablado del tema, pero quiere más detalles.

—Por ejemplo —pregunta—, ¿qué es lo primero que debemos hacer si se presenta en 2027?

—Buscar un lugar donde esconderse —respondo— y rezar... Si vives en la costa, mal asunto. Las olas pueden superar los mil metros.

—¿Y en Gójar? —se interesa *la Jartible*.

—Ahí no creo que tengas problemas...

—¿Y qué comeremos? —insiste Marisa.

—En enero de 2027 puedes empezar a esconder latas... Pero que no lo sepan tus vecinos. Cuando llegue el hambre y el caos, si descubren que almacenas comida, te matarán.

—¿Cuándo aparecerá —según tú— el meteorito asesino?

—Según mis informaciones, en agosto de 2027. Y después del impacto llegará lo peor: unos nueve años de oscuridad, de revueltas, de emigraciones masivas —de norte a sur—, de descenso de las temperaturas, de hambruna y de caos generalizado. No habrá estado, ni policías, ni suministro eléctrico, ni teléfonos móviles...

Hago una pausa y proclamo:

—Y después llegará Él...

No me entienden. La noche se desnuda, cálida y sensual. El Índico la abraza...

22 de marzo, domingo

No hay prisa. Sigue la navegación. El océano me saluda gris y de mal humor. El viento no le da respiro. Tras el desayuno paseo por la cubierta diez e intento pensar. Las ideas llegan —rápidas— y remontan el vuelo a la misma velocidad: «¿Qué estamos haciendo aquí? ¿Por qué el Padre Azul insiste en que sea cariñoso y amable con Blanca? ¿Por qué se le ha hinchado el vientre? ¿Por qué intuyo que algo grave está a punto de suceder? ¿Dónde desembarcaremos?».

La pierna derecha me duele. ¿Otra vez la ciática? Pero sigo caminando y reflexionando. La compañía ha puesto cintas de seguridad en los bares para que no nos aproximemos a los camareros. Esto es de locos. Si el barco está limpio, ¿a qué viene esta pantomima? La comida es cada vez de peor calidad. La fruta está podrida.

El capitán habla a las doce del mediodía. Yo creo que no sabe qué decir. Y se refugia en otra frase tonta: «Llévame al océano, déjame navegar en mar abierto, respirar el aire cálido y salado y soñar con cosas del futuro». Para empezar —me digo— el futuro no existe... Me siento y escribo: «La tierra se llena de colores y de naturaleza, pero sueña con ondularse (inútilmente)», «Nada en la mar está pensado para el mal», «Nada en la mar es casual», «Todo, en la mar, está pensado para mayor gloria del Padre Azul», «El gran secreto de la mar es su ADN», «¡Qué misterio! Cuando nació, la mar era dulce», «El agua abre la mente (la bebas o no)», «Reencontrarse con la mar es VIVIR», «La mar tiene la fuerza y la belleza de lo invisible», «La mar eres tú (en muchos aspectos)»...

Los cielos me conceden un respiro. A las 13:30 almorzamos en el bufet de la novena planta con *Liz*, la de los ojos violetas, y Juanfran, su esposo. *Liz* pregunta por los *Caballos de Troya*. Los ha leído, pero quiere saber más. Poco puedo decirle.

—Todo está ahí, en los libros —explico—. No he ocultado nada.

—Pero —insiste la bella—, ¿qué es lo que más te ha impresionado?

—Sin duda, la nueva imagen del Maestro y del Padre Azul. Eso ha cambiado mi vida y la forma de contemplar el mundo.

—¿Recomendarías la lectura de los *Caballos*?

—Sobre todo a los ateos...

La compañía avisa: «A partir de mañana, los clientes pueden disponer de un control de la temperatura (totalmente gratuito y voluntario)». Me mosqueo. ¿No dicen que el barco está limpio?

Último cotilleo: Carlos, el cirujano gallego, fue casi agredido por una española. Ocurrió ayer, en la discoteca. El hombre depositó un vaso en una de las mesas y la individua ordenó que lo retirase. Y lo hizo de malos modos. Cuando Carlos se negó a hacerlo, la señora (?) tomó el vaso y lo estrelló contra el suelo. Carlos la llamó maleducada, llegó el marido, y se armó la gorda... Supongo que son los nervios. Esto no es un crucero de placer; esto es un calvario...

Los rumores van y vienen por el barco. Si las cosas no cambian pasaremos 42 días sin pisar tierra firme. ¿Resistirá el personal? Me siento extrañamente tranquilo. Sé que «Alguien» cuida de nosotros.

Noticias del exterior: el presidente Sánchez llora ante las cámaras de televisión y asegura que los militares y cuerpos de seguridad del Estado «no son un gasto superfluo». ¡Será imbécil! Plácido Domingo infectado por el coronavirus. ¡Lo que faltaba! El número de muertos en España supera los 2.000. Carmen Calvo, vicepresidenta primera y ministra de no sé cuántas carteras, ingresa en la clínica Ruber, infectada por el virus de marras. ¡Y lo hace en una *suite*! ¡Viva el Partido Socialista Obrero Español! Se prolonga el estado de alarma hasta el 15 de abril.

En la cena nos enteramos del accidente sufrido por María, la bellísima camarera que nos atiende. Al parecer se ha caído por las escaleras. Está de baja. Blanca se apresura a proporcionarle varias cápsulas de Nolotil. Esta mujer es pura humanidad. Los tripulantes están descontentos. No han subido los refuerzos necesarios y están trabajando el doble.

En la cena, *Trebon* ofrece otra «perla». Fernando Simón —el garganta profunda— dijo el 23 de febrero «que no existe riesgo de infección (refiriéndose al coronavirus)... Y la ansiedad —añadió— está fuera de lo razonable». Lo dicho: ¡viva el PSOE!

Alguien pone sobre la mesa lo último de los fanáticos yihadistas del Estado Islámico (ISIS): «Ante un enemigo débil —que sufre una pandemia— hay que aprovecharse». El «califa» Hashimi y los suyos piensan que el coronavirus es un castigo de Alá contra las naciones cristianas. «Se trata de una calamidad —dicen— ordenada por Alá». Y animan a su gente a cometer más y peores atentados, aprovechando la debilidad general. «La pandemia —afirman los yihadistas— se convierte en una bendición de Dios.»

Pregunto si alguien, en la mesa, ha leído el Corán. Nadie lo ha leído. Y resumo:

—No es un libro santo: es un texto loco...

23 de marzo, lunes

Nos aproximamos a isla Mauricio. La mar se ha templado. La niebla se ha ido y los cielos azules juegan con las pequeñas olas.

Camino despacio por la tercera cubierta. La ciática me recuerda que sigue ahí...

Me cruzo con personajes de película: uno, con un pantalón corto y dos metros de altura, corre al estilo de la CIA. Otro sonríe permanentemente (supongo que, para él, «esto es divertido de cojones»). Otro silba la Marsellesa. *La Potente* avasalla con sus pechos. *Tutankhamon* pasea de negro y lo mira todo como si acabara de nacer (la mujer —dicen— tiene cien años).

Habla Nicolò Alba, el capo. Y suelta otra chuminada campestre: «Dicen que el barco navega enamorado del mar». Ni que fuera maricón...

Prefiero mis frases: «La mar merece un profundo estudio antropológico (nadie lo ha intentado)», «La mar contempla a los exploradores submarinos con infinita ternura», «Las intimidades de la mar son inaccesibles para el ser humano (por ahora)», «En los ríos, el agua juega a escapar (pero no lo consigue)», «La tierra encarcela a los ríos (inútilmente)», «Si la mar te ama te hará brillar», «La huella de la mar —en la memoria— es para siempre».

Llegada a Mauricio. Port Louis, la capital, es una ciudad atrincherada entre rocas negras. La isla es un desafío a los cielos. Sus montañas son agujas volcánicas.

Prohibido bajar a tierra. En realidad, el *Costa Deliziosa* se queda a un tiro de piedra de la isla. Parecemos apestados. Un barco llamado *Tresta Star* se aproxima y suministra gasolina. Prohibido fumar en puentes y balcones. Después llegan otras embarcaciones más pequeñas, con fruta y víveres. Nadie lleva mascarillas de protección.

El calor se hace pegajoso. Decenas de pasajeros contemplan las operaciones de avituallamiento desde las cubiertas nueve y diez. Yo aprovecho para dibujar el perfil de Mauricio.

¡Cómo me gusta dibujar! ¿Me equivoqué a la hora de firmar el «contrato»?

A las 13 horas, en la tertulia del bar de la novena cubierta, Carlos y Ana me hablan de *Tutankhamon*. La conocen. Fue bailarina —y muy buena— de ballet clásico. Es yugoslava. Tiene cien años (o más). Está casada con un alemán, pero viaja sola. ¡Qué valor! Siempre viste de negro.

Blanca recibe un correo de Ángel Valbuena, un viejo amigo. Trabaja en un hospital de Madrid. Es sanitario. Avisa: debemos extremar las precauciones. Calcula que el número de fallecidos por coronavirus es superior al establecido por Sanidad; quizá el doble.

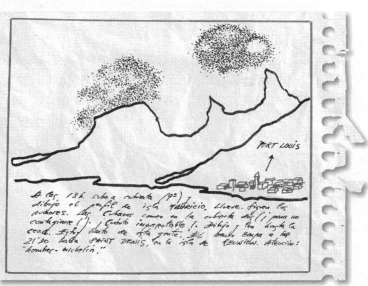

Perfil de isla Mauricio, en el Índico. Cuaderno de campo de J. J. Benítez.

Llega la noticia de la muerte de Lucía Bosé. En la cena hablamos de ella. Ha fallecido a los ochenta y nueve años en un hospital de Segovia (España). Probable causa: coronavirus. Explico que la conocí en Barcelona, hace muchos años, en un congreso sobre ovnis. Fue hermosa, inteligente y azul. Fundó un museo sobre ángeles en Turégano. Se trata de la más importante muestra mundial sobre estas criaturas. El gran Fernando Calderón donó varios cuadros (hermosísimos). Nadie, en la mesa, sabe quién fue Fernando Calderón, el gran pintor y muralista santanderino. ¡Qué planeta!

A las 22 horas, en la cubierta nueve, proyectan una película: *Un pez llamado Wanda* (en versión original). Ocho mil estrellas se asoman y disfrutan.

El barco navega hacia Reunión, la isla de los «hombres michelín»...

24 de marzo, martes

Día gris, monótono y caluroso. Leo y escribo. A las doce del mediodía escucho al capitán. «El mar —dice— remodela el perfil de las costas, las erosiona y talla los continentes». Y se queda tan ancho...

«Los ríos —escribo en mi cuaderno de bitácora— no brillan por casualidad; lo hacen para ti», «El Padre Azul te regala el agua (para que pienses)», «La nieve, en las cumbres, es una mar extraviada», «Las nubes juegan a ser océanos (nunca lo conseguirán)», «La mar —en el fondo— son muchas mares», «Cuando hablo o escribo de la mar no aspiro a que me entiendas», «Nubes, nieve y mar son colores de un mismo cuadro», «Cuando alcanza la orilla, la mar no tiene nada que perder», «La mar es otra genialidad del Padre Azul», «La mar transmite (es lo único que importa)»...

Siguen llegando noticias preocupantes sobre el coronavirus: 600 millones de personas amenazadas en América del Sur. Algunos presidentes se encomiendan a la Virgen de la Chiquitina, al Cristo del Corcovado, a la Señora de Chiquinquirá o al Amor Divino... ¡Estamos arreglados! El Palacio de Hielo de Madrid se utiliza como depósito de cadáveres. El maldito virus se extiende ya por 178 países y ha hecho presa en 400.000 personas. Túnez decide sacar el ejército a la calle con el fin de garantizar el toque de queda.

Trebon ofrece otra «perla» en la aburrida cena:

—La superministra Carmen Calvo —explica— asegura que la sanidad la inventó el PSOE.

Trebon la llama «retrasada mental». La conversación deriva hacia la intervención divina en las grandes pandemias y catástrofes. Me resisto a creer que Dios ayude en semejantes menesteres.

—Eso lo defienden las iglesias —sentencio—. ¿Dónde estaba Dios en la mal llamada «gripe española»? ¿Se preocupó de evitar la segunda guerra mundial, con más de 70 millones de víctimas? ¿Dónde estaba Dios cuando los malditos gringos lanzaron las bombas atómicas sobre Hiroshima y Nagasaki? (200.000 muertos). Y concluyo con una frase de Einstein: «Sólo hay dos cosas que pueden ser infinitas: el universo y la estupidez humana».

25 de marzo, miércoles

Al llegar a la isla de Reunión, el cielo se hace paleta de pintor. Y el sol organiza los colores: amarillos, violetas y rojos. Son las seis de la mañana. El barco amarra en Saint Denis y la isla Borbón (así la llamó el rey Luis XIII de Francia en 1642) nos mira indiferente. Sus montañas son negras a fuerza de silencio. Ahí viven malayos, chinos, hindúes y franceses. Hoy, Reunión, es parte de Francia.

Subo a la cubierta nueve y exploro con la vista (la forma más pobre de explorar). En alguna parte de la isla se han presentado los «hombres michelín»: seres de gran altura, enfundados en trajes hinchados (al estilo del anuncio de neumáticos). Sé de dos casos. Lástima no poder bajar. Me hubiera gustado localizar a los testigos y conversar con ellos (Blanca habla muy bien francés). Y me limito a soñar los encuentros...[1]

En el puerto, frente al *Costa Deliziosa*, aguardan un bus y ocho automóviles (dos son coches policiales). Muy cerca veo dos enormes contenedores. Supongo que se trata de víveres.

Y, súbitamente, aparece un «enjambre» de estorninos. Vuelan, veloces, sobre las montañas. Dibujan figuras. Miro el reloj.

1. Amplia información sobre «hombres michelín» en *La quinta columna* (1990).

Son las 10:10. ¡Vaya! ¡Palo cero palo! Una de las figuras me deja atónito. ¡Los pájaros forman un enorme «8»! ¡Es la segunda vez que ocurre! La primera se registró en la isla de Bora Bora. Fue el 18 de febrero. ¿Cómo es posible? El «8» es enorme y nítido, pero sólo se mantiene unos segundos. Después desa-

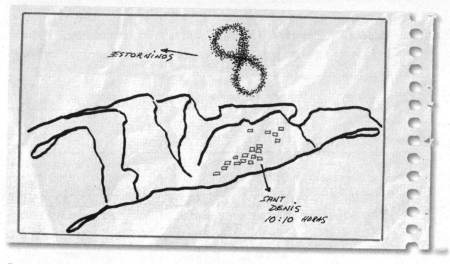

Cuaderno de bitácora de J. J. Benítez. Dibujo desde la cubierta nueve del *Costa Deliziosa*.

Cuaderno de bitácora de J. J. Benítez.

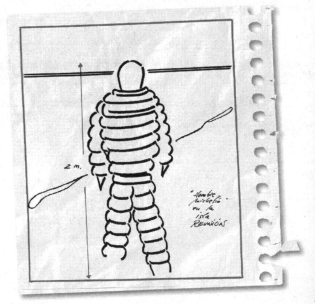

parece. Al bajar al camarote consulto la kábala. No hay duda. El «8» simboliza «amor, vida, camino, infinito y, sobre todo, muerte». Alguien trata de comunicarme algo... Y en la mente aparece —clara y redonda— la palabra «muerte». No digo nada a Blanca. No digo nada a nadie. No me creerían...

No todos son malos augurios. Hacia las doce del mediodía, Nagore Santamaría, nuestro contacto en El Corte Inglés, en Bilbao, comunica a Blanca que, posiblemente, «el día 1 de abril llegaremos a Venecia y regresaremos a España». Es lo que le ha comunicado la compañía (Costa Cruceros). Yo no estoy tan seguro...

Más noticias: en España se alcanzan los 3.434 fallecidos por el maldito coronavirus. ¡Qué horror! El Fondo Monetario Internacional (FMI) pronostica que la crisis ocasionada por el virus será tan grave como la del 2008. Las economías de Europa se van a pique. El coronavirus afecta más gravemente a los varones (el 72 por ciento de los ingresos hospitalarios en la UCI es de hombres). Kenneth Rogoff, economista jefe del FMI y reputado profesor de la Universidad de Harvard, asegura que «la pandemia es lo más parecido a una invasión alienígena». ¡Vaya y revaya! ¿Qué sabrá el tal Rogoff de extraterrestres? ¡Cuánto manguruyú! VOX, el partido de la extrema derecha en España vincula la crisis del coronavirus con la posibilidad de que el gobierno de Sánchez indulte a los presos del *procés* catalán. ¡Cuánto atizacandiles! Más de mil españoles se encuentran varados en el extranjero (el Ministerio de Exteriores intenta repatriarlos). El secretario general de la ONU —António Guterres— pide el alto el fuego inmediato en todas las guerras. Nadie le escucha, claro...

El barco es un hervidero de bulos: ¿desembarcamos en Dubái? ¿Llegaremos a España a primeros de abril? ¿Por qué el capitán no da explicaciones? Dicen que *El País* ha sacado una nota sobre nuestra situación. Se confirma que Dubái está cerrado. También Telecinco ha ofrecido información sobre el *Costa Deliziosa*. Ahora somos famosos...

Se demora la partida del barco a causa de una urgencia médica. Crece la tensión. ¿Un caso de coronavirus? ¡Estamos histéricos!

A las 18 horas habla el capitán. Intenta tranquilizar al personal. «Todo —dice— está bajo control.» Nadie le cree.

A las 19 llega una ambulancia. Vemos bajar del barco cuatro maletas y un muerto. ¡Vaya y revaya!

El buque zarpa (no se sabe hacia dónde); bueno, alguien debe saberlo...

Sigo con la lectura de *El amor en los tiempos del cólera*. El Gabo asegura (página 444) que «el mundo iría más rápido sin el estorbo de los ancianos». Gabriel García Márquez escribió una gran novela y, al mismo tiempo, la cagó.

Trebon, en la cena, me muestra la última «perla»: una tal Clara Giner, de Podemos, ha declarado, refiriéndose a los ancianos muertos por el coronavirus: «Sobran momias en la calle». ¡Cuánto necio!

Moli comenta la gran tristeza de la gente en España:

—Dicen que se reúnen en los contenedores de la basura y hablan en voz baja...

Siguen llegando noticias del mundo: Chipre cierra sus fronteras, México reporta 387 fallecidos, Nueva Zelanda declara emergencia nacional, el príncipe Carlos de Inglaterra da positivo... Menos mal que la noche termina bien: es el cumpleaños de Lacman (treinta años). Alguien busca un trozo de tarta y el camarero sopla una solitaria y tímida vela. Sonríe, feliz. El filipino lleva ocho meses sin ver a su familia. ¡Y por 300 euros al mes!

26 de marzo, jueves

Jornada de navegación. Día revuelto (dentro y fuera del barco). La lluvia y el viento azotan las cubiertas. Me arriesgo a caminar. Necesito pensar.

A las doce habla Nicolò Alba. Y dice: «Que siempre pueda tener el viento en la popa. Que el sol ilumine mi rostro y que el viento del destino me lleve hacia las alturas, a bailar con las estrellas». Este tío es cursi cursi... Escribo las mías: «El agua es un algoritmo infinito», «Hace mucho que no regreso a Barbate;

por eso la mar se ha oscurecido», «Hace mucho que no la beso; por eso me he oscurecido», «Ahora, sin ella, mi corazón está perdido», «Hay ríos en la niebla que nadie ve», «Hay océanos en tu mirada que sólo veo yo», «Hay caminos, en la espuma, que nadie recorre», «Hay caminos en ti —mi amor— que sólo yo conozco», «El Amazonas se enreda en la selva de pura felicidad»...

Los españoles continúan recogiendo firmas. Tratan de conseguir que la compañía nos desembarque en España. *La Jartible* dice que no. Ella exige un «corredor sanitario» para ella sola, hasta Gójar. ¡Qué matraca! Casi prefiero que hable de su hija María...

Lo olvidaba. A las doce, el capitán ha sido rotundo: el barco terminará el crucero el día 26 de abril, en Venecia. Más polémica. Más voces. Más peleas. Unos quieren llegar a Venecia («para eso hemos pagado») y otros —la mayoría de los españoles— pretenden bajarse en la costa española. Esto puede terminar como el rosario de la aurora...

En la cena surge la noticia: Jaimito Peñafiel declara que tiene el coronavirus.

—Si muere —replico— me lo creeré...

Los españoles deciden reunirse el próximo 29 de marzo para el asunto de la repatriación. Correrá la sangre, seguro.

Más noticias: la India decreta el confinamiento de 1.300 millones de personas. Aunque el Ministerio de Sanidad de España ordenó el confinamiento el 13 de marzo, los responsables ya conocían la gravedad del virus mucho antes. Illa, el ministro, alertó a los sanitarios, pero no a la población. Y, mientras los sanitarios obedecían, el gobierno de Sánchez jaleaba a la gente para que se manifestara el 8-M. Según la prensa, el día 1 de marzo dos altos cargos del Ministerio de Sanidad contactaron con el Consejo General de Enfermería y recomendaron que los sanitarios «no participasen en reuniones, congresos o eventos científicos». ¡Hipócritas! El asunto está en manos de una jueza.

Al regresar al camarote leo *El País* del 25 de marzo. No es un periódico que me guste (además estoy vetado), pero no hay más... En la página 9 tropiezo con un largo artículo del escritor Muñoz Molina. Lo titula «El regreso del conocimiento». Se nota que es de izquierdas porque arremete contra la derecha. Y suelta coces como éstas: «... En España, la guerra de la derecha contra el conocimiento es inmemorial y también es muy moderna: combina el oscurantismo arcaico con la protección de intereses venales...». ¿Cómo se puede ser tan hipócrita y manipulador? ¿Es que la izquierda no va a lo suyo? Y Muñoz Molina sigue coceando: «La derecha prefiere ocultar los hechos que perjudiquen sus intereses y sus privilegios». Que se lo digan a Cebrián, que fue director del periódico, cuando echó de su trabajo a Martín Rubio (hombre del tiempo) para colocar al señor Toharia.[1] Decido utilizar el artículo para limpiarme el culo.

27 de marzo, viernes

Entramos en zona de piratas. ¡Lo que faltaba! La costa de Somalia y el golfo de Adén —por el que navegamos— son aguas en las que menudea la piratería. El *Costa Deliziosa*, como otros buques, dispone de medidas especiales para defenderse de estos modernos bucaneros. Una de ellas —llamada LRAD (Dispositivo Acústico de Largo Alcance)— es extraordinariamente eficaz. Se trata de un «rifle» sónico, capaz de dejar inconsciente al asaltante. Porque de eso se trata: individuos amparados en la oscuridad que abordan los buques y roban lo que pillan en un tiempo récord. El *Costa Deliziosa* es muy apetecible. En sus cajas fuertes (en plural) hay cientos de miles de dólares y euros y numerosas y preciadas joyas. De producirse, el ataque se registraría durante la noche.

A las doce del mediodía, durante el paseo por la cubierta tres, observo largas mangueras en el piso, dispuestas para repeler los ataques (si se producen). Los de seguridad portan prismáticos de visión nocturna. Permanecen atentos al horizonte. Cada 50 metros veo un vigilante.

1. Amplia información en mi página web: www.jjbenitez.com (ver *Historias inventadas. ¿O no? (La bofetada)*.

Algo me dice que permanezca tranquilo...

El capitán pronuncia la frase del día: «El mar tampoco tiene país y pertenece a todos los que saben escucharlo». Abro el cuaderno de bitácora y escribo mis frases: «El Nilo no puede contar su historia porque su historia es la Verdad», «La palabra Destino suena a desembocadura», «En la mar, cada ocaso anuncia una resurrección», «Sé que desapareceré cerca de ti (es mi "contrato")», «Sólo el agua alcanza el universo misterioso de los cumulonimbos», «El tiempo lo corrompe todo (y la mar lo sabe)», «Jamás el tiempo ha vencido a la mar», «Cierro los ojos y la veo; los abro y la mar se aleja», «Frente a la mar soy lo que soy (no lo que quisiera ser)»...

Los franceses se reúnen de nuevo y piden el desembarco ¡ya! Los españoles —más cautos— prefieren ir paso a paso. Carlos, el médico maxilofacial, sabe...

Noticias en la popa de la cubierta nueve: se confirma el rumor: la justicia española investiga si el gobierno de Sánchez cometió delito (prevaricación) al autorizar y jalear las marchas del 8-M. Algunos aplauden. ¿Cuántos muertos ocasionaron Sánchez y compañía por estas manifestaciones? La jueza que instruye el caso solicita a la Guardia Civil que le informe del curso que se dio al informe del Centro Europeo para el Control y Prevención de Enfermedades. En este documento —emitido el 2 de marzo (seis días antes del 8-M)— se advertía del peligro de las reuniones masivas. Sánchez y los responsables de la Sanidad española se lo pasaron por el forro... Margarita Robles solicita ayuda a la OTAN y fija el inicio de la emergencia en el 9-M. ¡Toma castaña! Y recuerdo las coces de Muñoz Molina. ¿La izquierda no miente y manipula?... Se descubre que la empresa que compró el material sanitario en China no tenía licencia (el material, además, no sirve)... Se descubre que los informativos de algunas cadenas españolas de televisión están manipulados y dirigidos por miembros o simpatizantes del PSOE. Declaración hecha por Antonio Miguel Carmona (del PSOE), en Málaga, y en privado (pero alguien grabó sus palabras). (Dedicado a Muñoz Molina.)

Blanca entrega 50 euros a Lacman, el camarero filipino. Regalo de cumpleaños. El muchacho besa las manos de Blanca.

El día transcurre tenso, con las miradas puestas en los horizontes marinos. Los piratas no aparecen. Los franceses creen que lo de las mangueras y el «rifle» sónico forman parte de las diversiones del crucero. Son cortos mentales...

En el almuerzo, en la novena planta, se sienta con nosotros Xabier, de Bayona. Es un «abertzale de toda la vida», según sus palabras. Reside en Iparralde (sur de Francia). No hay forma de convencerle de que las fronteras están anticuadas.

A las 18:30 horas, el papa Francisco regala la bendición *urbi et orbi*. Y dice que «perdona a todo el mundo». ¿Y qué tiene que perdonar? «La oración —asegura— puede detener la pandemia.» Yo no estoy tan seguro...

Nota de la compañía. Dice estar analizando detalles operativos para las próximas paradas técnicas en Muscat y Salalah, en Omán. Está buscando también un puerto seguro, en Italia, para desembarcar al pasaje.

En la cena nos enteramos: el padre de *la Jartible* se encuentra en el hospital, atacado por el coronavirus. Si muere lo enterrarán en solitario. Siento pena por doña Rogelia. Se encuentra a miles de kilómetros y sin posibilidad de regresar a Gójar. *Trebon* asegura que el periódico *La Razón* (España) ha echado a Ussía, uno de los columnistas. Al parecer ha insultado al rey. Ya era hora de que lo pusieran de patitas en la calle. Yo lo llamé una vez «yihadista» (en broma, claro) y él publicó un artículo tachándome de gilipollas (en serio, claro).

Leo las últimas noticias del día en el camarote: el ministerio del Interior decide que 2.100 presos españoles cumplan condena en su casa... 2.600 millones de afectados por el coronavirus en todo el planeta (un tercio de la humanidad está confinado)... Los esperados test comprados por España a China (640.000 kits) no funcionan bien. Y Sánchez ha gastado 432 millones de euros en la citada compra... El gobierno de Cataluña calcula que los muertos por coronavirus en aquellas provincias superarán los 30.000...

Desolado, abro el cuaderno de bitácora y escribo qué cosas me gustaría hacer cuando pase la pandemia.[1] Blanca duerme.

1. Cambio de idea sobre la marcha y escribo qué me gustaría ser cuando sea mayor (sólo tengo setenta y tres años): «Podador de pensamientos ingratos. Fontanero de goteras del Paraíso. Explorador de decimales del número pi. Remendador de "lo siento, cariño". Programador del nada que hacer. Leñador de políticos. Perfumista de paciencias. Dinamitero de frases hechas. Afilador de buenas intenciones. Cazarrecompensas de promesas huidas. Libertador de imágenes de los espejos. Árbol de nueces peladas. Pintor de cielos en los pensamientos de los paralíticos cerebrales. Empedrador de voluntades. Bruma; es decir, la hermana menor de la niebla. Pastor de rincones. Pastor de esquinas montaraces. Traumatólogo de árboles caídos. Director espiritual de las gotas de lluvia perdidas en el cristal de la ventana. Ascensorista al no va más. Mezclador de pasados y futuros. Buzo que desciende a las sonrisas infantiles. Cirujano de heridas no cerradas. Contable de futuros en la mente de Dios. Mago que hace desaparecer la palabra "no". Vendimiador de miradas perdidas. Abogado defensor de las puestas de sol. Portador de vida en la caravana de Dios a la Tierra. Relojero que da cuerda a los amaneceres. Resucitador de vías muertas. Consolador de cuadros torcidos. Soplador de rescoldos amorosos. Encantador de serpientes bizcas y otros malos recuerdos. Fogonero del irás pero no volverás. Psiquiatra de olas reincidentes. Repartidor de periódicos en la Nada. Negociador profesional con soledades con rehenes. Estrella voluntaria en la fría y solitaria noche del desierto. Desfibrilador de icebergs. Intérprete y traductor jurado del tantán. Padrino en la boda gay de las estalactitas y las estalagmitas. Inventor de grifos con la boca hacia arriba. Observador neutral en la llegada del alba (sin foto *finish*). Perro guía de oscuridades y tinieblas. Notario de lo no dicho. Lacero de imaginaciones vagabundas. Azul lapislázuli (con tal de que llegue de Persia). Físico de partículas subatómicas jubiladas. Deshollinador de prejuicios. Deshojador de tristezas y malas caras. Paracaidista en vacíos insondables. Agitador de masas del yo. Crupier con los dados marcados del azar. Despertador de reflejos tras la lluvia. Director del hotel submarino de los azules (cadena de los turquesas). El bloque de mármol que parió a *La Piedad* de Miguel Ángel. El hermano portero de la imaginación del Padre Azul. El Séptimo de Caballería que acude en auxilio de las imágenes prisioneras en los cuadros. El camino que no conduce a la muerte. Contador de cuentos circulares (que siempre terminan donde empezaron). Mimo a las puertas del Paraíso (para que el Padre Azul me arroje unas monedas de su imaginación)».

Costa

Queridos Huéspedes,

Mientras navegamos por el Océano Índico rumbo Norte, nos gustaría proporcionarles una actualización adicional sobre la continuación de nuestro viaje.

Como saben, el COVID-19 se ha convertido ahora en una pandemia global según lo declarado por la Organización Mundial de la Salud, y esto ha llevado a las Autoridades Sanitarias de varios países a incrementar aún más sus medidas de precaución mediante la introducción de una serie de prohibiciones de entrada en sus territorios.

El escenario actual, por supuesto, está impactando en nuestras Operaciones planificadas. Nuestro departamento de Operaciones Portuarias y nuestro Equipo Náutico han explotado todas las posibles soluciones, pero dado que la situación se ha está deteriorando progresivamente, todos los Puertos de Escala posibles podrían verse gravemente afectados de manera que se nos impida desembarcar o, en el peor de los casos, que se nos impida llegar a Puerto.

Por lo tanto, dada la alerta de pandemia que ha llevado a las Autoridades Locales a aplicar restricciones para el desembarque de nuestros Huéspedes, lo que compromete su experiencia de Crucero, nos vemos obligados a modificar nuestro itinerario de Crucero.

Lo más probable es que, a pesar de todos los esfuerzos realizados para reajustar el programa, el único itinerario viable para Costa Deliziosa en la actualidad, capaz de preservar la salud de todos los huéspedes y de la tripulación y asegurar el medio ambiente a bordo, actualmente inmune, es efectuar paradas técnicas siempre que sea permitido.

Actualmente estamos analizando detalles operativos para nuestras próximas paradas técnicas planificadas en Muscat y Salalah (Omán). Además, la Compañía está trabajando con las Autoridades Italianas para encontrar un Puerto final de destino adecuado que pueda garantizar la máxima seguridad y la posibilidad de organizar rápidamente el regreso a casa de los huéspedes y de la tripulación, respetando al mismo tiempo la situación que están enfrentando las regiones Italianas más afectadas por la presente emergencia.

La situación de salud a bordo se controla constantemente y hasta la fecha no se ha reportado ningún problema de salud pública.
Sin embargo, dado que la salud y la seguridad de los huéspedes y de la tripulación son la principal prioridad para Costa Cruceros, todos los protocolos de saneamiento y salud se han planteado como medida de precaución para cumplir plenamente con los Decretos de Emergencia emitidos por el Gobierno Italiano así como todas las pautas difundidas por la OMS para contrastar el brote del Covid-19.

Con el objetivo principal de obtener la información más actualizada, Costa permanece en contacto constante con todas las Autoridades Locales de los destinos solicitados por sus embarcaciones. Esto se hace para permitir que Costa tome las decisiones más apropiadas y / o implemente las medidas más adecuadas para garantizar que se cumpla con el nivel más alto de seguridad para sus huéspedes y miembros de la tripulación. La seguridad, de hecho, es una prioridad absoluta para nosotros, tanto durante la navegación como en tierra.

Es nuestra responsabilidad proporcionarles más actualizaciones en el menor tiempo posible a medida que estén disponibles.
Como regla general, aprovechamos la oportunidad para recordar a todos los huéspedes que sigan respetando las precauciones higiénicas básicas y por favor no duden en pedir asistencia si tienen alguna necesidad o simplemente cualquier duda.

Muchas gracias por su comprensión y les deseamos una buena continuación de Crucero.

Costa Cruceros

Nota de la compañía.

28 de marzo, sábado

De los piratas ni rastro. El único bucanero que he visto es el rubio, pero se ha mantenido a distancia, más redondo que nunca. Allá él...

El pasaje aparece triste y confinado en sus ideas. La gente mira sin ver. Este viaje ya no tiene sentido. En general, ha sido un maravilloso fracaso.

No salgo de mi asombro. Algunos periodistas españoles llaman a los pasajeros y preguntan por la situación. Lo que se publica es de risa: «El barco va a la deriva... El barco deambula por las aguas del Índico... El barco navega sin rumbo fijo... El capitán habla al pasaje cada día y le da consejos». Sí, frases cursis sobre la mar...

A las doce escucho los «consejos» de Nicolò Alba: «Qué inapropiado llamar Tierra a este planeta, cuando es evidente que debería llamarse Océano». Escribo mis frases sobre el agua y la mar: «Frente a la mar resurjo de las cenizas», «Frente a la mar dejo de ser el "mensajero solitario y agotado" (que soy)», «Por encima de la mar —dicen— están las estrellas (no es cierto)», «Por encima de la mar está mi amor por la mar», «Ojalá tuviera fuerzas para ser infiel a la mar», «Ojalá tuviera fuerzas para escribir horizontes marinos», «Ojalá tuviera fuerzas para cerrar los ojos y hacerme agua», «Ojalá tuviera fuerzas para beberme el alba»...

El capitán confirma que haremos una parada técnica en Omán; es decir, avituallamiento y combustible. Nadie podrá bajar a tierra. Desde allí navegaremos hacia el norte, a la búsqueda del canal de Suez. Llegada prevista: hacia el 10 de abril. Después nos dirigiremos a Italia.

Tras el almuerzo empiezo la lectura de *El hereje*, de Miguel Delibes (Premio Nacional de Narrativa en 1999). A la tercera página, el libro se me cae de las manos. No comprendo: Delibes fue un maestro... ¿Por qué abunda en palabras eruditas que nadie entiende? Ser culto no quiere decir que no te comprendan.

A las 18:10 horas, el capitán anuncia un cambio de rumbo. Navegamos hacia las islas Seychelles. Hay que desembarcar a

183

un miembro de la tripulación, enfermo. La gente se mosquea. ¿Coronavirus?

18:30. Conversamos con *Liz* y Juanfran en el Amarillo, una deliciosa heladería (tercera cubierta). El helado de mango es de muerte. Yo prefiero un «malagueño», con vino dulce y pasas. Enma, la querida y bella *Liz* de los ojos violetas, se interesa por algo tan desconocido como sublime:

—Háblanos de ese tercer gran Dios... ¿Cómo lo llamas en tus libros?

Sonrío, complacido.

—El Espíritu Infinito —declaro—. No el Espíritu Santo, como pretende la iglesia católica. Es, en efecto, el tercer gran «Actor». Y es especialmente ignorado por el ser humano. El Espíritu Infinito es el creador de la mente. Y las reparte a trillones...

—¿La mente humana procede de ese Dios? —se interesa Juanfran.

—Eso parece. Si os fijáis, la mente —lo que yo llamo la «caja de herramientas»— es una criatura prodigiosa. Lo puede casi todo. Sólo se entiende si admitimos que es obra de un Dios.

—Entonces —interviene *Liz*—, la mente no es el cerebro...

—No. El cerebro es el lugar en el que «habita» la mente.

—¿Y qué otras funciones desempeña el Espíritu Infinito?

Respondo a *Liz* con metáforas:

—Es una gasolinera que no cierra. Es el lado vivo de las cosas...

Juanfran me interrumpe:

—No entiendo... ¿Por qué el lado vivo de las cosas?

No es fácil de explicar, pero lo intento:

—Según mis noticias, el Espíritu Infinito habita toda la creación. Me refiero a los animales y a lo inanimado. Está en todo: en el agua, en las piedras, en el aire y hasta en los virus...

Blanca y *Liz* me miran, desconcertadas.

—Lo sé... Es incomprensible, pero así es.

Y prosigo con las «responsabilidades» del tercer Dios:

—El Espíritu Infinito sostiene la gravedad, la antimateria y la gravedad espiritual. Esta última no ha sido descubierta aún por el hombre. Él hace llover las ideas.

—¿Las ideas no son nuestras? —se interesa Blanca.

—Parece ser que no. Ni una sola. Todas llegan del «exterior»: de ese tercer y grandioso «Actor». Pero, sobre todo, el Espíritu Infinito es amor condensado.

Seguimos conversando hasta las 20:30 horas. Hablamos de ovnis y militares y de las ruinas en la superficie lunar. Lo he dicho y lo repito: *Liz* y su marido son una delicia.

Cena de gala. Me niego a ponerme la chaqueta (en solidaridad con los «apestados» que siguen encerrados en los camarotes).

Busco noticias sobre España. Y las encuentro: Sanidad entregó a la Comunidad de Madrid los «test piratas» (procedentes de China), sin validarlos... ¡Qué mierda de país!... Además, la empresa que los suministró ni siquiera tiene licencia... Los test no funcionan y sólo tienen un 30 por ciento de fiabilidad... Sigue la escalada de muertos por el coronavirus: ayer, 769 (llevamos casi 5.000 fallecidos)... La ministra de Igualdad —Irene Montero— declara en el programa *Al rojo vivo*, en la Sexta, «que las manifestaciones del 8-M no constituyeron el problema en la expansión del coronavirus». Sólo en Madrid se congregaron más de 120.000 personas... Y digo yo: «¿La de Podemos considera a los españoles retrasados mentales? ¿En qué manos estamos?».

De Estados Unidos también llegan noticias sabrosas. Veamos: el tonto de Trump se declara «presidente en tiempos de guerra». Y asegura que el coronavirus «es un enemigo invisible»... Lo decía mi abuela, la contrabandista: «Hijo, cada uno tiene lo que se merece»... Y hablando de EE. UU.: los norteamericanos ofrecen 15 millones de dólares a quien entregue —vivo o muerto— a Maduro, el líder venezolano... Lo acusan de narcoterrorismo. ¡Que paren el mundo! ¡Me quiero bajar!

Conecto el canal 48 del *Costa Deliziosa*. Carlitos habla sobre isla Mauricio. Necesito dormir...

29 de marzo, domingo

Rumores en el desayuno. Dicen que esta noche pasada ha aterrizado un helicóptero en el *Costa Deliziosa* para evacuar a un enfermo. La gente está desquiciada. No me extraña: son muchos días de navegación y sin pisar tierra.

Las noticias mandan: el presidente Sánchez dice que hay que parar el país... Hay que parar la construcción durante veinticinco días. Y me pregunto: ¿qué es peor: que la gente muera por el maldito corona o de hambre?

A las ocho de la mañana avistamos las islas Seychelles. Las avistamos con prismáticos, claro. El barco se queda lejos. Son islas con palmeras británicas, con pueblos británicos y con la insoportable manía de conducir por la izquierda. Me alegro de no pisarlas. Una lancha busca al *Costa Deliziosa* y se lleva al tripulante enfermo. Seguimos hacia Omán.

En el desayuno, Moli comenta algo que me deja helado. El resto de la mesa —salvo Blanca— no percibe nada...

—Esta noche —dice el anestesista— se ha caído un cuadro en la casa de mi hija, *la Espagueti,* en Gójar.

Solicito detalles. Moli sabe poco más. Al parecer, esa misma noche, también en la casa de *la Espagueti*, la televisión ha funcionado sola... Algo va a pasar. Y explico lo sucedido en mi casa, en la que llamamos «escalera de la muerte»:

—Va desde el salón a la biblioteca. Tiene dieciocho peldaños. En ella, en las paredes, hay colgados más de treinta cuadros. Pues bien, cada vez que se cae un cuadro en dicha escalera —explico— muere alguien de la familia o de las amistades más cercanas.

Trebon me mira, escéptico.

—Está comprobado —insisto—. Tras la caída del cuadro, la muerte llega en dos o tres días.

No me creen. Mejor así... E intuyo la muerte del padre de *la Jartible*. Pero guardo silencio.

A las 13 horas me reúno en la popa de la cubierta nueve con Enma (*Liz*) y Juanfran. Blanca está con ellos, bebiendo sol. Y *Liz*, curiosa siempre, pregunta cómo es un día mío de trabajo.

—Depende —respondo—. No es lo mismo investigar que escribir...

—¿Qué haces cuando escribes?

—Soy muy maniático (ver nota sobre mis manías). Me levanto entre las seis y las siete menos cuarto de la mañana.

Desayuno y escribo hasta las doce. Después camino una o dos horas, según. Almuerzo algo, veo las noticias en la televisión, descanso treinta minutos y a las 16:30 estoy de nuevo en el despacho. Preparo los guiones del día siguiente, leo o estudio y corrijo lo escrito por la mañana. Me tomo un güisqui y leo la prensa (de atrás hacia adelante). Ceno y a las diez de la noche estoy en la cama.

—¿Y así todos los días?

Blanca responde a *Liz*:

—Sábados, domingos y fiestas de guardar. No tiene respiro. Ningún escritor trabaja tanto como él.

Niego con la cabeza, pero *Liz* hace caso a Blanca.

—¿Te gusta escribir con música? —se interesa Juanfran.

—Siempre. La música es mi ayudante.

—¿Qué prefieres?

—Depende del momento y del libro. Os puedo mencionar a Ennio Morricone, *La guerra de los mundos* (versión de Jeff Wayne); todo lo de Himekami; todo lo de la orquesta Caravelli; Adiemus (*Songs of Sanctuary*), música utilizada a la hora de transcribir el *Caballo de Troya (5)*; *Beautiful World* (música utilizada en *A 33.000 pies*); Lole y Manuel, Sarah Brightman, The Shadows, Serrat (sinfónico), la banda sonora de *El último samurái*, Secret Garden, Alan Parsons Project (música utilizada en la transcripción del *Caballo* [1]); Barbra

Mariquilla, una de las canciones favoritas de Juanjo Benítez. La cantaba en Barbate a la sombra de la torre del Tajo. (Archivo: J. J. Benítez.)

Streisand, Paloma San Basilio, Enya, y, naturalmente, José Luis y su guitarra.

—Por favor —requiere *Liz*—, quédate con uno...

—Beethoven: la *Obertura de Coriolano*.

A las 15 horas, reunión de los españoles para solicitar —formalmente— que el *Costa Deliziosa* atraque en la costa española (no importa en qué puerto). No asisto, pero Blanca me informa:

—*La Jartible* ha vuelto a dar la nota... Dice que ella va a Venecia. Y que exige el «corredor sanitario»... La han abucheado.

Por la tarde volvemos a reunirnos con *Liz* y su marido (en la heladería maravillosa). Esta vez —no recuerdo cómo— surge el asunto de las Torres Gemelas, en Nueva York. Soy sincero:

—Todo mentira... Las torres no fueron derribadas por los islamistas. Investigué a fondo. Los aviones que se estrellaron en los edificios iban vacíos ¡y sin pilotos! Fue una operación diseñada por los propios militares norteamericanos para justificar —a nivel mundial— la invasión de varios países. En definitiva: dinero.

—Pero...

Entiendo la lógica extrañeza de Juanfran.

—Tú eres arquitecto —le digo—. ¿Qué opinas sobre la caída de las torres?

—Da la sensación de que fue una voladura controlada...

—Exacto.

Y resumo:

—No creáis nada de lo que sale en televisión. La manipulación es constante.

Comentamos las noticias que llegan de España. Se endurece el confinamiento (hasta el 9 de abril). La cifra de contagiados supera los 72.000. Número de fallecidos por el coronavirus: 5.690. En el mundo han muerto ya 30.000 personas.

Liz pregunta:

—¿Tú lo sabías?

—Algo sí —trato de escapar—. Algo...

—¿Y qué piensas? —insiste la bella de los ojos imposibles. (El violeta es un amor imposible.)

—Creo que estamos ante un ensayo general para algo mucho peor: Gog.

Siguen las noticias: ahora resulta que el virus lo ha transmitido un murciélago a un pangolín y éste al hombre... No creo nada... En Estados Unidos se triplica la venta de armas. No me extraña (el coronavirus no resiste las balas).

Sorpresa: al desnudarme en el camarote, Blanca descubre una serie de picaduras en mi espalda. Levantamos el colchón y aparece una familia de chinches. Están felices. No son horas de protestar. Lo haremos mañana.

30 de marzo, lunes

Me levanto sombrío y sin ganas de hablar. Algo se avecina...

Nuevo día de navegación. Mar azul, tensa y dormida. Ni rastro de piratas. Pero las mangueras siguen ahí, en la cubierta tres.

Blanca me vuelve a sorprender en el desayuno. Llegan correos a la página web en los que piden que hable con el Jefe (Jesús de Nazaret) para que termine con la pandemia. «Tú tienes influencia», repiten. ¡Pobre de mí!

Acudimos a recepción. Blanca explica que hay una familia feliz de chinches en el colchón de la habitación. La señorita no da crédito.

—¿Chinches?

—Sí —replico— y tienen cara de italianos...

Blanca me da un puntapié y me fulmina con la mirada. ¡Qué voy a hacer! Soy así...

A las doce camino durante una hora. El barco tiene prisa. Yo creo que supera los 19 nudos. Nicolò Alba quiere llegar a Omán cuanto antes. ¿Qué trama?

Frase de John F. Kennedy: «Estamos atados al océano. Y, cuando volvemos a la mar, ya sea para navegar o mirar, volvemos al lugar de donde venimos». Prefiero mis frases: «La mar también escribe recto con renglones torcidos», «El sol evapora el agua por puro amor», «El agua llueve para que tú no olvides», «El mejor homenaje al agua es contemplarla», «Sólo Dios y la mar saben quién soy realmente», «A la mar no le preocupa la verticalidad. ¡Qué extraño!», «Todos los amaneceres naranjas demuestran su amor por la mar», «La mar, al vaciarse, comprende», «La mar difícilmente termina lo que empieza (es la ley)», «Me fascina el comadreo de la lluvia en el cristal de la ventana»...

Blanca acude al camarote de doña Rogelia (alias *la Jartible*). Es su cumpleaños. Hace sesenta y tantos. Lo celebra con Marisa y *las Cubanas*. Blanca siente pena por su amiga. «No está bien de la cabeza», insiste. Le recuerdo que nunca ha sido su amiga...

Me aíslo en el camarote y prosigo la lectura. En el almuerzo me entero: alguien ha tratado de robar el sombrero de Blanca mientras tomaba el sol en la popa de la cubierta nueve. Seguro que ha sido un maldito franchute...

Hoy terminan Nieves y Rafa el confinamiento en su camarote. Han resistido valientemente.

En la cena, Moli obsequia al grupo con turrón de Jijona y de Alicante. Le perdono todas sus torpezas...

Comentamos las noticias del día: la ministra de Trabajo —Yolanda Díaz, de Podemos—, tras el consejo de ministros, califica a los empresarios españoles de «canallas». Los empresarios han advertido a Sánchez que se va a cargar el país.

Trebon llama a la ministra «mercachifle y tonadillera de la política». No le falta razón.

Siguiente «negocio»: la llegada a California de Enrique de Inglaterra (duque de Sussex) y su esposa, la actriz Meghan Markle. Hay disparidad de opiniones. Unos dicen que huyen de la nefasta influencia de la reina Isabel II. Otros llaman a Enrique «díscolo». Estoy con los primeros. Y les invito a que consulten mi página web. En *Historias inventadas. ¿O no?* explico por qué Enrique de Inglaterra —hijo de Diana de Gales— ha roto con la realeza británica (y especialmente con Isabel II): Diana fue asesinada.[1]

1. Información presentada en www.jjbenitez.com: «MESA SERVIDA». Documento secreto del Servicio de Inteligencia Exterior (SIS) (Reino Unido), elaborado el 7 de septiembre de 1997, una semana después de la muerte de Diana de Gales. Documento confidencial que, según la actual legislación británica, no podrá ser desclasificado en cien años:

Por supuesto, nadie me cree. Mejor así.

Al retornar al camarote, la anciana tristeza me espera sentada en el sofá— «¿Qué quieres?», pregunto. No responde.

31 de marzo, martes

El rubio canta luces en la lejanía. Y la mar se transforma en una mujer nueva y bella.

Tras el desayuno me asomo a la popa de la cubierta nueve y le doy los buenos días. La mar se alza, jubilosa, y me devuelve algunas espumas. «Yo también te quiero.»

Camino, como puedo, de doce a una. La ciática no perdona. Nicolò Alba hace resonar una frase de Pascali: «El mar es como el alma: nunca se calla. Ni siquiera cuando todo está en silencio». Falso. El alma siempre es silenciosa. En realidad, es un cáliz de color naranja. Me siento en la popa, en la cubierta nueve, y escribo: «Un día descubrí un gran secreto: el Espíritu Infinito habita cada gota de agua», «El agua es simétrica por culpa del amor», «La tenacidad del oleaje no tiene precedente»,

---

«... El visto bueno a la operación "Mesa Servida" fue proporcionado por S. M. la Reina. Se utilizará al príncipe Felipe de Edimburgo como "blanco", con el fin de desviar la atención inicialmente...

»... S. M. la Reina ha sugerido la utilización del sistema 1784/luz/infinita, que fue activado a las 16 horas del 31 de agosto de 1997...

»... Langley vigiló las comunicaciones...

»... "Mesa Servida" fue diseñada cuando se alcanzó la seguridad de que la boda entre Diana y el musulmán había sido fijada...

»... La ejecución del procedimiento 1784 fue llevada a cabo con rapidez, y de acuerdo al protocolo de Operaciones. El cerco del "cazador" se prolongó cinco segundos. De inmediato actuaron los agentes motorizados, que cegaron al conductor del vehículo...

»... Cuando el presente *dossier* se haga público, ninguno de los participantes en la operación seguirá con vida...».

P. D.- Todas las pruebas, incluidos los cinco agentes que participaron en la "caza" del Mercedes con un segundo vehículo de gran cilindrada, y los motoristas que lanzaron el *flash* a los ojos de Henri Paul, el conductor, han sido anulados.

«¿Por qué la mar no sueña? (no es justo)», «La matemática simetría de un copo de nieve (C6) es necesariamente extraterrestre», «Los peces guardan silencio por obligación», «Pensé que las profundidades marinas son huérfanas (error)», «Me gusta la mar a todas horas (incluso pintada)», «Viví *20.000 leguas de viaje submarino* "sin una sola salpicadura."», «Lo sé. Me lo dijeron en los cielos: Dios delega en el agua», «La mar está —aparentemente— sola»...

El capitán recuerda que llevamos diecisiete días sin pisar tierra firme, que la bandera está a media asta (por los muertos italianos y del resto del mundo), que no hay casos de coronavirus en el buque y solicita un minuto de silencio por las numerosas víctimas.

Me sirvo una copa de vino blanco y dejo que el rubio haga su trabajo. Al instante, el licor baila amarillo y feliz. La tertulia en el bar se anima. Carlos asegura que bajaremos en Barcelo-

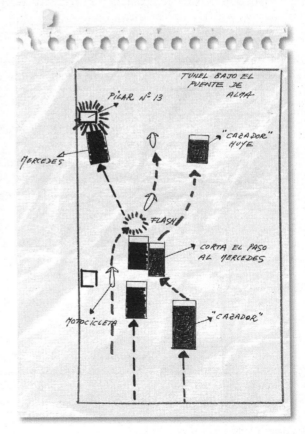

Cuaderno de campo de J. J. Benítez, con un esquema del plan ideado por los Servicios de Inteligencia británicos. Un vehículo ingresa en el túnel al mismo tiempo que el Mercedes en el que viajaba Diana de Gales. El vehículo («cazador») corta el paso del Mercedes, al tiempo que una motocicleta de gran cilindrada se coloca frente al automóvil y lanza un potente fogonazo que deslumbra al conductor. El Mercedes se estrella contra el pilar número 13.

na. Todos dicen que sí con el alma. Lo necesitamos. Y nos comunicamos lo último sobre España: el consumo de electricidad cae un 12 por ciento (debido a la inactividad industrial); el ejecutivo impedirá los desahucios durante seis meses; si falla el verano, el turismo perderá del orden de 62.000 millones de euros; el gobierno de Sánchez es un náufrago; la curva de fallecidos en España (6.398 el pasado domingo) empieza a remitir; la alcaldesa de Almonte, en Huelva, pide a la UME (Unidad Militar de Emergencia) que se despliegue en la aldea (al parecer, los devotos que se concentran en torno a la ermita del Rocío son un peligro)...

Alguien pone sobre la mesa las infidelidades del rey Juan Carlos. Y la tertulia de las 13 horas echa humo. Todo el mundo sabe cosas... Hablan de sus amantes, de Bárbara Rey, de una tal Marta (de Mallorca) y del hijo que tuvo con ésta (fallecido cuando contaba catorce años). Dicen que el CNI (antiguo CESID) persiguió a Bárbara Rey ¡e intentó matarla! Dicen que Bárbara grabó a Juan Carlos cuando hacían el amor. «Y lo peor no es lo que se ve —aseguran—. Lo más grave es lo que se oye.» Por la «compra» de esas películas —filmadas por uno de los hijos de Bárbara— la amante del rey emérito recibió del orden de 1.300 millones de pesetas (casi todo se lo gastó en el juego).

Algunos saben de mi amistad con doña Sofía y preguntan sin pudor:

—¿Y cómo reaccionó la reina emérita?

—Con lógica tristeza. Es una mujer que ha sufrido mucho. La admiro...

Blanca me anima a contar el intento de publicación de un libro sobre la entonces reina de España.

—Hace mucho —explico—, a finales de los años setenta, Alberto Schommer, el fotógrafo, y yo, tuvimos la idea de escribir un libro, contando la vida de doña Sofía. A José Manuel Lara Bosch, mi editor, le pareció un excelente proyecto. Y nos pusimos en marcha. Durante meses entrevistamos a decenas de familiares y amigos. Todo iba sobre ruedas. Pero, cierto día, al solicitar los permisos para visitar a Irene, la hermana de la reina, el palacio de la Zarzuela negó la autorización. Preten-

Portada para un libro que nunca vio la luz.

díamos ir a la India para conversar con Irene en privado. No hubo forma. Y tampoco recibimos una explicación. Todo el trabajo naufragó.

—¿Y por qué no publicas ese libro ahora?

—No sería ético...

En la cena sucede algo que no me gusta. Pero no digo nada. Marisa, conocedora de la mágica historia del anillo de plata que encontré en Sharm el Sheikh, al sur de la península del Sinaí,[1] pide que se lo muestre. Se lo entrego y lo revisa. Después, inevitablemente, pasa por las manos de *las Cubanas* y de *la Jartible*. Esto último me molesta. Al regresar a mis manos, el anillo llega frío (casi helado). Por experiencia sé que este cambio de temperatura significa que no debo fiarme de la persona que ha provocado el enfriamiento del anillo. La última en manipularlo ha sido doña Rogelia, *la Jartible*. El anillo nunca se equivoca...

Un lugar en el sol es la película que proyectan hoy en la cubierta del puente nueve. Al verme, la mar, recostada en la os-

1. Amplia información en *Ricky-B* (1997).

194

curidad, se levanta tímidamente y habla de soledades. Me acodo en la barandilla y escucho en silencio. Mis soledades también son legión...

1 de abril, miércoles

La ciática me está matando. No encuentro postura a la hora de dormir. He pasado la noche en el balcón, contando estrellas y esperando —inútilmente— que «ellos» se dejen ver. Sé que están cerca. Lo sé... Sé que vigilan el barco.

La navegación por el mar Arábigo es avanzar por un desierto negro y ondulado que nunca termina.

A las ocho y media de la mañana, en el desayuno (segunda cubierta), Moli da la noticia: el padre de doña Rogelia ha fallecido esta madrugada. Lo ha matado el coronavirus.

Y pienso en el cuadro que cayó en la casa de *la Espagueti* hace dos días. No falla. Todos me miran con temor...

Le doy un beso a *la Jartible* y le digo que lo siento. Mentira. Yo sé que su padre sigue vivo. Pero guardo silencio. No me entendería.

A las doce, mientras camino por la cubierta nueve, Nicolò Alba suelta la frase del día: «El mar debajo de mí. El cielo sobre mí. Es esto lo que me hace sentir libre». ¡Pobre capitán! No sabe que la libertad es un bello sueño. Nadie es libre en la materia. Es la ley. Y escribo (para mí): «La luz es la única que desnuda a la mar», «Sólo las estúpidas gaviotas expurgan el lomo de la mar», «Nadie, ni en un billón de años, hubiera podido inventar algo tan simple, bello, necesario y sublime como el agua», «El hombre —estúpido e ignorante— esclaviza el agua», «El agua piensa de forma cristalina (somos nosotros quienes la enturbiamos», «Jesús de Nazaret no se sumergió en el agua porque sí», «La mar no responde a las injurias», «La mar no debería tener dueños»...

En la tertulia, en la popa de la cubierta nueve, alguien me señala y comenta:

—Tú fuiste amigo del doctor Jiménez del Oso...

Digo que sí, orgulloso.

—¿Cómo era?

—Buena persona, especialmente inteligente y audaz. Llevó a cabo seiscientos documentales y programas de televisión sobre grandes misterios. Fue un rompehielos, un adelantado a su tiempo. Fundó tres revistas y escribió numerosos libros. Además, ejercía como psiquiatra. Yo colaboré con él y viajé a su lado, especialmente por América.

Hablamos de Fernando Jiménez del Oso hasta la hora del almuerzo. Y vuelvo a remitir a los contertulios a mi página web. Allí encontrarán información sobre mi amigo.[1]

1. Destaco el siguiente artículo de la referida página web: «Dicen que todo es según el cristal con que se mira. Dicen que todo en la vida depende de la forma de pensar de cada ser humano. Y hasta es posible que así sea. *Todo es según el cristal* nace con ese deseo: averiguar de qué color es el "prisma" privado con que cada persona se asoma al mundo. Y arranco con el doctor Jiménez del Oso, alguien muy popular.

¿Cómo es el "cristal de la vida" para el doctor Fernando Jiménez del Oso? ¿Qué opina de esos temas que, semana a semana, expone a los telespectadores a través de su programa *Más allá*?

El diablo

—Para mí es una parte, un tanto por ciento de nuestra personalidad. El diablo, para mí, es la agresividad y el miedo. Todo está en nosotros mismos: lo positivo y lo negativo. Y entre ese negativismo, yo llamaría "diablo" al miedo, a la agresividad y a la intolerancia.

El miedo

—Es lo que nos lleva a esa agresividad. Si existiera una generación de hombres sin miedo, el diablo habría muerto a partir de ese instante.

Dios

—No tengo respuesta todavía. Y dudo que la tenga en alguna ocasión. Quizá uno de los momentos en que más cerca he estado de Dios ha sido hace escasos meses, cuando una persona que afirma estar en contacto con los extraterrestres me sugirió algo hermoso: "el Universo, más que una gran máquina, es una gran idea".

Para mí, en fin, la idea de Dios no es una idea, sino un sentimiento. Siento como si detrás de todo eso que es visible, palpable —y estoy hablando a un nivel cósmico— estuviera una idea, una energía. Una idea energética. Habría que emplear palabras nuevas para describirlo. Y nosotros somos parte de ese todo, de esa gran Energía: de Dios.

Y esa Idea, una vez, se concretó en algo material, como un estado transitorio, que es el Universo. Y quizá algún día ese Universo desaparezca y se convierta en otra cosa, pero siempre será esa Energía, esa Totalidad.

La inmortalidad

—Soy inmortal porque es la única respuesta lógica. Lo absurdo sería que yo fuera perecedero. Me siento fuera de estos límites. Es decir, yo sé que estoy limitado por un esquema físico, por una superficie. Pero yo me siento parte del animal que bebe en el campo. O de la flor. O de las estrellas...

He llegado a una situación —yo diría a una evolución— en la que me fío más de las sensaciones y de los sentimientos que de los razonamientos. Por experiencia he visto que mis sentimientos me acercan a la realidad y mis pensamientos, en cambio, me alejan de esa realidad. .

Yo me siento parte de ese Todo. Entonces, si yo fuera temporal, tendría que serlo también el Todo. Y yo sé que eso es imposible. Soy parte activa del "plan general" de Dios. Como todo el mundo. Y seguiré siéndolo cuando abandone esta forma o esta etapa de mi evolución actual.

La felicidad

—Siempre digo que soy "razonablemente feliz". Para mí, la felicidad completa sería ser como Dios. Yo pienso que el hombre, si tiene sentimientos, preguntas y necesidades, es porque tiene que haber respuestas. De lo contrario, la naturaleza —que es muy económica— no habría puesto esas necesidades y preguntas en el hombre. Si no hubiera respuestas para las preguntas de "quién soy", "de dónde vengo", "qué es lo que hago aquí", el hombre ni siquiera existiría...

Su cerebro, de alguna forma, estaría programado para no planteárselas.

Los ángeles

—Es válida, pienso yo, la idea de los ángeles como mensajeros, como seres que establecían y que establecen un contacto entre los seres superiores y nosotros, los hombres.

La Biblia

—Pienso yo que se trata de un gran libro que los hombres no hemos entendido todavía.

¿Tenía razón la Biblia?

—Todo está escrito con una idea. Somos nosotros los que no vemos la razón, los que no entendemos.

La maldad

—Quizá es el "mundo" en el que realmente vivo. Es mi otra vida.

—Soy psiquiatra y conozco a las gentes. Para mí, la maldad es sólo miedo. No creo, en fin, que haya gente mala. Creo que existe gente con miedo, eso sí.

197

Nostalgia al mirar a las estrellas

—Creo que ése es un sentimiento que han sentido muchos seres. Es como si nuestro hogar —el verdadero— estuviera allá lejos... Por eso muchas personas sienten una profunda tristeza al asomarse al firmamento y contemplar esos millones de mundos.

Es como si supieras que tú has llegado de allá lejos. No sabes cómo ni cuándo, pero en tus genes parece estar impreso.

Es como si aquí, en el planeta Tierra, vivieras de prestado o de paso...

Los tres grandes misterios del hombre

—Del hombre "terrestre" yo diría que el primer gran misterio es su origen. Yo creo que soy una persona humilde, pero no creo que el hombre descienda del mono. La teoría evolucionista me parece una de las grandes estafas de la ciencia.

El segundo misterio podría ser por qué el hombre destroza el medio en el que habita. Tiene que haber una razón profunda. ¿Por qué el hombre no se adapta al medio y se adapta, al mismo tiempo, a todo? Los animales actúan con más cordura. Es como si, en este plan general terrestre, el hombre no encajara.

Y el tercer gran misterio sería "qué es Dios"...

Origen del hombre

—Lo desconozco. Lo único que sé es que las explicaciones que hay no me valen. Ninguna me satisface.

Para mí, el hombre no es de aquí. Y quizá la respuesta está en que el hombre no procede de ningún sitio.

¿Y si procediéramos de otro lugar?

—Nuestro origen, sí, probablemente está fuera de este planeta. Lo llevamos dentro. Se siente. Quizá seamos los restos de una primera astronave colonizadora. No lo sé...

¿Qué sucede inmediatamente después de la muerte?

—Quizá en el mismo momento de morir, o segundos antes, puedas contemplarte a ti mismo. Ésa debe ser una gran sensación.

Los sueños

—Quizá es el "mundo" en el que realmente vivo. Es mi otra vida.

¿También vuelas en sueños?

—Sí, claro. Desde que era pequeño. Y lo hago con distintos sistemas. Uno es dando saltos, moviendo las piernas en el aire. Otro, como si nadara. Otro —que tuve en colores— como si fuera un vampiro. Yo siempre sentí una gran simpatía por los vampiros. Y me puse de parte de ellos; no de los que llevan la estaca.

En otra ocasión soñé que volaba con unas alas que yo mismo me fabriqué y que iba reduciendo de tamaño poco a poco, hasta que se quedaron en unas maderas de muy pocos centímetros.

Mientras almorzamos, en el bufet de la novena, vemos pasar al *Soviético*: alto, marmóreo y con su inseparable gorra negra. Blanca cuenta la última: ha perseguido a Pili, *la Cubana*, hasta los baños... La ha esperado y, al salir, la ha llamado «fea, fea y mala». Pregunto por qué. «Porque Pili —asegura Blanca— no quiere ligar con él». *El Soviético*, creo, es otro enfermo mental. El barco está repleto...

Al atardecer nos sentamos de nuevo en la popa, en la cubierta nueve. El barco navega seguro y ronroneante. La noche no tarda en desmayarse sobre la mar. No sé de qué hablába-

---

Volar, para mí, es una necesidad.

¿Qué darías por entrar en un ovni?

—Casi nada. Para mí está tan claro y tan demostrado que existen que no siento ninguna necesidad de ellos. Yo no me aproximo al tema ovni por necesidad o por rechazo de la realidad. Sé que están ahí y eso me basta. Ellos hacen lo que quieren y yo hago lo mismo.

¿Por qué se demoran tanto en el contacto masivo?

—¿Y qué necesidad hay? Esos seres, que indudablemente están más evolucionados que nosotros, se interesarán, digo yo, por las personas, no por los cargos o estamentos. Y eso ya lo hacen. ¿Qué más les puede decir un jefe de gobierno que un sencillo labrador? Posiblemente está más cerca de la realidad y del mundo un labrador que un hombre que está encerrado en un despacho...

El mundo de aquí a cincuenta años (2027)

—Un caos, suponiendo que quede algo en pie. Llevamos un camino irreversible. Y ese camino apunta hacia la autoaniquilación. A no ser que sucediera un milagro —por ejemplo que los extraterrestres aterrizaran en casa— el mundo tiene los minutos contados.

Jesús

—Alguien mucho más consciente que los demás de que era parte de Dios.

Así es el "cristal" de Fernando Jiménez del Oso. Un hombre sincero y, sobre todo, universal. Todo un "ciudadano del Cosmos"».

                                                                            J. J. Benítez

---

LO QUE NUNCA SE SUPO DE FERNANDO JIMÉNEZ DEL OSO

Él mismo —con la voz todavía entrecortada— me lo explicó:

—Nadie o muy pocas personas saben que yo, hace unos dos años, estuve dos o tres veces a punto del suicidio.

—¿Por qué?

—Por razones puramente personales. Pero eso pasó...

Fernando Jiménez
del Oso (izquierda)
y Juanjo Benítez.
(Foto: GRAS.)

mos pero, de pronto, Juanfran —sentado en dirección a la citada popa— avisa de algo:

—¡Acaba de pasar! —explica—. He visto un objeto circular, muy brillante...

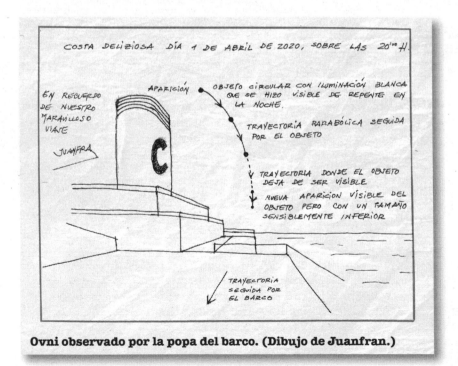

COSTA DELIZIOSA DÍA 1 DE ABRIL DE 2020, SOBRE LAS 20:00 H.

EN RECUERDO DE NUESTRO MARAVILLOSO VIAJE

JUANFRA

APARICIÓN

OBJETO CIRCULAR CON ILUMINACIÓN BLANCA QUE SE HIZO VISIBLE DE REPENTE EN LA NOCHE.

TRAYECTORIA PARABÓLICA SEGUIDA POR EL OBJETO

TRAYECTORIA DONDE EL OBJETO DEJA DE SER VISIBLE

NUEVA APARICIÓN VISIBLE DEL OBJETO PERO CON UN TAMAÑO SENSIBLEMENTE INFERIOR

TRAYECTORIA SEGUIDA POR EL BARCO

Ovni observado por la popa del barco. (Dibujo de Juanfran.)

Juanfran
mostrando
el dibujo
con la
trayectoria
del ovni.
(Foto: *Liz*.)

Miramos, pero sólo vemos oscuridad. Las estrellas no tardarán.

—Era un objeto —amplía el arquitecto— que seguía una trayectoria parabólica, por la popa y hacia el mar. Pero, de repente, la intensa luz blanca desapareció y volvió a surgir, pero con un tamaño sensiblemente inferior. Después nada.

Miro el reloj. Son las 20:20... Sé que son «ellos»... Le pido que haga un dibujo y accede.

La Jartible no baja a cenar. ¡Qué descanso!

Llegan más noticias de España. El gobierno de Sánchez lanza un plan para proteger a los más débiles: alquileres (suspensión de desahucios y créditos al 0 por ciento a los inquilinos); prohibido cortar la luz y el agua; subsidio de 440 euros a quien no tenga acceso al paro; ampliación de la moratoria de hipotecas a oficinas y locales comerciales; planes de pensiones rescatables; la publicidad del juego, sólo de madrugada. ¡Ya era hora! Me pongo de los nervios cuando veo anunciar bingos a la Belén Esteban y al Jorge Javier... En el pasado, en el periodismo, existía un Comité de Ética. Hoy vivimos tiempos cutres. España vuelve a batir el triste récord de fallecidos por coronavirus: 849 en un día. VOX solicita la dimisión de Sánchez y Pablo Iglesias. ¡Por inútiles!

2 de abril, jueves

Para cuando atracamos en Muscat o Mascate, en Omán, el rubio se ha cansado de incendiar el desierto. Todo es luz y silencio.

Frente al *Costa Deliziosa* veo un estirado buque de guerra de Corea del Sur. Es el número 978. ¿Qué pinta un barco de guerra coreano en Omán? Más allá lucen los dos cruceros de lujo del sultán. Nadie puede acercarse. Y nosotros menos: prohibido bajar a tierra. Muy cerca, por la popa, duermen dos potentes remolcadores y un carguero lleno de gallinas negras y rojas. Las gallinas conocen el barco mejor que los tripulantes. Se mueven aburridas y picotean los rayos de sol.

A las nueve de la mañana, tras el desayuno, me informo sobre Muscat. También ha degenerado. Antes era el centro del comercio del incienso. Desde aquí partía hacia Grecia y Roma. Hoy sólo cuentan el petróleo y los dólares. Un enorme mural con la efigie del fallecido sultán domina el puerto. Ha sido pintado en las paredes de un silo de trigo.

El puerto aparece desierto. Ni un ser humano, ni un pájaro, ni una nube... Sólo moscas y las inquietas gallinas del *Moore al Amina*. La pierna derecha duele menos; así que me animo y subo a la cubierta diez. Allí camino una hora. Después busco una sombra y escribo mis frases: «Deberíamos arrodillarnos ante un prodigio como la mar», «Sin agua no seríamos», «He conocido aguas saltarinas (recién llegadas), aguas mansas (porque saben) y aguas que desembocan (entregadas por amor)», «El hombre comete sacrilegio al fabricar agua pesada», «Si conociéramos el alma del agua no la dejaríamos escapar», «Bendecir el agua es un insulto a la inteligencia del agua», «Es el agua quien nos observa a nosotros», «El espíritu no necesita del agua porque comprendió», «El agua es la demostración de la existencia del amor líquido», «El agua se estanca (si la obligan)»...

Me siento en el bar de la popa, en la cubierta nueve. Los españoles discuten y disfrutan. Son las 13 horas. De pronto se escuchan gritos e insultos (supongo, porque los alaridos son en alemán). Un tipo, buceando en la piscina, ha rozado la pierna de una señora de ochenta años. La alemana grita y acusa al buceador. Acude el marido y se lían a trompazos. Los ánimos están recalentados. La policía del barco los separa. Y nosotros seguimos con la tertulia. Hablan del cambio climático. ¡Vaya por Dios! Escucho, perplejo. Algunos aseguran que nos estamos cargando el planeta. Me opongo. Y explico que el ser humano no es el responsable del cambio. Me miran, desconcertados. Algunas razones: hace 12.000 años (glaciación de Würm), ¿quién contaminaba con el CO_2? Nadie... ¿Y por qué se registró un cambio climático que se prolongó durante 8.000 años? Trato de que me entiendan:

—Contaminar no es bueno, pero eso no tiene nada que ver con el dichoso cambio climático. Alguien miente. Alguien le está metiendo miedo a la sociedad (en su beneficio).

—¿Y cuál crees tú que es la causa del cambio climático?

—Pueden ser varias... Todas escapan al control del ser humano. Por ejemplo: oscilaciones periódicas del eje de la Tierra (generalmente cada 40.000 años). Por ejemplo: actividad solar intensa (que influye o no en la creación de barreras nubosas). Por ejemplo: el paso del sistema solar por determinadas regiones de la galaxia...

Y resumo:

—Han culpado al CO_2 y lo han hecho reo de muerte. Repito: no es bueno contaminar, pero el CO_2 no es el responsable. El hombre no es tan importante. El planeta tiene su propio ritmo.

—¿Y qué opinas de las eólicas? —pregunta Carlos.

—Otro error. Los molinos de viento no representan una cifra significativa en la producción eléctrica. Es dinero para los propietarios de los terrenos en los que se levantan. Punto final. Ni la masiva tala de árboles por parte de los romanos o de los turcos provocó tanto desaguisado en el paisaje como estos molinos. Habría que despertar a don Quijote para que se enfrente a los nuevos gigantes...

No los veo muy convencidos.

A las 14 horas, mientras almorzamos, pasa el capitán y saluda a Blanca. Y le dice que ha recibido una carta «muy fea».

Al parecer se la ha enviado un español. Quedamos intrigados. ¿A quién se refiere? ¿Qué dice la carta?

Juanfran y Rafa se interesan por la kábala. Sé poco, pero respondo a sus preguntas:

—Nadie sabe con certeza quién la inventó. La mayoría cree que fue Moisés. «Alguien» le enseñó mientras permanecía en el monte Sinaí.

—¿Alguien? —interviene Nieves—. ¿Quién?

—Yo entiendo que el «equipo A»: seres no humanos que prepararon a Moisés para el éxodo y la materialización de la religión judaica.

—¿Extraterrestres?

—Exacto.

Al regresar al camarote, sobre la cama, vemos una nota de la compañía. Confirman lo que ya sabemos: no se puede bajar a tierra. Y lo mismo sucederá en Suez (10 de abril). Dicen que están buscando un puerto seguro en el que desembarcar al pasaje y a la tripulación.

Esa misma tarde, Blanca se entera: el español de la «carta fea» firma como Vargas. Se trata del *Soviético*...

Le pido a Blanca que se ponga en contacto con *la Espagueti* y solicite detalles sobre la caída del cuadro. Blanca no está de humor y se niega. Terminamos gritándonos. ¡Qué bronca tan idiota! Y, de pronto, cuando ella sale del camarote, escucho la «voz» de la «chispa»:

—Paciencia... Complácela en todo.

—¿Por qué? —pregunto indignado—. Es mi trabajo y ella no lo ve...

—En breve lo comprenderás..., y lo lamentarás.

En la cena hablan de asuntos más o menos veniales: las moscas, la fealdad del puerto y cosas por el estilo. Yo no participo en la charla. Le doy vueltas a las palabras del Padre Azul. ¿Qué quiso decir? ¿Por qué tengo que complacer a Blanca? ¿Qué me está anunciando?

Obedezco. Al regresar a la cabina la beso y solicito perdón.

La cadena de televisión Al-Jazeera ofrece noticias del mundo: ¡950 muertos por coronavirus en España! ¡Y en un solo

Costa Deliziosa 2 Abril, 2020

Queridos huéspedes ,

Como actualización de nuestra comunicación anterior, permítanos agregar a nuestros cambios continuos durante nuestra navegación, alguna información adicional con respecto a la continuación de nuestro viaje.

Ahora nos estamos acercando a Muscat (Omán) donde atracaremos en el muelle para nuestra parada técnica planificada hasta las 16.00h del 3 de abril.

Estamos seguros de que todos somos conscientes de la situación actual en todo el mundo, ya que casi todos los países adoptan cada vez más medidas radicales, que incluyen cierres completos, cierre de aeropuertos, imposición de restricciones de viaje y sellado completo de sus fronteras, para contener la pandemia.

Desafortunadamente, debido a todas las limitaciones mencionadas anteriormente, no disponemos de mucho margen de libertad para hacer uso de nuestra propia elección en términos de itinerario y destinos portuarios.

Todas las opciones razonables deben ser verificadas, autorizadas y finalmente tomadas con la aprobación de las Autoridades Sanitarias. En este escenario, les podemos garantizar que estamos luchando para hacer por ustedes todo lo que está a nuestro alcance.

En estas circunstancias, lamentamos comunicarles que, las Autoridades locales no pueden permitir ningún desembarque tanto para los Huéspedes como para los miembros de la Tripulación durante nuestra parade en Muscat, así como durante nuestra parada técnica adicional que tendremos en Suez (Egipto) el 10 de abril, donde, después de navegar en el Mar Rojo, nos detendremos hasta las 16.00h del 11 de abril, antes de emprender nuestra travesía hacia el Norte del Canal de Suez.

Nuestro Equipo en las Oficinas de tierra está trabajando con las Autoridades Italianas para encontrar un Puerto adecuado en Italia para nuestro destino final establecido el 26 de abril.

Además , nos aseguraremos de que todos los huéspedes reciban la asistencia logística adecuada para llegar a su país original y habrá información suplementarioa sobre posibles opciones adicionales unos días antes de nuestra llegada.

Por supuesto, entendemos claramente la incomodidad causada por una situación tan impredecible que surgió durante nuestro largo crucero, y por esta razón, podemos asegurarles que en realidad la Compañía está examinando y evaluando cuidadosamente una compensación de acuerdo con la ley aplicable y la situación específica. de fuerza mayor que todos estamos atravesando.

Entendemos la importancia de este tema y, por lo tanto, se proporcionará una actualización con información detallada durante la próxima semana y sin olvidar nunca que la prioridad es garantizar la máxima salud, seguridad y la posibilidad de organizar rápidamente el regreso a casa para los huéspedes y la tripulación,

Una vez más, tengan en cuenta que en realidad la situación de salud de a bordo se controla constantemente y no hay problemas de salud pública, hasta la fecha de hoy.

Mantenemos nuestros protocolos de saneamiento como medida de precaución para cumplir plenamente con las medidas Nacionales e Internacionales emitidas para contrarrestar el brote.

Como regla general, aprovechamos la oportunidad para recordar a todos los huéspedes que sigan las precauciones higiénicas básicas y no duden en pedir asistencia si tienen alguna necesidad o simplemente cualquier duda.

Les agradecemos su comprensión y les deseamos una continuación serena de viaje.
Costa Cruceros

Nota de la compañía.

205

día! ¿Qué nos pasa? Las ventas de coches y motos se desploman un 69,3 por ciento. La ministra de Asuntos Económicos —Nadia Calviño— dice que seguirán recaudando impuestos. Claro... ¿Qué se puede esperar de un gobierno «progresista»? Sánchez quiere las preguntas de los periodistas «por adelantado y a través de un grupo de WhatsApp». ¡Viva la libertad de prensa! Rusia vigila a los afectados por la cuarentena mediante el móvil. Han instalado 170.000 cámaras en las calles y patios. Coronavirus en el portaviones *Theodore Roosevelt* (EE. UU.). El secretario de Defensa ordenó no informar del contagio «para que el enemigo no sepa de la debilidad de EE. UU.». ¡Manda *carallo*! El gobierno español no hizo caso de las recomendaciones de la OMS para hacer acopio de material sanitario en los primeros momentos de la crisis. Salvador Illa, ministro de Sanidad, se jactó de tener «suficiente suministro». Los chinos engañaron a Sánchez y por escrito. La compañía de los «test pirata» dijo que tenían un 92 por ciento de fiabilidad. Estados Unidos calcula que los muertos por coronavirus llegarán a 300.000. En otras palabras: más víctimas que en las guerras de Vietnam y Corea juntas (92.000).

Trato de dormir, pero la angustia y la tristeza no lo permiten. Me asomo al balcón del camarote y contemplo las estrellas. Ellas saben lo que está pasando, pero no dicen nada. Y mantienen un silencio luminoso. Sé que, tarde o temprano, me enteraré...

3 de abril, viernes

Día monótono, feo y caluroso. Alcanzaremos los 35 grados... Mi única distracción son las gallinas del *Moore al Amina* y el gallinero de mi mente.

Escribo las acostumbradas frases sobre el agua y la mar: «Algún día nadaremos en la luz», «El delfín no habita en la mar por casualidad», «Hasta la luz cambia el paso cuando camina por el agua», «El agua es un ser vivo al que hacemos perrerías», «Me refugio en la mar para encontrarme a mí mismo», «Las lágrimas son emociones líquidas», «Las gotas de agua no son esféricas por capricho», «El agua refleja por pura coquetería»...

En la tertulia de las 13 horas, los ánimos pesan como el plomo. Los españoles creen que el coronavirus no desaparecerá así como así. Es más: consideran que regresará en otoño y con más virulencia. La «chispa» susurra que no. Pero guardo silencio.

Costa Deliziosa: 3 Abril 2020

Consejos para el viaje
Navegación del 04/04/2020 al 07/04/2020

Estimados Huéspedes,

Deseamos informarles que del **04/04/2020** al **07/04/2020** transitaremos por un área conocida por las acciones de piratería contra embarcaciones mercantiles, que han sobrevenido durante los últimos años.

Si bien los barcos de crucero no representan un objetivo sensible, considerando la estructura y equipos de los cuales están dotados, a bordo de Costa Deliziosa se ha llevado a cabo un plan de seguridad que tiene como fin proteger el barco, a sus Huéspedes y a los miembros de la tripulación.

La Compañía ha realizado importantes inversiones para hacer frente a tales situaciones y ha adoptado procedimientos específicos: durante la navegación en este área, el barco está en constante contacto con las Autoridades competentes para garantizar una seguridad continuada de las operaciones a través de rutas controladas y una continua y atenta vigilancia durante la navegación.

En caso de actividad sospechosa el Puente de Mando hará un anuncio invitándoles a dirigirse a los siguientes puntos de reunión:

- Teatro Duse - puente - #2 & puente #3 (Muster station A)
- Grand Bar Mirabilis - puente #2 (Muster station B)

En el caso de que surgiera esta situación les rogamos que sigan unas reglas simples:

- Mantener la calma.
- Seguir atentamente las indicaciones del Comandante y del personal de a bordo.
- No transitar o permanecer en los puentes externos o junto a las cristaleras, ventanas u ojos de buey.
- Evitar el uso de máquinas fotográficas dotadas de flash.
- Esperar las indicaciones sucesivas en los puntos de reunión anteriormente mencionados.

La seguridad de nuestros Huéspedes y de cada persona presente a bordo es nuestra mayor prioridad y la aplicación de estas simples reglas contribuirá a garantizarla.

Les agradecemos su atención y les deseamos una placentera continuación de crucero.

Capt. Nicolò ALBA
Costa Deliziosa

Tel. +870 773945757

Nota de la compañía sobre los piratas.

Pedro, el camarero de Honduras, tiene dolor de muelas. Blanca recorre medio barco, buscando un analgésico. Y lo encuentra. Esta mujer es admirable.

El barco zarpa a las 16 horas.

La compañía sigue empeñada en un posible ataque de los piratas. Y facilita otra nota, sugiriendo cómo comportarse si nos abordan los bucaneros. ¡Qué planeta!

Por la tarde, en el bar de la segunda cubierta (yo lo llamo «Benidorm»), Nieves, Rafa, *Liz*, Juanfran, Blanca y este pecador nos reunimos para charlar y tomar una copa de vino. Son momentos relajados y gratos. Nada que ver con *la Jartible*...

Y surge un tema fascinante: control mental. Nieves y Rafa han hecho el curso de Silva. Se lo recomiendo a *Liz* y a su marido. Y hablamos de algunas experiencias. Nieves cuenta cómo se proyectó mentalmente para visualizar a una persona y quedó extrañada:

—Vi una muñequita de trapo...

Nieves aclara cómo, después, se enteró de que la persona visualizada era una mujer paralítica.

Yo me extiendo en el caso del *Urquiola*. Al hacer el curso de control mental pensé que podría proyectarme al futuro. Y lo hice sobre la primera página del periódico en el que trabajaba en aquel año de 1976.

—Recuerdo que fue el 13 de marzo —explico—. Me metí a nivel y, en efecto, visualicé la primera página del mes de mayo. *La Gaceta del Norte* era un periódico tipo sábana (muy grande). Y allí estaba: vi la fotografía de un petrolero encallado en las costas de Galicia. El diario hablaba de una marea negra. Al terminar el ejercicio me sentí perdido y desolado. ¿A quién avisaba?

El 12 de mayo de 1976, efectivamente, el petrolero *Urquiola* chocó con una aguja rocosa mal señalizada.

—No volví a repetir la experiencia —matizo—. Mejor no saber el futuro...

La cena —insulsa— sólo aporta malas caras. Al regresar al camarote comento con Blanca la necesidad de cambiarnos de mesa. En la planta tres, donde cenan Nieves y el resto, hay sitio. Dudamos. Faltan pocos días para la llegada a Italia.

Termino de leer *El hereje*. Me quedo con una frase: «Muchos problemas se resuelven cuando se olvidan».

Las noticias son desalentadoras: 10.000 muertos en España por el maldito virus; dicen que la cifra final puede superar los 30.000; 900.000 empleos destruidos en catorce días (los parados superan los 3,5 millones); el gobierno de Sánchez desoyó cinco veces las recomendaciones de la OMS en el mes de febrero (pero aquí no dimite nadie); en Madrid se calcula que, en las residencias, han muerto 3.000 ancianos (no importa: «son momias», según Podemos); Torra («chorra al aire», según *Trebon*) termina admitiendo la presencia de los militares en Cataluña... Y suma y sigue.

4 de abril, sábado

Despierto sobresaltado. He tenido una pesadilla. He visto a Gog, el asteroide asesino... Se desplaza, veloz, hacia la Tierra. Y, con él, un cortejo de ángeles (para que no se desvíe). Los ángeles me miraban y sonreían. Y todos movían la cabeza, negativamente. No hay nada que se pueda hacer para evitar el impacto. Después, en el sueño, todo se oscurecía. Yo mismo no me veía.

Blanca duerme —en realidad ronca— apaciblemente. «Cuando despierte —me digo— tengo que contarle la pesadilla. Es preciso, es importante, que compremos una buena estufa. Cuando llegue Gog, la electricidad desaparecerá. ¿Con qué cocinaremos?»

Salgo al balcón del camarote, preocupado. El alba prepara la llegada del rubio. Primero se vuelve naranja. Después se viste de amarillo. Finalmente se decide por los azules. Y se queda con el azul agachado.

Al despertar, Blanca escucha, alucinada:

—Tenemos que comprar una buena estufa —le digo—. He tenido un sueño...

Y le cuento lo de Gog. Me mira, compasiva, y me anima a buscar el desayuno. No me cree. Guardo silencio. No insistiré.

A las doce sigo con la bendita rutina: camino por la cubierta diez y bebo toda la brisa que puedo. Está ligeramente salada. El capitán habla de millas y profundidades marinas. No me interesa. Y asegura que «el mar, aunque silencioso, esconde una sinfonía infinita bajo su manto». Busco mi rincón, a popa, y escribo: «El hielo mata (por eso el agua lo evita)», «El agua mata si la obligan», «El agua es sumo placer cuando no está», «El agua hace ondas porque, al principio, quiso ser música», «El agua, en realidad, es música (diluida)», «Si no bebemos agua morimos. ¿Quién es ese personaje tan importante?», «Respirar bajo el agua sería conocer sus secretos», «Al agua le encanta llegar despacio (por eso nieva)», «Al agua le fascina la ópera (por eso truena)», «La profundidad marina no es culpa de la mar», «Los malos poetas no humedecen la palabra»...

Acudo a la tertulia de las 13 horas. Sigo arrastrando la pierna derecha. La ciática es una empecinada. Blanca se percata de mi dolor y cuchichea con *la Sueca*. Toñi se levanta, se acerca a este pecador y, sin más, con una calurosa sonrisa, empieza a manipular la pierna dolorida.

—Soy fisio —aclara. Y sigue buscando el nervio ciático.

¡Qué apuro! Todos miran. Algunos sonríen, pícaros, y otros me guiñan el ojo. La verdad es que *la Sueca* es guapa a rabiar... Pero contengo mis malos pensamientos y dejo hacer. Al cabo de un rato me siento mucho mejor. El dolor se ha retirado a un rincón.

Tras el almuerzo, Blanca empieza a cerrar maletas. ¡Y son siete! La admiro... Dice que le duele el brazo izquierdo. Suponemos que se debe a un esfuerzo. ¡Estúpido! ¿Cómo no me di cuenta mucho antes?

Escucho las noticias en la tele: «China —dicen— fabricó el coronavirus (no me lo creo)... Lo sacaron de un murciélago... Provoca pulmonía aguda... España registra 932 muertos por coronavirus en 24 horas... Estamos cerca de los 11.000 fallecidos... Muere Aute, el genial músico, poeta y pintor»... Lo admiraba. Tenía dos años más que yo. Busco una rosa, salgo al balcón, y la arrojo a la mar. Aute sabe. Adiós al caballero fundador de la orden de la melancolía. Adiós al alba y, una de dos, o pasabas por aquí, o son las cuatro y diez... Nos veremos pronto.

Blanca alerta:

—Queda güisqui para cuatro días...

—Ése —respondo— sí es un problema.

Nos enteramos de que Carlos, el cirujano, no quiere seguir representando a los españoles en la lucha por la repatriación. Está cansado y harto de *los Jartibles* de turno. Tiene toda la razón. Agradecemos su trabajo y su buen hacer. Le sustituye *la Sueca*. ¡Buena le ha caído!

Cena de gala (y yo sin chaqueta, naturalmente). El menú es apetecible. Elijo sopa de cebolla en costra (que no sé qué es) y croquetas de brécoles (la aventura es la aventura). Y de postre: sandía (para variar). Moli y *Trebon* prefieren carne a la Wellington. Blanca está desganada. Su vientre sigue hinchado. Cristina, como siempre, elige tres postres. El menú sirve de percha para una conversación inicial. Arranca Marisa:

—¡Y 800 millones de personas amenazadas por el hambre!

Silencio sepulcral. Todos reconocemos que lleva razón. Y nosotros en un crucero de lujo...

—¿Sabíais —insiste la de Motril— que casi 250 millones de africanos viven con menos de un dólar al día?

A mí se me atraganta la sopa.

—Y tú —me pregunta Pili, *la Cubana*—, ¿qué opinas de esa gravísima injusticia?

—Tengo una teoría —explico con desgana—. Al crear los universos del tiempo y del espacio, cada Dios decidió establecer en su reino lo que denominaron «mundos experimentales». No hay muchos, pero los hay. En cada uno de esos planetas «laboratorio» —la Tierra es uno de ellos— puede ocurrir lo más bello y lo más abominable. Son mundos en los que se ensaya, en beneficio del resto de la creación. Es por ello que en la Tierra mueren 27.000 niños de hambre al día... Es por ello que en la Tierra se llevan contabilizadas mil guerras, con casi 500 millones de muertos... Es por ello por lo que gastamos 17.000 millones de dólares al año en comida para perros... Es por ello por lo que en la Tierra hay todavía ocho millones de niños esclavos... Es por ello por lo que en la Tierra hay más de 300.000 niños soldados... Es por ello por lo que, en la Tierra, un ciudadano del primer mundo consume 150 veces más energía que un africano... Es por ello por lo que en la Tierra se acumulan hoy más de 60.000 bombas atómicas, capaces de terminar con la vida de 112.000 millones de personas...

Se quedan con la boca abierta. Y resumo:

—Es por ello que Jesús de Nazaret se encarnó en la Tierra, el llamado «planeta de la cruz». No fue por casualidad.

Cena Elegante
Menú creado por nuestro Chef Emanuele Canepa

Composición de gambas con salsa "Aurora" #
Jamón curado "Pata Negra" con pan al tomate y queso "Manchego"
Verduras en tempura con salsa de soja (V)

Sopa de cebolla en costra (V)
Pasta: "Ravioli" rellena de pollo "a la Cacciatora" con reducción de queso "Grana" y jamón curado #
"Risotto" con rúcula, calabaza y gambas #

Filete de salmón fresco en costra de hierbas
servido con bouquet de verduras, patatas "Ponte Nuovo" y salsa "Beurre Blanc" #
Filete de carne "a la Wellington" servido con milhojas de verduras y croquetas de patata #
Gallina "de Guinea" al horno servida con queso "Orzotto" #
Croquetas de brécoles servidas con "coulis" de tomate (V)

Ensalada mixta: Lechuga "Romana" fresca, achicoria, lechuga "Iceberg", pepino y aceitunas
Condimentos disponibles: "Blue Cheese", Italiana o salsa Mil Islas

Plato de quesos: Provolone dulce, Toma Campagna, Latteria
servido con pan de nueces, pasas y mermelada de fresa

Dolci
"Saint Honoré"
(relleno de vainilla y crema "Chantilly" servido con salsa de chocolate)

"Babà" al ron con salsa de sabayón

"Mousse" de mango y coco, sin azúcar añadido

Helado del día: Avellana, "Chips" de chocolate

Fruta fresca de temporada: Sandía, Naranja, Pera

Menú especial.

212

Al retornar al camarote, la vieja tristeza me espera sentada en el sofá. Ni la saludo...

Me asomo a las estrellas. «¡Hola!», susurro. Y un lucero responde con un guiño. La mar respira agitada. ¿Tendrá pesadillas? Carlitos, en el canal 48, nos invita a aprender árabe. ¡Perfecto para dormir! Mañana será otro día y lo haré mejor...

5 de abril, domingo

Olvido retrasar la hora. El tiempo, en nuestras circunstancias, carece de valor...

Domingo de Ramos. La compañía pasa una nota bajo la puerta: «Santa misa a las 09:00». Echo de menos aquel tiempo, en Sevilla, cuando participaba en la estación de penitencia del Cristo del Amor... Ya nadie le lleva rosas blancas.

Camino a las doce. El capitán recuerda a Virginia Woolf: «Cada ola tiene una luz suave, al igual que la belleza de los que amamos». Me siento en la popa de la cubierta diez, contemplo la espalda azul de la mar y deseo acariciarla. Una brisa forastera me ayuda. Y escribo: «La lluvia en el corazón no moja», «El agua se esconde bajo tierra para escapar de la voracidad humana», «¿Por qué el agua lo colorea todo de verde? ¡Qué misterio!», «Primero fue el agua; después la vida», «El verdadero nombre del agua es "disolvente"; pero Dios se lo cambió (tenía demasiadas consonantes)», «El agua navega en el iceberg por puro romanticismo», «El agua busca las Himalaya para perpetuarse», «¿Hay algo más triste que el agua de garrafa?», «Las burbujas son la única diversión del agua embotellada», «El hombre es tan malvado que encarcela el agua en cubitos de hielo»...

Acudo a la tertulia de las 13 horas. Los españoles están embarcados en una polémica feroz: aseguran que la *infodemia* (sobreabundancia de información en Internet) es un castigo divino. Estoy de acuerdo. «Y lo peor —apunta José Luis (el de Alfaguara)— es que gran parte de esa información es basura»...

—¿Y qué es la verdad? —pregunta Ana, la ingeniera de ojos verdes.

Nadie coincide. Tímidamente, apunto una posible solución:

—La verdad es inaccesible al ser humano —aclaro—. La VERDAD, con mayúsculas, nos desintegraría. No estamos preparados para conocerla. Eso llegará en su momento. Ahora sólo podemos hablar de verdades parciales. Y cada cual tiene la suya o las suyas...

Se quedan pensativos. *Liz* regresa al tema de la mente y de control mental. Lo hablamos ayer, creo:

—No entiendo cómo la mente puede viajar al futuro...

—Nadie lo comprende —replico—. Pero no olvides que se trata de una criatura prodigiosa, «fabricada» por un Dios: el Espíritu Infinito. Cada mente humana es un lujo (que se pierde con la muerte).

Veo peces voladores jugando a despegar y aterrizar. La mar se lo pasa en grande. Y me pregunto: ¿otra broma del Padre Azul?

En el almuerzo pasa Nicolò Alba y saluda a Blanca. Nos presentamos.

—Yo también soy Alba —le digo—. Es mi quinto apellido.

Sonríe y nos deseamos suerte mutuamente.

Ayudo a Blanca con el engorroso tema de las maletas. Termina mandándome a paseo, claro.

Noticias: nueve vecinas de Porcuna, en Jaén (España), montan una procesión por su cuenta. Hubo de todo: aplausos y pitidos... El diario *El País* recopila frases de presidentes de gobierno sobre el coronavirus. Algunas son para colgarlas en el váter: «En abril, cuando haga un poco más de calor, el virus desaparecerá milagrosamente» (Trump). «El coronavirus se combate practicando *hockey* sobre hielo y bebiendo vodka» (Lukashenko). «El brasileño no se contagia; es capaz de bucear en una alcantarilla, salir y no pasa nada» (Bolsonaro)... Rosa María Mateo, administradora única de TVE, dice «que RTVE es un medio de comunicación público, pero no gubernamental y goza de total autonomía». ¡Qué descaro! Todo el mundo sabe que TVE se ha convertido en herramienta de propaganda de la Moncloa. ¿Qué se puede esperar de una señora que abrió el telediario de TVE (primera hora de la tarde) afirmando que la Sábana Santa de Turín es una falsificación?

Teatro a las 19 horas, canta Gisele. ¡Qué delicia!

A las 20, en «Benidorm», *Liz* y el resto conversamos sobre un libro que está leyendo Blanca: *Siete disgustos y 55 minutos.* Es un relato, inédito, escrito por este pecador hace algunos meses. La historia —basada en hechos reales— es la siguiente: un individuo (escritor por más señas) vive permanentemente enfadado. Todo le molesta. El mundo le cabrea. Pero un día se le aparece Dios y le dice: «Te quedan siete disgustos y 55 minutos de vida». A partir de ese momento, el tipo pelea para no enfadarse. Pero...

Y Rafa pregunta:

—¿Por qué nos enfadamos?

Todos estamos de acuerdo: en el 90 por ciento de los casos —o más— por tonterías. Y añado:

—Nos falta perspectiva. No sabemos que estamos aquí para vivir una aventura y, sobre todo, para experimentar. No deberíamos perder el tiempo con esas minucias: con los enfados.

Juanfran interviene:

—¿Qué piensas del budismo?

—Me parece una filosofía interesante; no he dicho religión...

Liz adivina que hay algo que no me gusta en el budismo e insinúa:

—Pero...

—Pero nunca lo practicaré.

—¿Por qué?

—El budismo niega el «yo», la personalidad. Eso no es correcto. Cada ser humano —hasta el más primitivo y humilde— tiene un alma inmortal. Esa alma contiene el «yo».

—Y, como filosofía —tercia Nieves—, ¿te gusta?

—Por supuesto. Y, sólo como filosofía, es recomendable.

La cena discurre sin pena ni gloria. *La Jartible* gobierna y nos hace comulgar con las piedras de molino de su familia. Le hago señas a Blanca. Esto es insoportable. Me pide que me contenga.

Me refugio en los vecinos de mesa: Rosa y Federico. Hablamos de Gog. Últimamente, todo el mundo quiere conversar sobre ese desagradable asunto. Les sugiero que vivan a tope, mientras puedan. Les sugiero que no hagan planes más allá de sus sombras. Les sugiero que sean moderadamente felices.

6 de abril, lunes

Día soleado. En lo alto, un cielo azul, empedrado de nubes, me observa y espera acontecimientos. El pasaje sigue expectante. Hay varias posibilidades y ninguna certeza. Nadie sabe dónde desembarcaremos. Bueno, la compañía sí...

En el desayuno, *Trebon* muestra un vídeo que le disgusta: vecinos de no sé qué pueblo del País Vasco aporrean cacerolas como protesta a la presencia de la UME (Unidad Militar de Emergencia), que trata de desinfectar el pueblo. Y el PNV feliz... ¡Cuánto mangurrino!

A las doce subo a la cubierta diez y camino una hora. Me cruzo con el de la CIA, con *la Potente* y con el francés que silba —permanentemente— la Marsellesa. El capitán habla y no dice nada. Frase del día: «Me gustan las personas con el mar adentro... Aquellas que, a pesar de las fuertes olas, se arriesgan a volver sobre sus pasos y saben que, una vez que termine la tormenta, la calma regresará». Ni fu ni fa... Prefiero las mías: «El manantial canta porque no sabe qué es la llanura», «El agua no regresa a la fuente por simple pereza», «Cuando Dios extiende los dedos aparecen los rayos (la lluvia comprende y se deja caer, sumisa)», «Imaginar bajo el agua es facilísimo (pero los peces no lo han descubierto)», «Los copos de nieve son mensajes secretos del cielo», «Los horizontes son fieles cómplices de la mar», «La niebla sólo es un disfraz del agua», «El agua no toca: acaricia», «En la tormenta, el agua se pone negra (de furia)», «Los carámbanos son agua presumida»...

Decido tomar el sol en un rincón de la cubierta diez. Necesito pensar. Necesito estar solo. Y regresa la voz del Padre Azul:

—¡Ánimo! —suena en mi mente—. Confía. Todo va a salir como fue «contratado»...

Hoy, las nubes están especialmente lejanas. ¿Por qué? ¿Me tienen miedo? Sólo soy un mensajero solitario (agotado).

Termino en el bar de popa, con una cariñosa copa de vino blanco en la mano. José Luis (el de Alfaguara) comenta que ha conversado con Carlos Herrera, de la COPE. José Luis le ha explicado cuál es la situación de los españoles en el *Costa Deliziosa*. Se rumorea que una italiana ha muerto esta noche. ¿Infarto o coronavirus? Llegan noticias del mundo: infinidad de ovnis por todas partes. No me extraña...

En el almuerzo me entero de la muerte —ayer— de *Bilma*, la perrita de *Liz* y Juanfran. Tenía muchos años. Y la conversación deriva hacia otra interesante cuestión: ¿hay cielo para perros? Yo expreso mis dudas. *Liz* quiere pensar que sí lo hay. Y termino contando mi experiencia con *Thor*, el magnífico ejemplar de pastor alemán con el que convivimos catorce años.

—Murió una semana después que mi padre —explico—. Lo enterré en el jardín y lloré. Fueron mis últimas lágrimas... Es curioso: con la muerte de mi padre no lloré. Pues bien. Rogué al Padre Azul que me dieran una señal...

Liz, atenta, pregunta:

—¿Por qué no lloraste con la muerte de tu padre y sí por *Thor*?

—Probablemente porque sé que mi padre sigue vivo. En el caso del perro, sinceramente, lo dudo... Y, como os digo, solicité una señal. Me fui a un vivero y compré un rosal totalmente podado. Nadie sabía de qué color eran las rosas. Y le dije al Padre Azul: «Si *Thor* está vivo, en otro lugar, por favor, que las rosas sean blancas». Tres meses después nacieron, sí, pero rojas. En conclusión, dudo que haya cielo para perros.

Y me apresuro a matizar:

—Pero puedo estar equivocado. Ojalá...

Tras el almuerzo me retiro al camarote, descanso y veo las noticias en la televisión: el paro subirá en Europa (se estima que rondará los siete millones de desempleados)... Alguien se beneficiará (y mucho)... España supera los 12.000 fallecidos por coronavirus... Leo el horóscopo en *La Vanguardia* de Barcelona: «La luna, en Virgo, destaca posibles diferencias con la pareja... Pero se mostrará muy receptiva a un excelente asun-

217

to de los hijos». ¡Qué ridiculez! Tenemos ocho y no pueden salir de casa...

Y sigo pensando: «Ahora es el momento de formar un gobierno mundial. Algo así nos libraría de infinidad de problemas. Pero la gente no comprende; sobre todo los nacionalistas...».

Bajamos a la segunda cubierta —al bar que llamo «Benidorm» (donde los viejos bailan con bellísimas señoritas de la compañía)— y conversamos con Nieves, Rafa, *Liz* y Juanfran. ¿Por qué no los encontramos antes? El crucero hubiera sido distinto. Rafa pregunta si me tocó cubrir atentados de ETA en mi etapa como reportero en *La Gaceta del Norte*, en Bilbao (España). Le digo que sí: durante siete largos años. Viví mucho dolor.

En la cena, *Trebon* me muestra un artículo de Juan Luis Cebrián en *El País* (página 9). Se titula «El gobierno y los expertos». Reconoce que la pandemia ha dejado en bragas a los gobiernos. Y culpa a los políticos de escudarse en los «expertos». Y me pregunto: «¿Cebrián cree en la democracia?».

Tras la cena, *la Sueca* —indignada— nos recuerda que la compañía sabía que no debíamos bajar en Australia (ya estaba contaminada). Y, sin embargo, desembarcamos en Albany (14 de marzo). ¡La compañía jugó con la salud de 3.000 personas!

7 de abril, martes

Navegamos hacia el mar Rojo. El rubio, perezoso, ha dejado de rodar y ensucia la mar con enormes manchas rojas. Carlitos Escopetelli dice que se trata de un alga: la *Trichodesmium erythraeum*. ¡Qué poco romántico! El calor empieza a ser importante: 30 grados a las ocho de la mañana.

Desayunamos. Leo en el camarote y pienso.

Al mediodía camino por la cubierta diez. Otros buques nos acompañan. Son cargueros y petroleros. Todos se dirigen a Suez. Hoy, Nicolò Alba no habla. Yo improviso algunas frases:

«Los sueños no mojan. ¿Por qué?», «En el diluvio universal —si es que existió—, el agua se limitó a cumplir órdenes», «El cero absoluto es la eternidad del agua», «La naturaleza contiene el agua (a sabiendas de Dios)», «En el desierto, el agua habita en el primer piso del cactus», «Sospecho que el cristal es pariente del agua (pero no estoy seguro)», «En las cuevas, el agua gotea por aburrimiento», «El iceberg es tan ignorante que no sabe que flota», «Las ondas, en el agua, son un SOS: algo o alguien se hunde», «Disfruta del agua (el "no tiempo" es muy seco)», «En la oscuridad, el agua ve igual (o mejor) que en la luz»...

Lo olvidaba: en el desayuno, al comentar la reunión de hoy (15:30) de los españoles, para el asunto del desembarco en algún puerto español, Moli ha sido tajante:

—A mí no me representa nadie... Bajaremos en Venecia.

En la tertulia de las 13 horas salen a relucir frases de políticos. Ministro de Transporte: «El paro ha subido en España porque hay más confianza» (!). Ministra de Educación: «Que nadie piense que los hijos son de los padres» (!). Ministro de Ciencia y Universidades: «En otros países (los afectados por el coronavirus) hubieran muerto antes» (!). Vicepresidenta Calvo: «Mujeres de España. Acudid a la manifestación (8-M), que os va la vida» (!). Iglesias, alias *el Coleta*: «Ser demócrata es expropiar» (!). Creo que *Trebon* llevaba razón: «Tenemos lo que nos merecemos».

A las 15:30 reunión de españoles. Todos quieren bajar en Barcelona o Palma de Mallorca. Todos menos *la Jartible* y Moli.

Hoy, 7 de abril, se cumplen 1990 años de la crucifixión del Jefe. Le dedico un pensamiento y le guiño el ojo. Curioso: cuando Jesús de Nazaret regrese habrán pasado 2020 años.

En «Benidorm» (19:30) surge un asunto atractivo.

—¿Se sabe —pregunta Juanfran— quién escribió realmente los evangelios?

Explico lo que sé:

—En cierta ocasión logré entrar en el Archivo Secreto Vaticano. Y me mostraron un documento clasificado como «O/COL-IAN» (altamente sensible). Decía, entre otros asuntos: «... Evangelio escrito por el apóstol Tomás antes de su muerte en la isla de Malta: perdido»... «Evangelio del apóstol Andrés: perdido»... «Apocalipsis del apóstol Juan: mutilado y perdido (en parte)»... «Evangelio del apóstol Mateo: fue escrito por Isador, uno de sus discípulos. El texto fue redactado en la ciudad de Pella (actual Jordania) en el año 71 de nuestra era (Jesús murió en abril del 30). Isador contaba con las notas escritas por Mateo tras la crucifixión del Maestro. También poseía parte del evangelio de Marcos... Las notas del apóstol Mateo fueron escritas en arameo. Isador lo hizo en griego... La última copia del relato original de Mateo, en el que se basó Isador, fue destruida en el año 416 en el incendio de un convento, en Siria»...

—Si no he entendido mal —interrumpe Rafa—, el primer evangelio, digamos serio, fue escrito 41 años después de la muerte de Cristo...

—Jesús de Nazaret —le corrijo—. Y sí...

—Pero eso es mucho tiempo. ¿Cómo podían recordar lo que sucedió?

—Siempre lo he dicho: los evangelios canónicos son un naufragio. Todo está cambiado, según convenía. El evangelio de Marcos, por ejemplo, fue escrito en base a los recuerdos del fantasioso Pedro. Os invito a que consultéis los *Caballos de Troya*. Pedrito no era de fiar. Ese evangelio —el de Marcos— fue escrito a finales del año 68 de nuestra era. Es decir, casi cuarenta años después de la muerte de Jesús. Juan Marcos era un muchacho cuando mataron al Maestro.

—¿Y qué dices del evangelio de Lucas? —se interesa Nieves.

—Otro desastre. Fue redactado en base a los recuerdos de Pablo de Tarso, que no conoció al Maestro.

—¿No conoció a Jesucristo?

Corrijo de nuevo a Rafa:

—Jesús de Nazaret... Y no lo conoció, en efecto. Pablito fue el genio del *marketing*. Él fue el verdadero fundador de la iglesia católica, junto a Pedro y otros discípulos. Lucas escribió su evangelio en el año 82 en la ciudad de Acaya, en Grecia. Quería escribir una trilogía sobre la vida del Maestro. No le dio tiempo. Falleció en el 90, cuando había terminado el segundo libro: *Los hechos de los apóstoles*. La credibilidad es escasa.

—¿Y Juan? —interviene *Liz*.

—El evangelio de Juan se halla igualmente manipulado y tergiversado. Y no lo escribió Juan. Según mis informaciones lo hizo un tal Natan, discípulo y amigo de Juan. Y lo escribió en el año 101; es decir, 71 años después de la muerte del Jefe. En otras palabras: un desastre...

A *Liz* no se le han escapado las suaves correcciones a Rafa, en relación al nombre del Maestro. Y vuelve a preguntar:

—¿Qué diferencia hay entre las palabras Cristo y Jesús de Nazaret?

—Cristo o Jesucristo es lo opuesto a lo que Él pretendió. Cristo es la versión —en griego— de Mesías. El Maestro no fue el Mesías esperado por los judíos. Fue mucho más. Era un Dios encarnado en la Tierra, que llegó para recordarnos que somos hijos del Padre Azul y, por tanto, eternos. Él no fue un libertador político. Ésa es la idea judía sobre el Mesías. Por tanto, mejor utilizar el nombre de Jesús o Jesús de Nazaret.

Me retiro al camarote con un buen sabor de boca. La conversación en «Benidorm» ha sido fructífera. La cena, en cambio, decepcionante. Sólo ha hablado doña Rogelia, *la Jartible*.

En la tele hablan de Trump. El «regalo de los cielos» se empeña en no usar mascarilla. Estados Unidos estima que los muertos llegarán a 300.000. A las 22 horas cine en la cubierta nueve: *Matar a un ruiseñor*. Me siento con las ocho mil estrellas y disfruto. Mañana lo haré mejor...

8 de abril, miércoles

Esta noche he tenido otro sueño extraño. Veía un número —2020— y una palabra: FIN (con mayúsculas). Eso es todo. Y me pregunto: «Fin, ¿de qué? ¿Qué es lo que me están anunciando?».

Me asomo al balcón, intrigado. El sueño ha sido muy vívido. El número y la palabra aparecían brillantes y enormes. No se movían. Y, de pronto, «FIN» empezaba a derretirse... ¡Qué cosas!

El rubio pelea a brazo partido con la niebla. Son las siete de la mañana. Terminará venciendo, lo sé.

Sigue la navegación hacia Suez. La mar se despereza y algunas gaviotas la visten de plata.

Dicen que hemos parado en Arabia Saudita (a eso de las dos de la madrugada), para desembarcar a alguien. Bajan dos pasajeros en Abka. Y se desenredan los bulos y rumores. ¿Portaban el coronavirus? La gente vuelve a recelar de todo y de todos. Hay quien hace acopio de víveres. Otros acumulan rollos de papel higiénico. Otros no salen de sus cabinas. La mayoría anda con prisas, como si tuviera mil cosas que hacer...

Blanca toma el sol en la popa de la cubierta nueve y yo camino por la diez. A las doce, Nicolò Alba anuncia que, en breve, cruzaremos el trópico de Cáncer y pasaremos cerca de algunos célebres balnearios egipcios: Sharm el Sheikh, Hurgada, Marsa Alam; Berenice y Áqaba (en Jordania). El primero me trae buenos recuerdos. ¡Hace veinticuatro años que encontré el anillo de plata en sus aguas de coral! «Ellos» —estoy seguro— lo dejaron para mí en el fondo de la mar... El capitán nos anima: «Faltan pocos días para desembocar en el Mediterráneo». Y suelta la frase del día (para él): «Hay algo mágico allá abajo, en la distancia, en el horizonte..., donde la línea del mar se encuentra con el cielo». Prefiero las mías: «En realidad no es el agua quien truena (sería incapaz)», «Los niños chapotean en los charcos porque no tienen conocimiento», «El amor de la luna por la mar se remonta a tiempos inmemoriales», «El agua se evapora para disfrutar de otra dimensión (no encuentro otra razón)», «Dicen también que el agua se evapora para huir (no estoy seguro)», «Lloremos ahora cuanto podamos; los ángeles lo tienen prohibido», «La mar se deja pintar (según cómo y según por quién)», «El fuego fue creado en una de las ausencias del agua»...

La tertulia de las 13 horas, en el bar de popa (cubierta nueve), está de lo más animada. Alguien ha sacado el tema de la Santa Inquisición y la iglesia católica. Me permito dudar de lo de «Santa». Y saco a relucir los 120.000 asesinatos, «en nombre de la cruz».

—*Santo* —esgrimo— quiere decir perfecto. ¿Es santa una organización que torturó y quemó (vivas) a tantas criaturas?

Algunos protestan.

—La santa madre iglesia —aseguran— no es eso...

—¿Y por qué lo consintió?

Nadie replica.

—Yo os lo diré —añado—. La iglesia es un invento humano y, por tanto, sujeto a la codicia, a la lujuria, a la mentira y a la corrupción...

Silencio sepulcral. Saben que llevo razón. Y cuento una anécdota, vivida por Alberto Schommer, el fotógrafo, y este pecador en 1978:

—Sucedió en Sevilla (España). En realidad, la «hazaña» tuvo lugar en 1958, pero la descubrimos, como digo, veinte años después. En 1958, en Sevilla, «gobernaba» el cardenal Segura. Eran tiempos del llamado nacionalcatolicismo. El inefable cardenal mandó amputar los penes de las estatuas griegas y romanas, existentes en cuatro salas del Museo Arqueológico. Eran tiempos en los que no podían ser exhibidos los órganos sexuales (fueran masculinos o femeninos).

Observo —por las caras— que no me creen. Y recomiendo que consulten mi página web: *Historias inventadas. ¿O no? (El cardenal Segura)*.

—Es más —añado—: si visitáis el Museo Arqueológico, en la ciudad sevillana, podréis comprobar el desaguisado de la iglesia católica... Las estatuas continúan amputadas.

—¿Y qué pasó con los penes?

La pregunta de Ana, la ingeniera, levanta risitas.

—Que yo sepa siguen en un cajón, convenientemente etiquetados, eso sí...[1] El descubridor del entuerto fue Francisco Peláez del Espino, entonces catedrático de la universidad y director del Instituto de Conservación y Restauración de Obras de Arte de Sevilla. El hecho fue puesto en conocimiento del

1. Estatuas mutiladas por el cardenal Segura: *Mercurio*: copia del original. Helenístico. Itálica; *Meleagro*: copia romana del original. Helenístico. Itálica; *Niobide*: sur de Italia. Siglo IV a. de J. Donación del duque de Medinaceli; torso emperador deificado. Siglo I. Itálica; *Mercurio*: copia romana del original. Helenístico. Itálica; atleta: copia romana del original. Siglo V a. de J. Itálica; torso de Adriano. Siglo II. Itálica y *Trajano*: siglo II. Itálica. (N. del autor.)

director general de Bellas Artes —Florentino Pérez Embid—, pero las estatuas siguieron mutiladas.

E insisto:

—Y así siguen...

Conforme pasan las horas crece el nerviosismo. Los franceses estiman que bajaremos en Marsella. Los alemanes se oponen. Los españoles se resignan. Nadie sabe nada. Mejor dicho, la *Jartible* lo sabe todo: «Bajaremos en Venecia y nos harán un corredor sanitario hasta Gójar». ¡Qué aburrimiento!

La tarde discurre sosa, pendientes de las noticias en la televisión. Un tal Verret, novio de la princesa Marta Luisa de Noruega, asegura que él ya predijo la pandemia hace un año... ¡Toma, y yo, en 2011! El tal Verret —insensato donde los haya— dice también que «el cáncer se manifiesta en personas infelices». ¡Cuánto manguruyú!

La «hazaña» del cardenal Segura: penes amputados en las estatuas del Museo Arqueológico de Sevilla. (Foto: Flor Fernández Santamaría.)

Museo Arqueológico de Sevilla. (Foto: Flor Fernández Santamaría.)

Leo en *La Vanguardia*, de Barcelona (página 31), las opiniones de una psicóloga sobre la muerte y el coronavirus. Escribe que las tareas del duelo son cuatro... La última me deja alucinado: «Hay que encontrar un nuevo lugar para la persona fallecida. No será el olvido, pero tampoco puede ser la idealización». Naturalmente, Ingeborg Porcar —la psicóloga de marras— no sabe que los muertos siguen vivos...

El grupo de *la Jartible* no acude a la cena. ¡Qué descanso!

Pero, al regresar al camarote, veo a la vieja tristeza. Está sentada a los pies de la cama. Blanca no la ve. Nos miramos en silencio. Y mi mente se llena con el pasado sueño: «2020... FIN». ¿Qué me quieren decir?

9 de abril, jueves

Día soleado. El barco navega despacio. Quizá a cinco nudos. El viento está peleón. Y llena el buque de moscas.

Pienso de nuevo en el pasado sueño. ¿Estoy ante el fin de mi vida? ¿Quizá de la de Blanca? Me niego a aceptar algo así... ¿Es el fin de la pandemia?

La mar, compadecida, abre sus azules agachados y me invita a mirar. Lo hago, pero sólo veo una palabra: FIN.

El desayuno es plomo. Nadie habla. Todos nos observamos con recelo. Me niego a seguir con esta farsa. Me levanto y Moli pregunta si podemos hablar. Le digo que sí. A las 18:30 en «la Bola» (cubierta dos)...

Paseo habitual a las doce. «La voz del mar —pregona el capitán por la megafonía— habla al alma de los hombres». No lo creo... Me detengo y escribo: «¿Por qué fuego y agua se odian? No termino de entenderlo», «No comprendo por qué el agua es tan feliz en las nubes», «En la ingravidez, todas las aguas se vuelven esféricas. ¡Qué prodigio!», «El arco iris es agua (vestida de domingo)», «Me pregunto: ¿sufre el agua cuando la hervimos?», «El agua embalsada es la más paciente del mundo», «En realidad, el agua nunca se va», «El ascenso del agua a las nubes es de película», «El rocío son ángeles microscópicos», «El agua tibia vive en el limbo»...

De pronto, el *Costa Deliziosa* acelera. Calculo 19 nudos. ¿Qué pasa? Nadie explica nada.

En la tertulia de las 13, alguien habla de pecados. Los muy creyentes aseguran que los hay mortales y veniales. Los más nos mostramos escépticos. Y alguien apunta, acertadamente:

—¿Es que el ser humano es capaz de ofender a Dios?

Estoy de acuerdo: ningún mortal tiene esa capacidad. Si no podemos comprender la Divinidad, ¿cómo aceptar que estamos capacitados para herirla?

—Eso fue —resumo— otro invento diabólico de la religión. La idea del pecado nos hace esclavos. Y la iglesia se beneficia, una vez más.

Los creyentes niegan con la cabeza. Y cuento aquella maldita anécdota, vivida en el colegio de los Hermanos Maristas, en Pamplona (España), cuando contaba doce o trece años:

—Acudimos a un retiro espiritual, en la capilla. Lo dirigía un sacerdote. Y, de pronto, preguntó y se preguntó: «¿Sabéis qué es la eternidad?». Nadie respondió. «Yo os lo diré, pecadores.» ¡Vaya! ¡Éramos unos críos! «Imaginad una hormiga que camina por el ecuador de una Tierra de diamante —prosiguió el personaje—. Imaginad que esa hormiga camina sin cesar, día tras día, año tras año...» Yo estaba alucinando. «Pues bien, cuando la hormiga desgaste la Tierra de diamante y la parta por la mitad...» El tipo hizo una estudiada pausa. ¿Cómo podía una hormiga —me preguntaba— llevar a cabo semejante locura? «... en esos momentos —continuó el cura— se habrá cumplido el primer minuto de la eternidad». Y dejó correr el silencio. Después, más que satisfecho, proclamó: «Si esta noche os masturbáis, y después caéis muertos, iréis al infierno para toda la eternidad». Pasé mucho tiempo obsesionado con la dichosa hormiga...

Nos enteramos de que es el 70 aniversario de *la Sueca*. Esta noche, champán...

Reunión con Moli en «la Bola». Pregunta por qué estamos tan distanciados. No sé qué decirle. Son un cúmulo de circunstancias. Y procuro ser sincero de nuevo:

—Doña Rogelia es insufrible...

Lo reconoce.

Tras escuchar en el teatro un concierto de música clásica (Trío Sereníssima), Blanca y yo conversamos en «Benidorm» con Rosa y Federico. Hablamos de la vida después de la muerte. Y cuento algunos casos, expuestos en *Estoy bien* (2014) y *Pactos y señales* (2015). Rosa —más escéptica que Fede— escucha respetuosamente. Por último, pregunta:

—De todos los casos que has investigado, ¿cuál te ha impactado más?

—Si son auténticos, todos son impactantes... Pero, si tuviera que elegir uno, me inclinaría por el de los dólares.

Y cuento la odisea de Beatriz Teresa Borges.

—A esta mujer —resumo— se le presentó su ex (ya fallecido). Y le explicó que en un determinado banco y en una cuenta que ella no conocía «había un dinero». Y solicitó: «Díselo a mis hijos». Y desapareció. Cuando Beatriz y los hijos indagaron se encontraron con una cuenta y 300.000 dólares. Hablamos de 1989.

Pregunto si Federico quiere hacer el «pacto» conmigo. Dice que se lo pensará...

Tras la aburrida y tensa cena, Blanca y este pecador subimos a la popa de la cubierta nueve. *La Sueca* celebra su cumpleaños. Por el camino, a Blanca se le han caído las rosquillas que pensaba regalarle a Toñi. Una copa de champán nos sienta divinamente.

En la tele hablan de Poncio Pilato. Nadie menciona que fue un demente. Trump acusa a la OMS de «chinocéntrica». Este tipo también está majara...

10 de abril, viernes

Sigue la navegación por el mar Rojo, hacia Suez. A las ocho de la mañana me asomo al balcón del camarote y observo que las nubes —muy altas— se dedican a jugar con la mar y la tiñen de violeta. La mar —coqueta— se deja.

La compañía informa en el *Diario di Bordo* sobre el tránsito por el canal de Suez. Se organizará en tres convoyes. Navegaremos de sur a norte. Atravesaremos el Gran Lago Amargo y el cruce de Al-Balla. La velocidad será de 9 nudos y la distancia con los otros buques de una milla, aproximadamente. Necesitaremos 15 horas para cruzar el canal. Cada barco embarcará a uno o dos pilotos egipcios, responsables de las maniobras y, sobre todo, de respetar el orden de los convoyes. Los pilotos se ocuparán igualmente de las paradas frente a los semáforos (cada 10 kilómetros). Se prevé que el *Costa Deliziosa* entre en el canal hacia las diez de la mañana.

Tras el desayuno, en efecto, entramos en el canal. Es la segunda vez que lo navegamos. Y es la segunda decepción... El canal es estrecho. Aparece prisionero entre dunas, fortalezas militares, alambradas y moscas (millones de moscas cojoneras).

Termino *El hereje*. ¡Maldita religión! ¡Maldita oscuridad mental! ¡Maldita iglesia!

Necesito aire fresco. Subo a la cubierta diez y camino. La mar me ve y se alza. Yo escapo...

Los habituales de la cubierta diez presentan ojeras. La gente está agotada. Esperar cansa más que el pico y la pala.

Nicolò Alba no se dirige al pasaje. Yo me siento bajo el reloj y escribo: «El agua habla muchas lenguas: el rumor de las fuentes, el repiqueteo de la lluvia, el crujir de la nieve, el batir del oleaje, el bramido de la catarata, el siseo de la espuma marina y el gotear de la estalactita (entre otros)». «Evidentemente, la mujer no trata al agua como lo hace el hombre», «Maravilloso: el agua pierde oro en algunos ríos», «El agua vieja se vuelve no potable (es el alzhéimer del agua)», «Agua y luz son socios en el negocio de la función clorofílica», «Las mareas son las hijas *hippies* de la mar», «El agua se deja pulverizar por amor», «El agua medita en la clausura de los acuíferos», «¿Qué discurre más rápido: el agua o el tiempo?», «El agua se desnuda en las cascadas»...

Me acerco al bar de la popa, en la cubierta nueve. La tertulia de las 13 horas está al rojo vivo. *La Sueca* informa que sus amigos mallorquines podrían fletar un avión para repatriar a los españoles. Hay dudas. Y añade que un diputado de VOX, en

Mallorca, ha ofrecido su ayuda. Algunos ponen mala cara. Ya veremos...

Y de la política se salta a las «víboras»: el Vaticano. Me piden que cuente alguna anécdota:

—Tú lo conoces —comenta Carlos, el cirujano—. ¿Qué fue lo que más te disgustó?

—La hipocresía... Rezuma hasta en las piedras.

Y cuento lo que encontré, en cierta ocasión, en el Archivo Secreto.[1]

1. Fueron necesarias tres visitas al Archivo Secreto Vaticano para que uno de los funcionarios me hiciera una confidencia: el documento llamado «Ossa» podía interesarme. Sólo tenía que ganarme la confianza del prefecto, el P. Metzler. ¿Qué era el documento «Ossa»? Jamás había oído hablar de él. Yo me encontraba en el Vaticano por otras razones: para preparar mi libro *El papa rojo*. En aquellas fechas, el Archivo Secreto contenía más de 8.500 documentos, la mayoría procedente del Castillo de Sant'Angelo. Se trataba de la más notable colección de cartas, actas solemnes de papas, tratados internacionales y documentos de especialísima importancia histórica.

Meses más tarde, Metzler me permitió echar un vistazo a un grueso manuscrito de 178 páginas, con la condición de que no utilizara la cámara de fotografías. Podía leerlo y tomar notas. Eso fue todo, y no fue poco. El documento presentaba un doble título: «I-XVIII» y «OSSA-U-GRAF». Según el escéptico P. Metzler, «era uno de tantos documentos que difícilmente saldrán a la luz pública». No tardaría en comprender por qué.

En síntesis, he aquí algunos de los contenidos del referido documento:

En el verano de 1968, el papa Pablo VI anunció al mundo que los huesos de san Pedro habían sido hallados, finalmente, y satisfactoriamente identificados. En el documento del Archivo Secreto Vaticano se dudaba de la afirmación del papa, añadiendo «que no hay constancia científica de que Pedro hubiera estado enterrado bajo el altar mayor de la basílica de San Pedro, en Roma».

«Ningún científico serio ha prestado atención a las afirmaciones del pontífice...»

«Existen numerosos aspectos de la historia de la muerte y enterramiento de Pedro que siguen oscuros...»

«La búsqueda de los huesos de Pedro se inició en una cripta mortuoria cavernosa conocida como Grutas Sagradas, y por accidente...»

«En las Grutas Sagradas se hallan sepultados, entre otros, Adriano IV, el único papa inglés; la reina Cristina de Suecia; el emperador alemán Otón II y Jaime II de Inglaterra... Fue tras el fallecimiento del papa Pío XI, en febrero de 1939, cuando se decidió restaurar el lugar y convertirlo en una capilla...»

«La altura del techo de las grutas (2.60 metros) hacía difícil los trabajos y se tomó la decisión de rebajar el nivel del suelo en un metro. Fue

No sé si me creyeron... Es igual. Yo sé que fue cierto. En mi página web aparecen la información y las fotografías realizadas a la doctora Guarducci durante la larga entrevista en su casa, en Roma.

Durante el almuerzo vemos llegar dos barquitos. A cual más destartalado y sucio. Son el *Baraka* y el *Capitán Mohamed*. Descargan papel higiénico y gasolina.

---

entonces cuando los obreros tropezaron con una serie de sarcófagos de piedra y de mármol...»

«Tres meses más tarde, en el ala sur, se descubrió una pared de ladrillo... Uno de los dos lados se hallaba pintado con yeso azul verdoso... Era la pared de un rectángulo de 20 por 22 pies... El rectángulo contenía urnas de cremación...»

«Algunos arqueólogos establecieron la posibilidad de que dichas urnas podían contener los restos del primer papa, Pedro... Otros dudaron. Dos décadas después de que el emperador Constantino emitiera el Edicto de Milán, poniendo fin a la persecución de la iglesia, el lugar que hoy ocupa la basílica de San Pedro fue cubierto por un templo romano. Durante 1.600 años, la tierra sobre la que se asienta San Pedro no fue removida...»

«El Vaticano nombró un equipo de excavación, formado por dos jesuitas, Ferrua y Kirschbaum; el arquitecto del Vaticano, Ghetti, y el profesor Josi, inspector de catacumbas. Fue nombrado jefe de equipo monseñor Kaas, administrador de la basílica de San Pedro...»

«En total fueron encontrados más de cien enterramientos... La mayoría de los arqueólogos siguió dudando... Había pasado mucho tiempo y no se disponía de ningún documento que acreditara el momento y el lugar donde fue sepultado Pedro... El lugar era un caos... Para levantar nuevas tumbas fue precisa la destrucción de enterramientos anteriores...»

«Se descubrió que Constantino, para construir la basílica de San Pedro, tuvo que remover y alisar una amplia zona de terreno, transportando, cesta por cesta, más de un millón de metros cúbicos de tierra... Ello imposibilitaba, aún más, la localización de los restos de Pedro...»

«El papa Silvestre colaboró con Constantino en el estudio del emplazamiento de la primera basílica, pero no se tiene la seguridad de que Silvestre le dijera la verdad al emperador... La ubicación de la tumba de Pedro era un secreto y el papa, probablemente, se lo ocultó a Constantino...»

«Desde la muerte de Pedro, ocurrida entre el 64 y el 68, los restos del apóstol han podido ser sepultados en cualquier lugar e, incluso, como señalaba la ley romana para los criminales, arrojados al Tíber o enterrados en una fosa común...»

«Salvo la excepción del libro *Hechos de Pedro* (apócrifo), no existe un solo documento en el que se mencione el lugar del enterramiento en la colina del Vaticano...»

«El lugar se vio saqueado en diferentes ocasiones... La más grave en agosto del año 846, por los sarracenos... Posteriormente, en el siglo xvi, la basílica de Constantino fue demolida...»

230

A las 17 horas, Nicolò Alba se dirige a la tripulación y al pasaje. Dice que las autoridades egipcias obligan al embarque en el crucero de varios pilotos. Ya lo sabíamos. Y el capitán anuncia que «durante la estancia de dichos pilotos en el barco, nadie debe pisar la cubierta tres». Los pilotos entrarán y saldrán del buque por dicha cubierta. La gente desconfía. ¿Y si portan el coronavirus? Trato de asomarme a la cubierta tres,

---

«En 1939 fueron descubiertos nuevos huesos. Pío XII fue informado y las cajas, forradas en plomo, fueron trasladadas a sus aposentos... Se sumaron 250 piezas; en total, tres cajas repletas de huesos.»

«Los huesos fueron examinados por el Dr. Lisi, médico personal del papa... En su informe aseguró que se trataba de un hombre robusto, de unos sesenta y cinco o setenta años... El informe se mantuvo en secreto, dado que el público —consternado ante el comienzo de la segunda guerra mundial— podría no haber prestado atención...»

«Haciendo oídos sordos a los consejos de sus asesores, Pío XII dio a conocer la noticia al mundo, tras la filtración del periodista Camille Gianfara el 22 de agosto de 1949... Se dijo que los huesos de san Pedro habían sido hallados bajo el altar mayor de la basílica, pero no se tenía ninguna constancia científica del hecho. Los huesos podían pertenecer a cualquier otra persona...»

«El público tampoco tuvo conocimiento de otro hecho que terminaría por embrollar, aún más, la situación: en 1942, monseñor Kaas fue informado de la aparición de unos huesos y procedió a su retirada, justamente con trozos de yeso, dos monedas, hilos gruesos y un trozo de tela. Todo fue colocado en una caja, con una etiqueta que decía: "OSSA-URNA-GRAF" (huesos de la urna de la pared de los grafitos)... La caja fue guardada por Kaas y olvidada...»

«Kaas falleció en 1952. Meses después, Margherita Guarducci entró a trabajar en el Vaticano como especialista en epigrafía griega... Fue un obrero, Giovanni Segoni, que ayudó a monseñor Kaas en el traslado de los huesos a la urna "OSSA", quien le reveló el secreto de la existencia de la urna de Kaas. Guarducci le habló al papa, Pablo VI, de la existencia de la urna y de la necesidad de analizar los huesos que contenía...».

«Los análisis fueron demoledores: tanto los huesos guardados en los aposentos de Pío XII, como los contenidos en la caja de Kaas, pertenecían, al menos, a tres personas: dos hombres y una mujer. Según el profesor Correnti, junto a los huesos humanos, aparecieron también huesos de animales: vacas, caballos, ovejas, y un ratón. En total, cincuenta o sesenta huesos de animales; lo que formaba la cuarta parte de lo analizado...»

«El descubrimiento no fue difundido oficialmente...»

«El profesor Correnti llevó a cabo un nuevo análisis de los huesos de la urna de Kaas y estableció que se trataba de un varón de casi dos metros de altura (5 pies y 7 pulgadas)... La descripción tampoco se correspondía con lo señalado por la tradición sobre el aspecto físico de Pedro...»

pero la seguridad lo impide. Todo está precintado y protegido por plásticos.

A las 19:30 horas me refugio en el camarote y empiezo la lectura de *Los santos inocentes*, también del maestro Delibes. Alucino. ¡Ni un solo punto y aparte en 31 páginas! Me rindo. La película me encantó, pero esto...

En la cena —cuando *la Jartible* lo permite— hablamos de lo que sucede en el mundo: Arabia Saudita detiene la guerra contra Yemen y envía 500 millones de dólares en material sanitario a los yemeníes. Después de la pandemia seguirán bombardeando... (Esto parece el *show* de Gila.) Afirmaciones de políticos españoles (cualquier semejanza con la realidad es pura coincidencia): «España es el país que primero tomó medidas de confinamiento en todo Occidente». (Falso. El primero fue Italia: el día 9 de marzo; España lo hizo el 14 de marzo.) «Toda Europa llegó tarde (al coronavirus), pero España actuó antes.» (Otra mentira de Sánchez. Hasta el 14 de marzo no se decretó el estado de alarma.) «España es uno de los países con mayor número de pruebas por habitante.» (Más falso que Judas. Hasta el 15 de marzo no intervino la industria que fa-

---

«En 1964 se planteó la necesidad de recurrir a nuevos análisis, incluidos los químicos. Las pruebas se llevaron a cabo en la Universidad de Roma. Los huesos pertenecían, en efecto, a animales. La supuesta cabeza de Pedro, conservada en el relicario de Letrán, era del siglo ix...»

«El Vaticano decidió no hacer públicos los informes, "hasta que lo estimase oportuno"...»

«En febrero de 1965, la doctora Guarducci publicó un libro (*La tumba de san Pedro*) en el que aseguraba que los restos de Pedro habían sido encontrados en las excavaciones, bajo el altar mayor del Vaticano... Las críticas estaban justificadas: no se halló jamás un solo indicio científico que demostrara que los huesos eran de Pedro...»

«Los huesos encontrados podrían ser de cualquier otro dignatario de la iglesia...»

«El 26 de junio de 1968, también haciendo oídos sordos a las recomendaciones de sus asesores, el papa Pablo VI declaró al mundo que los restos de Pedro habían sido identificados... Al día siguiente fueron solemnemente sepultados en diecinueve cajas, bajo el altar mayor de San Pedro... Dos de las cajas contenían los huesos de animales, incluyendo los del ratón... Entre los presentes se hallaba el papa, el profesor Correnti y la doctora Guarducci...»

brica los test masivos.) «España es el país de Occidente que más lejos ha ido en las medidas de confinamiento.» (Otra mentira. Italia permitió salir con niños.) «El gobierno de España ha seguido siempre y volverá a seguir el mandato de la OMS.» (¡Qué desvergüenza! Como ya comenté, el 2 de marzo, la OMS sugirió evitar las concentraciones. Sánchez y sus ministros despreciaron a la OMS y jalearon las manifestaciones del 8-M.) «España es el país que facilita más información.» (Es posible, pero esa información es falsa. Los datos sobre fallecimientos por coronavirus están manipulados.) El diputado de Bildu, Jon Iñarritu, se mofa de la Legión y del Cristo de la Buena Muerte (¡pobre ignorante!). Sánchez pedirá otra prórroga en el estado de alarma; esta vez hasta el 10 de mayo (lo dicho: moriremos de hambre). El coronavirus para en seco el comercio mundial (un informe de la Organización Mundial del Comercio confirma que 2020 será el peor año desde que nació la institución, hace veinticinco años). En Lleida (Lérida para *Trebon*), el ratoncito Pérez podrá circular libremente por la ciudad (así lo ha decretado el alcalde; eso sí, con guantes y mascarilla). Siguen las broncas políticas: el PP y VOX acusan a Sánchez de «mentiroso» y de «ocultar las imágenes de las morgues». Trump (el «regalito» de los cielos) se ampara en el coronavirus para acelerar la expulsión de los inmigrantes. Y dice: «Los inmigrantes sin papeles tienen problemas que no quiero saber y, en muchos casos, son criminales». (Y pensar que puede ser reelegido...)

Antes de acostarme leo un artículo de Manuel Aragón, catedrático emérito de Derecho Constitucional. Aparece en la página 9 de *El País*. Lo titula «Hay que tomarse la Constitución en serio». Impresionante. Aragón viene a decir que no se ha respetado la Constitución a la hora de proclamar el estado de alarma. Lo denomina «exorbitante utilización del estado de alarma». Y declara —abiertamente— que dicho estado no puede legitimar la anulación del control parlamentario. «Lo que se ha hecho —afirma con valentía— es ordenar una especie de arresto domiciliario de la inmensa mayoría de los españoles.» Se puede decir más alto, pero no más claro. En ese mismo periódico, un tal Harry Sidebottom —experto en historia clási-

233

ca— asegura que las teorías de la conspiración sobre el coronavirus «son inverosímiles y descabelladas». Otro cortito mental...

Lo olvidaba: corren rumores por el barco sobre la devolución de una parte del importe del crucero. Algunos hablan del 35 por ciento. Sería una forma de compensarnos. No sé yo...

La mar se queda dormida en mis brazos.

11 de abril, sábado

Sigue la navegación por el canal. Y siguen las alambradas, el desierto amarillo e infinito y los millones de moscas. El sol, avergonzado, se oculta tras unas nubes apátridas.

Leo en el *Diario di Bordo* que Fernando Lesseps fue el genial promotor del canal de Suez. En 1832, siendo vicecónsul en Alejandría, supo que Napoleón Bonaparte ya lo intentó. De hecho, encargó un estudio al ingeniero Le Père. Napoleón deseaba abrir un canal en el istmo de Suez. Pero no disponía de la maquinaria necesaria. Finalmente —tras no pocas peripecias—, Lesseps abrió el canal en 1869. La obra duró diez años. El canal medía 164 kilómetros de longitud por 8 metros de profundidad y 53 de ancho. Permitía el paso de barcos con un calado máximo de 6,7 metros. La duplicación del canal —que permite la navegación en ambos sentidos— se llevó a cabo en 2015. Cada día transitan por el canal 97 barcos; eso hace un total de 35.405 al año.

Aumentan los rumores: la compañía compensará a los pasajeros con un 35 por ciento del precio total. Eso significa unos 10.000 euros por camarote. No puedo creerlo: Moli y compañía destinarán ese dinero a reservar un nuevo crucero alrededor del mundo (para 2022). Sé quién no los acompañará...

Caminar por la cubierta diez es pelear contra un ejército de moscas. Desisto. Vuelvo al camarote y escribo algunas frases sobre el agua y la mar: «El agua jamás cometería el atrevimiento de convertirse en vino», «La belleza es un río que te recorre»,

«Las nubes intentan —inútilmente— humanizar los fiordos», «El glaciar no tiene prisa (porque ha comprendido)», «Las nieves perpetuas imitan al "no tiempo"», «A fuerza de mirar al cielo, el glaciar Amalia se volvió azul», «La estalagmita gotea en otra dimensión», «El agua siempre deja huella en la memoria», «El agua es una mínima expresión del AMOR», «El agua no resbala por casualidad»...

En la tertulia de las 13 horas, *la Sueca* se lamenta: el gobierno español no ayuda. Ve difícil la repatriación. Y los rumores se disparan de nuevo: ¿desembarcaremos en Venecia? Eso no sería aconsejable. Italia está infectada... Otros apuntan a la ciudad de Génova. Nadie sabe nada.

A las 16 horas abandonamos el canal. El Mediterráneo nos recibe huraño y gris. Baja la temperatura y los ánimos se cargan de venganzas. ¿Qué pasa en este barco? En los ascensores nadie habla. Todo el mundo mira al suelo. Todos desconfían de todos. Me entero de que el Krakatoa ha entrado en erupción.

Reunión con *Liz* y el grupo en la cubierta dos (bar «Benidorm»). Pasamos una hora deliciosa: buen vino y mejor charla. *Liz* pregunta algo muy concreto y específico, leído en mis libros:

—Háblanos de las «ventanas» descubiertas por la NASA...

Y relato lo siguiente:

—Mi confidente en la NASA estaba vivamente impresionado. Jamás habían visto cosa igual. «Aquello» era más espectacular, incluso, que lo registrado en la luna durante el proyecto «Apolo». Los militares se hallaban nerviosos, y con razón...

»Con la puesta en órbita de los primeros satélites artificiales, los militares rusos y norteamericanos descubrieron en la Tierra lo que han llamado «ventanas». Se trata de gigantescos haces de luz invisible, sólo captables con radiofrecuencias, que parten del suelo y se dirigen al espacio, hacia el infinito. Las primeras fueron detectadas en octubre de 1957. Son siempre doce, aunque cambian de lugar periódicamente. Por supuesto no es obra humana. Cuando los expertos se sitúan en el lugar del que parte el haz de luz no descubren nada extraño en el suelo. La luz invisible sigue allí. Nadie comprende su cometido. Algunos apuntan la posibilidad de que se trate de una especie de radiofaros, como los que se utilizan en la navegación aérea. En realidad, nadie sabe nada.

—¿En qué lugares aparecen esas «ventanas»?

—Mi confidente —respondo a Rafa— recordaba algunos puntos: Desierto del Gobi (7), Uritorco (Argentina) (1), In Salah (Argelia) (2), Irán (16), Lourdes (Francia) (12), Lhasa (Tíbet) (5), Hermón (Líbano) (9), Sacara (Egipto) (3), Ocucaje (Perú) (10), Baja California (14), Fátima (Portugal) (11) y Australia (15).

—¿Y se siguen captando? —pregunta Nieves.

—Al parecer sí. Según mi informante, la vigilancia es permanente.

—¡Setenta años de secreto! —se lamenta Juanfran—. ¿Por qué?

Me encojo de hombros. No sé responder.

Cena rápida. Regresamos al camarote. El vientre de Blanca aparece muy hinchado. No sé qué hacer. Ella pide calma. Y regresa la voz de la «chispa»:

—No te descuides...

No sé qué pensar. Pregunto a la mar, pero guarda silencio; un silencio salado y cómplice.

12 de abril, domingo

Navegando hacia la isla de Malta. Ha vuelto el dolor en la pierna derecha. Tras el desayuno —en el bufet de la novena planta— abro un nuevo libro: *Mientras la ciudad duerme*, de Frank Yerby, primer Premio Planeta (1949). He dejado por imposible *Como arena entre tus dedos*, de Gadea Fitera.

A las doce horas camino por la cubierta diez. El último susurro del Padre Azul me tiene desconcertado: «No te descuides...». ¿Qué quiso decir? No comprendo.

El capitán lanza su frase: «En sus ojos verán el reflejo de un magnífico compañero de viaje: el mar». ¡Y dale! ¿Es que Nicolò Alba no sabe que la mar es una mujer? Me siento bajo el reloj y escribo: «Si la mar te abraza, déjate abrazar», «Las peores tormentas son las interiores», «La lluvia nunca es indiferente», «Si te toca llorar es mejor frente a la mar», «Asombroso: la mar dulcifica las lágrimas», «Si pones atención observarás que cada gota de agua es un universo», «Sí, la mar es como una mujer: se va pensando en volver», «La lluvia es generosa porque sabe», «No creas en lo que predica la lluvia», «La lluvia se esfuerza en cada gota»...

En la tertulia de las 13, Blanca me deja pasmado: ¡reconoce que echó las cenizas de su padre a la sopa, por error, y yo me las comí!

Se confirman los rumores: la compañía devolverá el 35 por ciento del precio pagado por cada huésped adulto. Es una forma de compensar el gran fracaso de este crucero. Además, ofrece un 50 por ciento de descuento en otros futuros cruceros. La gente se pega por apuntarse. No entiendo nada...

En el almuerzo se registra otra bronca con Blanca. Y, de nuevo, por una estupidez mía. Alguien pregunta qué deporte practica mi señora esposa. Me adelanto y, como digo, suelto una estúpida broma:

—Practica el levantamiento de vidrio...

Blanca se irrita y la «chispa» vuelve a susurrar:

—Paciencia... El final se acerca. Sé paciente.

Regreso a la total confusión. ¿De qué habla el Padre Azul?

Ya en el camarote se me ocurre dejar un secreto entre las páginas de *Mientras la ciudad duerme*. Al terminar de leerlo lo donaré a la biblioteca del barco. Lo escribo en las páginas 16, 21, 31, 98, 196, 254, 290 y 424. En la 483 dibujo mi ovni favorito:

Por la tarde llega la noticia: Jesús Borrego ha muerto; al parecer por el coronavirus. Era otro excelente investigador ovni. Vivía en Cádiz (España).

Pedro, el camarero de Honduras, trae una mala noticia: un *hacker* ha entrado en las cuentas de la compañía y ha robado a sesenta tripulantes. A él le han levantado 500 dólares.

Acompaño a Blanca a los mercadillos. Los perfumes están rebajados. Boss, mi colonia, no llega a 16 euros. Me autorregalo dos frascos.

A las 20 horas, cena en el Samsara (segunda cubierta). Rafa cumple sesenta y nueve años. Hablamos de mil temas: la gran catástrofe amarilla, casos ovni protagonizados por pilotos de combate y el desastre de Palomares, entre otros asuntos. Esa mañana del 17 de enero de 1966 yo me encontraba en Murcia. Trabajaba como periodista en *La Verdad*. Palomares fue otra gran mentira del gobierno de EE. UU. La pérdida de cuatro bombas de hidrógeno —algunas informaciones aseguran que fueron cinco— contaminó Palomares y su entorno. En una operación secreta, los malditos militares gringos sepultaron parte de la tierra contaminada en varias fosas de 30 metros de diámetro por 3 de profundidad, en las cercanías del pueblo de Palomares. Para que el plutonio 239 desaparezca serán necesarios 24.000 años.

Una de las preguntas de *Liz* sobre la gran catástrofe amarilla me pareció interesante y oportuna:

—¿Harás público el documento que presentaste al notario en 2011?

Soy sincero:

—Lo he pensado bien y creo que no.

—¿Por qué?

—Dije que lo haría público en octubre de ese año, pero no. Y te diré por qué... Si lo hiciera, si revelara el contenido de dicho documento, mucha gente olvidaría el mensaje y centraría su atención en el mensajero.

Sé que no es el caso de *Liz*.

A las 23 horas regresamos al camarote. La ciática no da tregua. Imposible dormir. Veo la tele y me entero de la muerte de Enrique Múgica Herzog, a los ochenta y ocho años, y por coronavirus. Guardo un especial y grato recuerdo de este socialista. Tuvo el valor de presentar una interpelación al gobierno de Suárez a raíz del incidente ovni en Manises. Madrid alcanza los 10.000 muertos por coronavirus. En EE. UU. van por 20.000 fallecidos. EE. UU. debe a China uno de cada siete dólares de su deuda.

Me refugio en la salada oscuridad de la mar. Ella no hace preguntas. A las cuatro de la madrugada, Blanca —amorosa— me proporciona un analgésico. Esta mujer es pura humanidad.

13 de abril, lunes

Día despejado. El barco —tozudo— navega hacia Malta. Estoy mejor. Blanca quiere que bajemos al médico. Me niego.

—¿Por qué?

—Soy muy malo —replico—. Tengo que hacer penitencia.

Hoy le doy la razón a Nicolò Alba. «El mar —reza la frase del día— es el camino a casa.» Me siento bajo el reloj de la cubierta diez y escribo febrilmente: «Quien dice que la lluvia es imperfecta es que no ha comprendido», «La lluvia conoce la Verdad (pero se la guarda)», «La lluvia —por dentro— es espectacular», «La lluvia —a veces— es un estado de ánimo», «La lluvia no duerme nunca», «La mar no deja secuelas», «La mar no sabe qué es el éxito (no lo necesita)», «La mar está ahí, sin necesidad de influir», «La mar nunca recibirá el Premio Nobel (la mar no es política)», «Vivir exige mucha lluvia»...

A las 13 horas, como quedamos, converso con Lourdes y Rafael. Ella es bióloga. Él fue cirujano. Viven en Huelva (España). Además de ser encantadores, ambos vieron un ovni. Y me cuentan el caso:

—No recordamos la fecha exacta. Probablemente ocurrió a finales de 1979. Era de madrugada. Regresábamos a casa, en La Redondela. Yo conducía un 1500 —recuerda Rafael—. Y, por el espejo retrovisor, vi una luz muy potente. Estaba encima del pueblo. Era extraño. Paré el coche y nos bajamos.

Era redonda, sin ruido. Entonces empezó a moverse hacia el mar. Montamos en el vehículo, dimos la vuelta, y nos dirigimos hacia la costa. Pero, al llegar, la luz había desaparecido.

—Lo más raro —terció Lourdes— es que somos muy miedosos. ¿Por qué dimos la vuelta y nos dirigimos hacia la luz?

Por lo que cuentan, el caso podría ser ubicado hacia noviembre de 1979. Es decir, en mitad de una oleada ovni sobre España (ver casos Cámara y Lens).

Lourdes y Rafael (en el centro), con Juanjo Benítez. (Foto: Blanca.)

El ovni se hallaba sobre La Redondela (Huelva. España). Cuaderno de campo de J. J. Benítez.

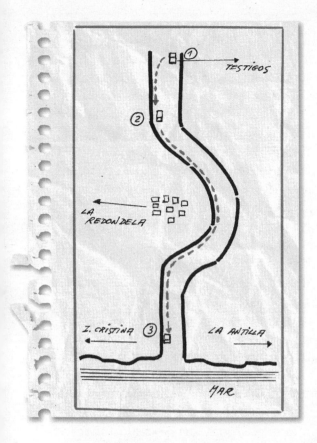

1.- **Los testigos observan la potente luz.**
2.- **Dan la vuelta.**
3.- **Se dirigen a la playa.**
Cuaderno de campo de J. J. Benítez.

En el almuerzo conversamos con *Sofia Loren* y su amigo, Franco Porcarelli, de la RAI. Terminamos hablando —en un pésimo italiano— sobre el nestorianismo (la doctrina defendida por Nestorio: Jesús de Nazaret disponía de dos naturalezas: la humana y la divina). Estoy de acuerdo con Nestorio, patriarca de Constantinopla en el siglo v: «Sólo la naturaleza humana murió en la cruz». El nestorianismo fue rechazado por la iglesia católica, pero salió adelante entre los persas.

Tras el almuerzo me acuesto un rato. En el canal 48 aparece Carlitos Escopetelli. Habla de los iconos en la cultura bizantina. Me duermo, claro.

Repaso la prensa. *La Vanguardia* examina el comportamiento de los japoneses en relación con la pandemia: «Se saludan sin contacto físico (ni besos ni abrazos). Con una ligera inclinación de cabeza es suficiente. Ningún japonés lame la punta del palillo con el que come. Los zapatos, siempre en la puerta de la casa. La barba está mal vista. Policías y taxistas utilizan guantes blancos (los políticos también los usan: para aparentar que son honrados)». Luis María Anson, en *El Mundo*, plantea la posibilidad de que el presidente Sánchez sea sustituido por Felipe González. ¡Oh, no! Eso sería salir de Guatemala para caer en Guatepeor... En *El País*, Mario Vargas Llosa (página 31) afirma «que se hubieran podido ahorrar muchísimas vidas si un gobierno como el chino hubiera procedido a informar inmediatamente». Me parece que el premio Nobel se ha columpiado (una vez más). En la página 9 del mismo diario leo un sabroso artículo de David Grossman (escritor). Estoy totalmente de acuerdo con expresiones como las siguientes: «La pandemia nos ayudará a comprender que el tiempo —no el dinero— es el recurso más precioso... La pandemia nos ayudará a separar con más ahínco el trigo de la paja... Los norteamericanos han creído que la guerra es un mandato divino... Quizá esta experiencia (la pandemia) haga que la gente aborrezca los nacionalismos... Quizá, cuando pase todo esto, la humanidad se inunde de un espíritu diferente, de sosiego y frescura... Quizá la dulzura se convierta en moneda corriente» (sinceramente, lo dudo). Pero las reflexiones de Grossman inyectan optimismo.

A las 19:30 nos reunimos en «Benidorm», como tenemos por costumbre. Y surge el tema de las principales pandemias en el mundo. En Internet aparecen veinte: peste antonina (entre los años 165 y 180 después de J.). Esta pandemia —no se sabe si de viruela o sarampión— afectó al Imperio romano (mató a cinco millones de personas, aproximadamente). Plaga de Justiniano (541 y 542) (se extendió por el Imperio romano de Oriente). Responsable: la *Yersinia pestis*, una bacteria nacida en Asia (mató entre 30 y 50 millones de seres humanos). Viruela japonesa (735 a 737) (acabó con un tercio de la población de Japón: un millón de fallecidos). Peste negra (1347 a 1353): primero se extendió por Asia y, posteriormente, arrasó Europa (unos 200 millones de muertos; puede que más). Viruela en América (1520): Francisco de Eguía, portador, desembarcó en México y la epidemia terminó con la vida de un tercio de la población (un millón de muertos). De nuevo la peste (1629 a 1631): un millón de muertos. La peste en Londres

(1665 y 1666): un millón de fallecidos. La peste en China (1855): 12 millones de muertos. Cólera (1817 a 1923): un millón de fallecidos. Gripe rusa (1889 y 1890): un millón de muertos. Fiebre amarilla (finales del siglo XIX): entre 100.000 y 150.000 fallecidos. Gripe española: (1918-1919): empezó en Estados Unidos y fue transmitida por los cerdos (unos 50 millones de muertos). Gripe asiática (1957-1958): se inició en China (un millón de fallecidos). Viruela (1967): dos millones de muertos. Gripe de Hong-Kong (1968-1969): un millón de muertos. Sida (se inicia en 1981 y sigue): 33 millones de fallecidos. SARS (2002-2003): provocada por un tipo de coronavirus (dicen que surgió de China): 774 muertos. Gripe porcina (2009-2010): 200.000 fallecidos. Ébola (2014 y sigue): 12.000 muertos. MERS (2015 y sigue): lo produce otro coronavirus; surge en Arabia Saudita (850 fallecidos) y COVID-19 (2019 y sigue): se desconoce el número real de muertos.

Liz se adelanta a mis pensamientos y pregunta:

—Y de todos esos desastres, ¿alguno fue provocado?

No me muerdo la lengua. Y digo lo que pienso:

—El sida, el ébola, la gripe porcina, las vacas locas y los coronavirus —probablemente— fueron «sembrados»...

—¿Por quién?

—Entiendo que por los militares norteamericanos... Y olvidé la colza.

—Pero —interviene Nieves—, ¿con qué fin?

—Experimentos, guerra biológica e intereses financieros...

El vino nos quita el mal sabor de boca.

A la cena no acuden *los Jartibles*. ¡Qué alivio!

Rosa, compañera de mesa, quiere tocar el anillo de plata. Se lo entrego y sugiero que solicite un deseo. Lo hace en el más absoluto silencio. Nunca sabré si se ha cumplido.

Regresamos al camarote a las once de la noche. Me acodo en el balcón y, al poco, la vieja tristeza se coloca a mi lado. No me mira. No hablamos. Ella también contempla el firmamento. Sé que su presencia no es gratuita. La anciana tristeza trata de decirme algo, pero yo —torpísimo— no lo capto. Quiero volar con ellas, las estrellas, y regresar a mi verdadera patria. Pero antes debo cumplir lo «contratado»...

14 de abril, martes

El alba ha tocado los cielos con los nudillos. Y los ha puesto azules. Después ha bajado a la mar y la ha acariciado. La mar se ha removido, tontuna, y ha seguido dormida. Son las seis de la mañana...

Malta —dicen— está muy próxima. No la veo. Y el *Costa Deliziosa* —inexplicablemente— se detiene. ¿Qué ocurre?

Mi pierna responde bien. Blanca es bruja. En el desayuno suena la megafonía. Nicolò Alba explica a los españoles que hoy, martes, recibiremos una carta en el camarote, aclarando el destino y puerto final. Pero no dice cuál. Suspense. La gente palidece. Los franceses y alemanes protestan. Es obvio que se consideran superiores. El capitán ha dicho igualmente que las malas condiciones meteorológicas no permiten atracar en La Valeta. Me asomo a la mar y no la veo alterada. ¿Qué extraño? Intuyo que Nicolò Alba nos toma el pelo, una vez más.

A las doce camino por la cubierta diez. Me acompaña una brisa ciertamente frescachona. No le hago caso. El capitán proclama la frase del día: «Sueñe más alto que el cielo y más profundo que el océano». Acudo a mi rincón y escribo (para mí): «En los días grises, el alma resplandece», «No sé de ninguna lluvia cansada», «No sé de ninguna mar depresiva y agotada», «A las nubes les encantaría llover vino, pero está terminantemente prohibido», «Hay días grises en los que cielo y mar lloran juntos», «No me cabe duda: la lluvia es responsabilidad de los ángeles», «La lluvia carece de comas (cuando llueve lo hace con puntos suspensivos)», «La lluvia —fina o gruesa— obedece los designios del Padre Azul: A = T × D», «Las ideas no llegan como la lluvia (pero casi)»...

A las 13 horas, al unirme a la tertulia de los españoles, la alegría y los abrazos confirman lo anunciado por el capitán: ha llegado la notificación oficial. ¡Desembarcamos en Barcelona! Nos apresuramos a felicitar a Carlos, a Ana y a *la Sueca*. Han hecho un trabajo difícil y constante. Ellos lo niegan. Así son los buenos españoles —mejor dicho, las buenas personas—: discretos y generosos. La llegada a Barcelona podría ser el 20 de abril.

Pero, como digo, no todo es júbilo. Los alemanes se reúnen y levantan el puño, amenazadoramente. Quieren tres aviones «donde sea». Los franceses lloran, desconsolados, y solicitan que los desembarquen en Marsella. Los brasileños bailan y los italianos miran indiferentes. He vuelto a ver a la señora que da de comer a los ositos de trapo. Me sonríe. *Tutankhamon*, la bailarina yugoslava, se acerca a las mesas de los españoles, mira sin ver, y se aleja midiendo cada paso. *La Potente* se ha puesto un vestido en el que no cabe el pecho. *El Soviético* sigue buscando a Pili, *la Cubana*. Hay hielo en sus ojos y en su gorra negra. El del pijama rojo va y viene. El que silba la Marsellesa silba más fuerte. La alemana que ríe azul aparece más feliz que nunca y baña el barco de azul...

Finalmente, el regocijo de los españoles se apodera del *Costa Deliziosa* y casi todo el mundo sonríe. Algo es algo.

¿Qué cara pondrán ahora *los Jartibles*? ¿Seguirán emperrados en bajar en Venecia? Pronto lo sabremos...

Tras el almuerzo decido ver las noticias de la tele. A Blanca ya no la llaman para jugar al parchís. Son aborrecibles... Es escalofriante: en España contabilizan 18.000 muertos por la pandemia. En el mundo suman dos millones de afectados. Pablo Iglesias, *el Coleta*, ha soltado la siguiente parida: «Es mentira eso de que las grandes catástrofes convierten a los ateos en creyentes». ¡Señor, por favor, que *el Coleta* se quede como está! Arnaldo Otegui (a *Trebon* no le gusta lo de Otegi) asegura «que la pandemia confirma la urgente necesidad de crear la república vasca». ¡Toma ya! Artículo de Juan Manuel de Prada en *El Semanal*. Ahora hace de profeta. «El objetivo común de estos gobernantes peleles —escribe De Prada— y de la plutocracia *oneworlder* (!) será un Estado Mundial ateo (o de un sincretismo religioso de enjambre, que para el caso es lo mismo), que se impondrá sin grandes aspavientos, con la misma discreción con la que durante esta crisis se ha privado de los sacramentos a los agonizantes.» El catolicón no es más tonto porque no se entrena... Otra «perla»: el filósofo Fernando Savater dice «que la gente culta necesita menos dinero; la inculta,

Costa Costa Deliziosa 14 Abril, 2020

Queridos Huéspedes,

Esperamos que, a pesar de la situación, estén aprovechando al máximo de nuestra cálida hospitalidad y servicios y disfrutando de su permanencia a bordo.

Deseamos ofrecerles una actualización sobre nuestras operaciones y perspectivas actuales.

En estos momentos, estamos navegando hacia Malta y, si las condiciones climáticas lo permiten, haremos una parada técnica.

Como ya saben, la actual pandemia de Covid19 ha alterado enormemente todos los medios de transporte a nivel mundial y la libre circulación de personas también se ha visto afectada en gran medida.

Las repercusiones de esta compleja situación también son muy visibles en la rutina operativa normal de todos los Puertos a los que llegan regularmente los barcos de Costa.

Esta incertidumbre de ninguna manera influye en el esfuerzo incansable de Costa Cruceros de trabajar en una detección rápida de su Puerto final de desembarque y el consiguiente regreso seguro a sus hogares.

Hoy, se nos ha confirmado un permiso excepcional para parar en Barcelona, donde se nos debería permitir desembarcar huéspedes Españoles.

Como saben, España ha cerrado sus puertos a los barcos de Cruceros, pero gracias a la colaboración con todos los canales diplomáticos hemos podido asegurar esta posibilidad.

Mientras tanto, estamos colaborando estrechamente con las Autoridades Francesas e Italianas para encontrar soluciones adecuadas para el desembarque de huéspedes de otras nacionalidades de acuerdo con las restricciones de viaje actualmente impuestas en Europa.

Esperamos poder darles detalles adicionales sobre el itinerario final muy pronto.

Entretanto, les agradecemos su cooperación y paciencia en estas circunstancias imprevistas y esperamos que puedan seguir disfrutando de su vida a bordo durante los próximos días.

Gracias y saludos cordiales.

Costa Cruceros

Nota de la compañía.

para entretenerse, precisa importarlo todo y tiene que ir a tiendas y restaurantes». ¡Qué país! Leo en alguna parte que los fumadores son doblemente apestados. Ahora resulta que el virus se acumula también en las colillas (y en las manillas de los coches de lujo, y en las iglesias —sobre todo en las evangélicas—, y en la cola del paro, y en las caras de los pardillos). Asombroso: Finlandia guardaba (y guarda) grandes reservas de comida y material sanitario «por si llega una crisis como la del coronavirus». La provisión de cereal, por ejemplo, puede alimentar a los finlandeses durante medio año. Exactamente igual que España...

Tras escuchar a George Montagner (segundo Sinatra) en el teatro, Blanca y este pecador nos sentamos un rato en «Benidorm». El grupo de *Liz* disfruta de la música y del vino. Y sale a relucir el tema de los *Caballos de Troya* y el cine.

—Sí —les digo—, hay conversaciones con algunas plataformas. Quieren hacer una serie para televisión. A mí me gusta más la gran pantalla, pero...

—¿Para cuándo sería eso? —pregunta Juanfran.

—Ni idea. Llevamos cinco años de conversaciones y puede que vaya para largo.

El grupo lo lamenta. Los *Caballos*, en cine o en televisión, bien hecho, pueden ser un acontecimiento. El Maestro lo merece.

A la cena no se presentan Marisa ni *Trebon*. Moli y doña Rogelia permanecen en un sospechoso silencio. Blanca se muere por preguntar. «¿Bajaréis en Barcelona o en Venecia?» Pero se aguanta.

Queda una semana para regresar a España. No veo el día... «Este viaje —me digo— ha sido un desastre». Y la «chispa» se apresura a susurrar:

—No lo creas... Es más importante de lo que imaginas.

Y, como siempre, me deja con la duda. ¿A qué se refiere el Padre Azul?

Las estrellas, cómplices, titilan, pero no sueltan prenda. El buen Dios las tiene bien enseñadas.

15 de abril, miércoles

Continuamos anclados frente a Malta. La mar se entretiene haciendo olas de juguete; nada serio. ¿Por qué no entramos a puerto? Unos cincuenta barcos esperan turno, todos con las proas desafiando al endeble viento de levante.

El desayuno, en la segunda cubierta (restaurante Albatros) es un cementerio. Nadie habla. ¡Estoy harto! Al salir se lo comento a Blanca:

—Se terminó. A partir de hoy, desayuno y cena en la cubierta tres, con *Liz* y el grupo de «Benidorm». Lo siento por Lacman y María, los camareros filipinos.

Está de acuerdo. Mala suerte: nos equivocamos de mesa.

A las doce, mientras camino por la diez, habla el capitán y dice que «no nos han permitido atracar en La Valeta». ¡Qué extraño! ¿Piensan que portamos el coronavirus?

Nicolò suelta la frase del día: «Nosotros, al igual que el agua que fluye, somos viajeros en busca de una mar». Me siento bajo el reloj y escribo: «Las ideas, como las gotas de lluvia en el suelo, se posan de una en una», «Si no la atrapas en el momento, la idea vuela a otra mente y la empapa», «Las ideas llueven (con buen o mal tiempo)», «Para la ignorante, la lluvia siempre es molesta», «Para el sabio, el agua es uno de los idiomas de Dios», «Que la mar sea tu confidente; ella escucha y jamás censura», «Vacíate en la mar (ella te llenará de nuevo)», «La mar no se maquilla (pero siempre aparece bella)», «La lluvia es una forma de amarrar la vida», «El amor, como la lluvia, no debe ser forzado», «El amor, como la mar, llega sin necesidad de buscar», «La lluvia penetra todos los corazones»...

A la una de la tarde bajamos a recepción, en el segundo nivel. Blanca quiere recuperar el dinero depositado en la caja fuerte del barco. ¡Vaya! Moli y *la Jartible* están en la cola. No nos dirigen la palabra. ¡Qué mala *follá*, como dicen en Granada! Pasamos de ellos.

A las 13 horas, en la tertulia, alguien habla de hacer el Camino de Santiago. Escucho con atención. Y finalmente estallo:

—El apóstol Santiago —explico— nunca pisó España... Quien está enterrado en Compostela —muy probablemente— es Prisciliano, un hereje.

Me miran como a un lémur de Madagascar. Y añado:

—Es muy fácil de demostrar... Basta con hacer el carbono-14 a los restos allí sepultados. Apuesto doble contra sencillo a que esos huesos son del siglo cuarto. Como sabéis, Santiago fue ajusticiado en el año 64 de nuestra era, ¡en Israel!

—Bueno —interviene Ana—, alguien pudo llevar los restos a Galicia...

—Sí, en una barca de piedra.

Nieves hace un comentario acertado:

—Sea como fuere, lo cierto es que el Camino de Santiago se ha convertido en un buen negocio...

—Sobre todo para la iglesia —remata Carlos, con razón.

Y Nieves insiste:

—¿Que te hayas dedicado al estudio de los ovnis te ha perjudicado como escritor?

—Al principio, sí... Ahora es distinto. Son 47 años de investigación constante. La gente inteligente sabe respetar eso...

Y la conversación escapa hacia territorios más gratos. Por ejemplo, el erotismo en *Memorias de África*. Nieves y las mujeres defienden que la escena del lavado de cabello de Meryl Streep es lo más sensual que han visto en cine. Los hombres protestan. «Yo también me dejaría lavar el pelo —asegura Rafa— si lo hace Robert Redford.»

El día transcurre rápido. Las maletas están casi cerradas. El vientre de Blanca es un globo. «Cuando regresemos a casa —promete— iremos al médico.»

En la tertulia, en «Benidorm», *Liz* se interesa por la serie de documentales *Planeta encantado*.

—¿Por qué se emitió a una hora tan intempestiva?

—Muy simple —aclaro—. Esa serie no gustó a la iglesia católica y, en especial, al Opus Dei. En esos momentos (octubre de 2003) gobernaba Aznar. Pues bien, Planeta, la productora, vendió la serie a TVE y ésta —por orden de Ana Botella, la mujer de Aznar— relegó los documentales a las doce y una de la noche. Así se hace la historia...

—No entiendo —interviene Juanfran—. Si Planeta era la dueña de Antena 3, ¿por qué no emitió *Planeta encantado* en su propia cadena de televisión?

—Por razones puramente «políticas». José Manuel Lara Bosch, dueño de Planeta, se llevaba muy bien con el señor Aznar... Alguien solicitó que la serie fuera vendida a TVE, el ente público, para poder manipularla sin problemas. Y así fue.

A las 20:30 nos sentamos en la planta tercera (mesa 233) en la compañía de *Liz*, Juanfran, Nieves y Rafa. ¡Qué delicia! ¡Que les den pomada a *los Jartibles* y compañía! A los postres, *Liz* pregunta algo comprometido:

—¿Cuál es tu mayor secreto?

Sonrío y me niego a responder.

¡Vaya! Observo que, desde hace días, faltan aceitunas (ni verdes ni negras). Al retornar al camarote consulto la prensa: la situación de la economía mundial es caótica (necesitaremos años para recuperarnos, mínimamente). El Fondo Monetario Internacional (FMI) prevé, para España, un paro del 21 por ciento y una caída del PIB del 8 por ciento. Es la peor recesión desde la Gran Depresión de 1929. La suma y sigue de fallecidos por el coronavirus continúa: 121.000 muertos y dos millones de afectados en todo el planeta. Europa se hunde. Para nuestro país sólo ha habido cuatro escenarios que puedan compararse con la crisis provocada por el coronavirus. 1.- El desastre de 1898, con las pérdidas de Cuba, Filipinas, Guam y Puerto Rico. En aquella ocasión, la deuda pública se disparó hasta el 128 por ciento del PIB. 2.- La gripe de 1918, mal llamada «española». La gripe se comió los dudosos beneficios de la neutralidad española en la primera guerra mundial. 3.- La guerra civil (la deuda llegó al 85 por ciento) y 4.- La crisis vivida entre 2008 y 2014 (en 2009, el PIB español se contrajo hasta un 3,7 por ciento). Trump (el «regalo» de los cielos) sigue haciendo de las suyas. Ahora dice «que él es la autoridad y punto final»; los demás no cuentan. La prensa pide que se le interne en un manicomio. El colmo: vecinos de Madrid exigen que sanitarios y cajeras de supermercados —contagiados del coronavirus— se muden a otras ciudades. (Somos químicamente malos.)

Huyo al balcón del camarote y hablo con el Padre Azul. «No creo que la humanidad tenga arreglo —le digo—. Somos peores que los animales.» Pero la «chispa» guarda silencio. ¿Cómo debo interpretar ese silencio? Las estrellas miran para otro lado. No quieren comprometerse. ¡Cobardes!

16 de abril, jueves

El barco sigue al pairo. La mar ronronea; sobre todo por la popa. No sé a qué espera Nicolò Alba para mandar a paseo a La Valeta.

A las 09:30, como si hubiera oído mis pensamientos, el capitán anuncia por la megafonía que partimos hacia Sicilia. Alguien, al parecer, se ha puesto enfermo. ¡Ay, Dios!

Blanca se siente fatal. En el brazo izquierdo aparece un bulto y le duele todo el cuerpo. Decidimos bajar al hospital. Negativo. El médico —dicen— se encuentra en una urgencia. Protesto. Nosotros también somos una urgencia médica. La compañía no hace caso. «Vuelva usted a las cinco de la tarde», replica la funcionaria.

Desde el balcón del camarote vemos llegar dos patrulleras de la policía italiana. Escoltan a una de nuestras lanchas. Son las diez y media de la mañana. Los agentes se protegen con trajes especiales y mascarillas. En nuestra lancha, probablemente, va el enfermo que mencionó Alba. Se pierden en la lejanía.

Blanca no tiene ánimos. Se siente agotada. Está pálida. Bajamos al camarote y la acompaño un rato. Se queda dormida. Decido seguir con mi preciosa rutina. Subo a la cubierta diez y camino un rato. Pero el viento se vuelve fanfarrón y tengo que parapetarme bajo el reloj. Escribo, como siempre, sobre la mar y el agua en general: «La mar carece de razones», «La mar, en sí misma, es una razón», «La mar no busca razones», «La mar, sin embargo, está sobrada de razones», «La mar mira (sin necesidad de ver)», «Durante años dibujé corazones en la arena de la playa (para ella) (cada vez que orinaba)», «La soledad es niebla en la mente», «La verdadera soledad no tiene fondo», «Si me asomo a mí mismo veo la fosa de las Marianas (11.000 metros)», «Si me asomo a mí mismo, tus lágrimas son mis lágrimas», «Si me asomo a mí mismo, la mar se hace memoria», «Si me asomo a mí mismo, tú eres playa, mar y futuro», «La peor de las soledades es la que te cubre de hielo», «En la soledad todo es eterno (menos la lluvia)»...

Blanca recupera el ánimo y subimos al bufet de la novena planta. A las 14 horas, mientras tomo una ensalada, Nicolò Alba vuelve a sorprendernos. «El pasajero que ha abandonado el barco por la mañana —dice— podría estar contagiado.» No informa de nada más y ordena que nos encerremos en los respectivos camarotes. El personal se queda sin habla. Un minuto después estallan los comentarios y lamentaciones: «Si es

---

Costa Deliziosa 16 Abril 2020

Queridos Huéspedes,

Les habla su Capitán.

Me gustaría proporcionarles información actualizada sobre nuestras operaciones mientras nos encontramos frente a la Costa Sur de Sicilia.

Como se habrán dado cuenta, acabamos de efectuar un desembarque médico en un bote salvavidas para uno de nuestros Huéspedes a bordo. Este Huésped ha estado mostrando síntomas similares a la gripe desde ayer, que de repente se deterioró y se convirtió en una dificultad respiratoria durante la noche.

Dada la emergencia de salud que actualmente se está produciendo en todo el mundo, de acuerdo con los protocolos y regulaciones de las Autoridades Italianas, el Huésped se someterá a todos los controles médicos apropiados en una instalación médica en tierra.

Debido a la abundancia y estrictas precauciones de acuerdo con los protocolos de protección de la salud de Costa Cruceros, hemos decidido aumentar aún más las medidas de precaución a bordo.

Nuestra máxima prioridad es preservar tanto el medio ambiente a bordo del barco como su estado de salud y seguridad y, por lo tanto, no correremos ningún riesgo.

De acuerdo con lo anterior, a partir de ahora, les pedimos amablemente que permanezcan en sus camarotes y comuniquen cualquier problema de salud a la Recepción por teléfono.

A partir de esta noche, todos los Huéspedes recibirán comidas en sus camarotes (se entregará un menú básico y se respetarán los requisitos dietéticos).

Estas medidas son medidas de precaución para proteger la seguridad y la salud de todos.

Asegúrense de seguir también las siguientes sencillas instrucciones:

• LAVEN SUS MANOS A MENUDO con agua y jabón durante 20 segundos o usen un desinfectante para manos a base de alcohol

• Eviten el contacto cercano manteniendo una DISTANCIA mínima de UN METRO.

Gracias por su paciencia y cooperación.

Proporcionaré más actualizaciones a medida que estén disponibles.

Nota de la compañía.

el coronavirus, ¿está el barco infectado?... ¿Moriremos?». El comedor y el *Costa Deliziosa* en general se convierten en un amasijo de lloros, protestas y prisas por volver a las cabinas. La gente huye, pero con platos llenos de mandarinas, pasteles y gambas. Blanca me interroga con la mirada. «Tranquila —respondo—. Cuando me veas llorar, echa a correr.» Sonríe, agradecida, y seguimos con el almuerzo.

La tarde discurre tranquila. Blanca habla por teléfono con *Liz* y con Nieves y hacen risas. Nieves y Rafa tienen experiencia en esto del confinamiento... Yo me ocupo del cuaderno de bitácora y relato lo registrado ese jueves. Decido escribir con rotulador rojo.

Al enfermo lo han trasladado a Marsala. No sabemos cuándo conocerán los resultados definitivos. Si está infectado por el coronavirus, lo más probable es que no podamos salir del camarote en catorce días... Me echo a temblar.

Noto movimiento en el pasillo. Me asomo y veo al personal de limpieza cargando pequeñas mesas. Son las mesas existentes en los balcones. Las sitúan frente a las puertas de los camarotes y desaparecen. Todos llevan mascarillas. Al poco pasan el menú de la cena y del desayuno por debajo de la puerta. Lo revisamos. No está mal.

A las 20 horas golpean la puerta. Al abrir encontramos una serie de bandejas con la comida. ¿Y el vino? No hay vino. Sólo agua. Protesto. Llamo al 3333, pero me dicen «que sólo agua».

Mientras cenamos, Blanca y yo intentamos racionalizar el problema. Si se trata del virus, ¿dónde se infectó el barco? Coincidimos: quizá en el canal de Suez, cuando los pilotos egipcios subieron al *Costa Deliziosa*. Las noticias de la tele nos dejan perplejos: la gente de Marsala no quiere que el buque se acerque a la costa. Los diarios italianos aseguran que el *Costa Deliziosa* está infectado. Somos unos apestados.

La cena consiste en pasta, calamares, postre y agua...

A pesar del agua, el día termina bien: ¡a las siete de la tarde nace Vera, la segunda hija de Iván! Ha pesado 3 kilos y 375 gramos. Le ha tocado la cama «101» (!). Mi hijo envía una foto de la niña. Vera se tapa el rostro con la mano. Sin comentarios...

5357   **TODAY**

Indique el número de porciones y deje el menú, una vez
tenga en cuenta que el desayuno es fijo, no es necesario

Fecha :17/04/2020

Nombre: J.J. BENITEZ

Cantidad : 2 PERSONAS

SET CONTINENTAL BREAKFAST

1 "CROISSANT"   X

1 "DANISH"

1 BOLLO DE PAN,

1 PORCIÓN DE MANTEQUILLA   X

1 TIPO DE MERMELADA, MIEL

PRANZO

"Crêpes" con jamón y queso   X 1

Salmón a la parrilla con aceite al limón y verduras #

Albóndigas "al estilo Marialuisa" #   X 1

"Curry" vegetariano servido con pan "Pita" (V)#

DOLCI

Terrina de yogurt y arándanos   X 2

"Mousse" de fresa, sin azúcar añadido

Bevande

Pepsi Cola   ☒

7 Up   ☐

Menú del confinamiento.

Vera, nada más nacer. ¿Qué nos espera? (Foto: Iván Benítez.)

Comento la fotografía de Vera con Blanca. Estamos perplejos. Y pienso en Gog. ¿Se tapa el rostro por eso? Entonces escucho la familiar voz del Padre Azul en mi interior:

—Te equivocas. Más cerca...

—¿Más cerca? ¿A qué te refieres?

Silencio.

En el canal 48, Carlitos habla sobre Petra. ¡Qué mala leche!

17 de abril, viernes

Paso la mañana escribiendo y escuchando noticias del mundo y de España. El tonto de Trump dice que hay que aumentar el presupuesto de defensa... Los muertos negros por el coronavirus son el triple que los blancos... En España superamos los 20.000 fallecidos... Los políticos españoles siguen insultándose... EE. UU.: 22 millones de parados en un mes... Según un estudio del Real Instituto Elcano, «la autoestima de los españoles ha crecido con el virus». ¡Manda *güevos*!... Los billetes y las monedas no transmiten el coronavirus (según la OMS)... El ministro de Cultura, José Manuel Rodríguez Uribes, afirma: «Primero es la vida y después el cine». Con Franco no pasaba esto... Entre el 1 de enero y el 12 de abril del presente año han muerto en el mundo (por causas naturales) más de 16 millones de personas. El cáncer ocupa el primer lugar, con 2.300.000 fallecidos. Detrás aparece el sida (473.000), accidentes de tráfico (380.000), suicidios (300.000), malaria (276.000), gripe (136.000) y partos (87.000)... Según el Instituto Nacional de Estadística, unos 4,5 millones de españoles viven en un piso de 60 metros cuadrados o menos. El «casoplón» de Pablo Iglesias e Irene Montero supera los 250 metros cuadrados, con un jardín (con piscina) de 2.300 metros cuadrados. Para comprar el chalet, el señor Iglesias y la Montero pidieron un crédito de 540.000 euros. Y me pregunto: ¿debemos entregarle la política económica de un país a alguien que se gasta 540.000 euros en un chalet de lujo?

Salgo al balcón e intento pensar: «Hay que conservar la calma. No sabemos qué va a suceder. Y, en el peor de los casos, ¿qué importa morir? Sé lo que me espera al «otro lado». Hemos disfrutado de la vida. Yo, al menos, la he vivido con intensidad. Blanca y este pecador llevamos juntos treinta años. ¿O son 3.000? Hemos pasado momentos peores. Saldremos de ésta. Mejor no hacer planes. Todo depende del Padre Azul y su «gente». CONFÍA.

La «chispa» escucha y se ríe.

Pido un café por teléfono. «Ahorita mismo», responde una señorita. Una hora más tarde reclamo el maldito café. «Ahoritita, señor.»

A las 11:30 habla el capitán. Dice que están esperando noticias de Marsala. Ajo y agua...

A la una de la tarde sigue sin llegar el café.

Blanca tiene fuertes dolores en el vientre. No sé qué hacer.

Llama Vic, un querido amigo. Solicita ánimo.

El barco sigue al pairo, con los motores laterales en marcha. La mar juega con las hélices. ¡Será tonta!

A las 13 horas llega la comida. Del café ni rastro. Me rindo.

Más televisión y más noticias: los bancos exigen que contrates un seguro si deseas pedir un crédito. ¡Ladrones! El gobierno no se aclara con el número de muertos por el coronavirus. Rueda de prensa en la Moncloa: Pedro Duque, el astronauta, asegura que «la ciencia es la respuesta». ¿Se refiere a Hiroshima y Nagasaki? El 40 por ciento de las muertes se ha registrado en residencias de ancianos.

Blanca está fatal. El vientre sigue muy hinchado. ¡Qué estúpido! ¿Cómo no me di cuenta?

A las 20 horas llega la cena: pez espada y filete empanado. No tengo hambre, pido una copa de vino. Dice la señorita que «sólo agua». La compañía nunca pierde.

A las 21:45 horas, Nicolò Alba anuncia que zarpamos. El pasajero ha dado negativo. No tiene el coronavirus. Le han practicado tres análisis. Los bares quedan abiertos a partir de las 22.

Me asomo al balcón y le guiño un ojo al Padre Azul.

Juanjo Benítez, durante el confinamiento. (Foto: Blanca.)

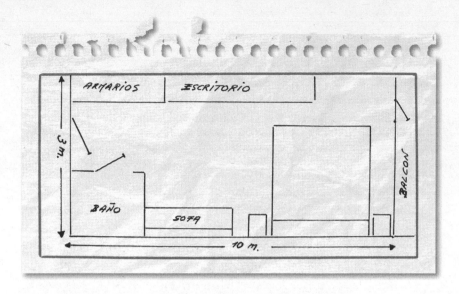

Camarote 5357. Cuaderno de campo de J. J. Benítez.

Blanca y Juanjo.
(Foto: Liz.)

18 de abril, sábado

El despertar ha sido más alegre y sereno. El barco navega rápido —15 nudos— hacia Barcelona. Noto a la mar ajena a nuestras preocupaciones. La veo más gris de lo habitual, como si intuyera que nos vamos. Y me digo: «¿Cómo puedo consolarla?».

Desayunamos en la nueve, en el bufet. La gente ha recuperado la calma. Pero los silencios son interminables. Nadie levanta los ojos del plato. Nadie se preocupa del vecino.

Blanca se centra en las maletas. Su vientre sigue hinchado y con dolores. En el camarote estorbo. Así que agarro el cuaderno de bitácora y subo a la cubierta diez.

Nicolò Alba habla de hélices y de un tal David Bushnell, que empleó una hélice —por primera vez— en 1775 en un submarino al que llamó *Tortuga*. Después dice no sé qué sobre millas marinas y suelta una frase flojita: «No todas las tormentas tienen el propósito de destruirnos la vida. Algunas llegan para limpiar nuestro camino». Me siento bajo el reloj y me propongo alcanzar la frase 500 sobre la mar y el agua: «En el amor, las estelas permanecen», «La mar se refleja en los silencios», «La mar muere para que tú vivas», «La luz hace el prodigio y la mar se transforma en estepa azul», «En la mar, los rayos son bayonetas», «En la mar, la noche no llega: se desploma», «En la mar, el tiempo, además, pesa», «En la mar, el silencio es moneda de cambio», «Al final, la mar termina enamorada del canto rodado», «No hagas caso de las habladurías: el barro no es hijo del agua», «¿Lo sabías? En las profundidades marinas habita un azul muy especial: el azul agachado», «Los averíos tratan de robar —inútilmente— el azul marino», «En la mar todo está al alcance del corazón»...

Blanca accede a subir a la popa de la cubierta nueve. La tertulia de los españoles es una fiesta. Corre el champán. La pesadilla está a punto de terminar... Y *Liz*, a petición mía, cuenta la singular compra hecha en 2017, en la primera vuelta al mundo, cuando visitamos Creta.

—Fue en un mercadillo —explica—. Vimos una serie de pareos y compré varios, para regalar. Yo me quedé con uno. Y es el que te mostré...

Dicho pareo presenta unos dibujos asombrosos: ¡calaveras y coronas! ¿Calaveras y coronas en 2017? Todos pensamos lo mismo: ¿fue una señal sobre el coronavirus?

Pido a *Liz* y a Juanfran que vuelvan a contar los motivos estampados en el referido pareo. Prometen hacerlo con exactitud. Y Juanfran pregunta sobre Gog. Acaba de leer el libro.

—¿Qué credibilidad le das a la historia?

—En estos momentos —aclaro— alrededor de un 60 por ciento.

—Eso es mucho...

—Sí...

—¿Puedes revelar tus fuentes?

—Puedo, pero no debo... Algunas son militares.

—¿Qué harás cuando llegue el meteorito?

—Procuraré que me pille en primera línea. No me gustaría vivir esos nueve años de oscuridad y caos.

—¿Y si no mueres cuando lleguen los tsunamis?

—Buscaré un refugio y esperaré.

—¿A qué?

—A que llegue Él.

—¿Quién?

—Jesús de Nazaret. Él lo dijo: «Volveré a la Tierra detrás de la gran roca».

—¿Qué crees que pasará?

—Lo he contado muchas veces, y está en el libro: Gog caerá en agosto de 2027 al este de las islas Bermudas y provocará un formidable cataclismo. Olas de mil metros barrerán las costas de Estados Unidos, México, Colombia, Venezuela, Brasil, Gran Bretaña, Francia, Portugal y África. El Caribe desaparecerá. Y, al mismo tiempo, como consecuencia del corrimiento del magma, numerosos volcanes del arco de Indonesia entrarán en erupción. Los militares calculan que, en 24 o 48 horas, morirán del orden de 1.200 millones de personas. Después llegarán nueve años de oscuridad. Desaparecerán la agricultura y la ganadería y llegará la hambruna. Bajarán las temperaturas y se registrarán enormes migraciones desde el norte hacia las zonas templadas del ecuador. No habrá comunicaciones ni electricidad. Será el caos. Después —dicen— llegará Él y la Tierra empezará una nueva era...

Juanfran y el resto escuchan sin dar crédito.

—Sí —proclamo—, ojalá esté equivocado...

—¿Y nadie hace nada? —se interesa Nieves.

—¿Y qué pueden hacer? Gog está muy lejos... Los militares —que conocen el problema— sí podrían preparar a la población y diseñar un estudio que termine con el asteroide.

—¿De qué manera?

—Los arsenales nucleares suman más de 60.000 bombas. Podrían dispararlas contra Gog y destruirlo o desviarlo.

—Faltan siete años —declara Liz—. Lo veremos muy pronto...

—Si es cierto, sí.

—¿Recomiendas que guardemos comida? —pregunta Rafa.

—Si fuera verdad, por supuesto: todo tipo de latas, arroz, cereales y combustible... Pero, ¡ojo!, que nadie sepa que lo guardas...

—¿Por qué?

—Si alguien sospecha que tienes comida o leña te matarán. Recordad que no habrá estados ni policías. Os recomiendo que veáis una película llamada *La carretera*. Repito: si Gog es cierto, el caos en el mundo será total. El coronavirus sólo es un ensayo general...

—Nosotros vivimos en Jaén —comenta *Liz*—. ¿Estaremos a salvo?

—De las olas sí. Del caos no lo creo. Nadie lo estará. Pero, insisto, puedo estar en un error.

Tras el almuerzo, la compañía comunica que los huéspedes que desembarquen en Barcelona deberán someterse a un control de temperatura.

Las maletas están hechas. Tras descansar un rato escucho las noticias de la tele: las autoridades españolas son incapaces de aquilatar el número exacto de fallecidos por el coronavirus... Hace dos días (16 de abril), un vecino de la localidad catalana de Tremp llamó a los Mossos d'Escuadra para avisar de la presencia en los cielos de cuarenta «objetos volantes no identificados» (ovnis)... No todo es malo: este año la caída de emisiones de CO_2 superará los 2.000 millones de toneladas... El papa Francisco afirma «que nadie se salva solo». No estoy de acuerdo: todos estamos salvados... La Sanidad española cae en un nuevo «timo» y distribuye más de 350.000 mascarillas defectuosas... Muñoz Molina escribe sin el menor pudor: «El golpe de inspiración que se me había negado durante dos horas de inmovilidad frente a una pantalla ha llegado como un relámpago un rato después, mientras hacía un sofrito o estaba concentrado pelando una patata». Como decía mi abuela, la contrabandista, «donde no hay, hijo, no se puede sacar».

En la cena, en la cubierta tres, Juanfran confirma:

—Hemos contado las coronas y las calaveras que aparecen en el pareo... En total, 488 coronas y 488 calaveras.

Quedo asombrado. La suma de coronas y calaveras arroja una cifra muy familiar: ¡20 y 20! (4 + 8 + 8 = 20). ¡2020! ¿Cómo es posible? El pareo fue adquirido en 2017 en Creta y anuncia la

Costa Deliziosa, 18 Abril 2020

Queridos Huéspedes,

Esperamos que, a pesar del cambio de itinerario y de la restricción de escala en los puertos, aprecien nuestro nivel de servicio.

Tengan en cuenta que a bordo de Costa Deliziosa, para cumplir estrictamente con el protocolo de salud y las pautas establecidas por las Autoridades Sanitarias se realizara un control de temperatura obligatorio a todos los Huéspedes desesembarcantes en el Puerto de Barcelona el dìa 19.04.2020 a partir de las 9.00 am. Hasta las 12.00 pm. en la discoteca Puente 2,

Nuestra máxima prioridad sigue siendo la seguridad de nuestros Huéspedes y Tripulación, por lo que hemos activado de inmediato este procedimiento para cumplir de la mejor manera con todas las recomendaciones de control de salud.

Nuestros mejores deseos.

Costa Cruceros

Nota de la compañía.

Liz, mostrando el pareo de las coronas y calaveras. (Foto: Juanfran.)

Detalle del pareo de *Liz*. (Foto: Juanfran.)

muerte —por coronavirus— para 2020. ¿Otra señal? Muy probablemente... Pero no queda ahí la cosa. «488», en kábala, equivale a «el secreto de los secretos». «2020» por su parte, también en kábala, tiene el mismo valor numérico que «purificar al reptil». Como decía el Maestro, quien tenga oídos que oiga...

19 de abril, domingo

Sigue la navegación hacia Barcelona. Hace frío. La mar hace olas por puro compromiso. El viento de levante alza el puño y amenaza. Veremos...

A las 9:30 bajamos a la discoteca (segunda cubierta). La compañía entrega los pasaportes a los españoles que desembarcamos en Barcelona. Los funcionarios ofrecen igualmente un certificado que acredita que estamos «limpios» del coronavi-

COPIA CLIENTE - 5357

MINISTERIO
DE SANIDAD

SECRETARIA GENERAL
DE SANIDAD

DIRECCION GENERAL DE
SALUD PÚBLICA, CALIDAD E
INNOVACION

SUBDIRECCIÓN GENERAL DE
SANIDAD EXTERIOR

ANEXO

DECLARACIÓN RESPONSABLE PARA EL EMBARQUE
CON DESTINO A ESPAÑA

Por la presente Dº/Dª **BENITEZ LOPEZ JUAN JOSE** con
DNI/NIE/PASAPORTE nº: ███████ previo al embarque con destino a
ESPAÑA

DECLARO QUE:

A) En los últimos 14 días previos al embarque, no he estado en contacto con ningún caso diagnosticado de COVID-19, ni con ningún contacto estrecho de un caso confirmado de COVID-19,

B) En la actualidad no presento fiebre, tos o dificultad respiratoria

C) Me comprometo a que durante los 14 días posteriores a la entrada en España me aislaré en mi domicilio realizando una auto vigilancia de los síntomas del coronavirus

D) Si durante los 14 días posteriores a la llegada a España presento síntomas leves de infección respiratoria aguda (tos, fiebre o sensación de respiración costosa), me pondré en contacto telefónico con las autoridades sanitarias de mi comunidad autónoma
https://www.mscbs.gob.es/profesional.es/saludPublica/ccayes/alertasActual/nCov-China/telefonos.htm

E) Me comprometo a llevar a cabo todas las indicaciones y medidas que me indiquen las autoridades sanitarias.

F) Soy conocedor de que en España se ha declarado el estado de alarma por la crisis sanitaria del COVID-19

Y para que así conste a los efectos oportunos, firmo la presente en BARCELONA con
fecha 20/04/2020

Fdo: _____

Documento que acredita que J. J. Benítez está «limpio» del coronavirus.

rus. Y nos advierten: «Las autoridades españolas llevarán a cabo un control presencial en el momento del desembarque».

En el último momento, cuando nos estamos marchando, aparecen Moli y doña Rogelia. Blanca —irónica— se dirige a *la Jartible* y pregunta:

—Pero, ¿no desembarcáis en Venecia? ¿Para qué necesitáis el pasaporte?

Silencio sepulcral.

Media hora después me acerco a la biblioteca y procedo a la entrega de los libros prestados. Dos franceses tratan de colarse. Lo impido y me gritan. Me llaman de todo (en francés, claro, que es mucho peor que insultar en castellano). ¡Qué mala suerte tengo con los franchutes! La funcionaria de la biblioteca ni se ha movido.

Necesito aire fresco. Subo a la diez y camino. El viento se empeña en zarandearme. Nunca me gustó el levante. Es barriobajero y ateo. El capitán pronuncia la frase del día: «La vida es como una ola que crece en el océano de un universo en constante cambio; depende de nosotros subir en ella para llegar a donde queramos». Flojita... Bajo al camarote y escribo: «En la mar no hay distancias (sólo pensamientos entre pensamientos)», «En la mar, la soledad pesa como el plomo», «En la mar, el dolor es geométrico», «La mar perfuma (sobre todo por dentro)», «La mar cree —equivocadamente— que las playas son de su propiedad (por eso vuelve y vuelve)», «El roquedo y la mar son prisioneros (por eso se soportan)», «Sé de rostros tallados por el salitre marino», «El viento de levante carga a los hombres con viejas venganzas», «En la mar soy menos que nada», «Cuando la mar miente no se nota», «Los colores no flotan en la mar: bailan», «Los necios no saben que la mar respira metáforas», «En la mar, los luceros parecen distraídos», «Los cisnes son bellas preguntas al agua», «En ocasiones (no sé si te has fijado), la mar deja que el cielo la bese»...

A las 13 horas, *Liz* y el resto nos reunimos en la planta nueve (cerca de la piscina cubierta). El levante nos observa, feroz e impotente. Allí no puede llegar. Y lo vemos ulular como un animal. *Liz*, de pronto, empieza a leer las rayas de la mano.

Quedo perplejo. No sabía que supiera hacerlo. Y, por lo que veo, lo hace muy bien. Lee las líneas de Rafa.

—Larga vida —le dice.

Después hace otro tanto con las manos de Blanca, Nieves y Juanfran. Al tomar la mía examina la línea que llaman «de la vida». Me mira y asegura:

—Tienes una vida larguísima...

—Sí —replico con frialdad—. Hasta el 2042...

Piensan que hablo en broma y ríen la supuesta gracia; sobre todo Blanca.

En el almuerzo coincidimos con Xabier, el «abertzale» de Iparralde. El otro día escuchó cómo le preguntaba a Pedro, de Honduras, por su experiencia con su padre muerto. Y el hombre, intrigado, suelta lo siguiente:

—¿Piensas que un «abertzale» como yo seguirá vivo tras la muerte?

Respondo que sí. Y añado:

—Pero necesitarás una reconversión mental...

No sé si me ha entendido. Y el hombre se va satisfecho.

Dedico parte de la tarde a poner al día el cuaderno de bitácora y a seguir las informaciones de la prensa y de la televisión. Una noticia me llama la atención: el doctor japonés Tasuku Honjo, premio Nobel de Fisiología y Medicina en 2018, asegura que el coronavirus no es natural. «Si lo fuese —dice Honjo— no habría afectado del mismo modo a todo el planeta. La naturaleza ofrece condiciones climáticas distintas en diferentes zonas del mundo. Si fuese natural, sólo habría afectado a países con la misma temperatura que China. En cambio se extiende en un país como Suiza, de la misma manera que se propaga en zonas desérticas. Si fuese natural, se habría extendido por lugares fríos, pero habría muerto en zonas cálidas.» Honjo cree que el virus es artificial y está fabricado.

Escucho el susurro de la «chispa»:

—Honjo tiene razón, pero se equivoca de país. El coronavirus no nació en China...

Hago planes para cuando desembarquemos en España. Lo sé: no tengo arreglo. Primero Blanca. Debemos acudir al médico.

266

A las 17 horas la acompaño al teatro. *La monja* comenta los detalles del desembarco: maletas, etc. Debemos depositarlas en el pasillo antes de la una de la madrugada y con las correspondientes etiquetas de colores. El camarote deberá ser abandonado antes de las ocho de la mañana del día siguiente (20 de abril). Otro madrugón... Ya sabemos la hora y el número del vuelo de Barcelona a Bilbao. Embarcaremos a las 15:55. La compañía nos trasladará en bus hasta el aeropuerto.

Nos reunimos en «Benidorm». Penúltimo vino. Juanfran y *Liz* quieren hacer el «pacto» conmigo. Ya se sabe: el primero de los dos que muera deberá enviar una señal al que se quede... Juanfran y *Liz* establecen las señales. Las acepto y brindamos. Nieves y Rafa no quieren saber nada del asunto.

La cena resulta emotiva. ¿Volveremos a vernos? Les adelanto que no me gusta despedirme. Decir adiós es morir un poco... Lo aceptan.

El crucero más catastrófico está casi terminado. Todo el mundo sonríe y se abraza. Intercambiamos teléfonos y buenos deseos.

Me asomo al balcón del camarote y doy gracias a los cielos por seguir vivos y por los amigos que hemos encontrado en el barco. Nos llevamos un gran tesoro... El viento de levante ha huido y la mar me desea dulces sueños. Y lo hace con sus mejores espumas. Sé que Montijo está cerca... «Yo también te quiero.»

20 de abril, lunes

No hace falta despertador. Alguien toca en mi mente a las seis de la mañana. Salgo al balcón y contemplo el amanecer. Estamos llegando a Barcelona. A lo lejos se dibujan los perfiles de hierro y cristal de una ciudad dormida. La bruma juega con la mar a no sé qué juegos prohibidos.

A las siete suena el teléfono. ¡Vaya! Es una señorita de recepción. ¡Debemos 23 euros!

El barco atraca a las siete. El puerto parece el Sahara: ni un alma.

Desayunamos y pagamos. La compañía no perdona.

A las ocho estamos en el teatro. Desde aquí se llevará a cabo el desembarco. Pero las cosas se complican. Y el proceso languidece. *La Jartible*, Moli, Marisa y *Trebon* no se despiden. Mejor así...

A las nueve nos reclaman. Nos proporcionan sendas mascarillas y guantes y nos invitan a abandonar el *Costa Deliziosa*.

Traslado al aeropuerto en autobús. La ciudad sigue callada. No veo tránsito de coches. La tristeza cuelga de los árboles. ¿Qué sucede? Las noticias dicen que el confinamiento, en España, se ha prolongado hasta el 9 de mayo (de momento). Al alejarnos del buque me pregunto: «¿Volveremos a dar la vuelta al mundo?». Algo me dice que no...

El aeropuerto de Barcelona también duerme. Jamás lo había visto tan apagado. *La monja* nos acompaña. Ella viaja a Vitoria.

El vuelo sale puntual. Llegada a Bilbao a las 17:30. El cielo llora. Veo al silencio en todas partes. La compañía ha dispuesto un autocar de cuarenta plazas ¡para cuatro pasajeros!

Llegada a casa a las 19 horas. Tengo el alma rendida; probablemente ante tanta tristeza y desolación.

Blanca está pálida. Le duele la espalda y el vientre. El brazo izquierdo presenta un moratón.

Abrimos las maletas y sacamos lo imprescindible. Mañana será otro día y lo haré mejor.

Cenamos algo. Leire, una de las hijas de Blanca, ha traído una tortilla de patata, fruta y vino. Escuchamos las noticias medio adormilados: cien gringos se han intoxicado, siguiendo el consejo de Trump (¡se han inyectado desinfectante!). En España se han superado los 26.000 fallecidos por coronavirus (como toda la población de Barbate). ¡Arrea!: el gobierno de Sánchez utiliza a la Guardia Civil para controlar la opinión de los ciudadanos. Exigen la dimisión del ministro del Interior, señor Marlasca. El jefe del Estado Mayor de la Guardia Civil, general Santiago, reconoce «que trabajan para minimizar las críticas a la gestión del gobierno». Marlasca, por supuesto, no dimite. ¡Anda!: Vargas Llosa declara que «Podemos no es un partido democrático». ¿Ahora se entera? En México, los cárteles de la droga reparten comida entre los más necesitados. La cuestión es blanquear...

A las 22 horas me retiro. Al entrar en el dormitorio vuelvo a ver a la anciana tristeza. Está sentada en el filo de la cama, llorando.

—Pero ¿qué hace usted aquí?

No responde.

21 de abril, martes

Dedico la mañana a vaciar maletas y a organizarme (?). Blanca sigue con problemas. El brazo presenta mal aspecto y le sigue doliendo el vientre. La inflamación es cada vez mayor. La animo para que acuda al médico. Leire va con ella. Confirman que se trata de un trombo. Tendrá que inyectarse enoxaparina sódica.

Blanca no queda conforme. El instinto ha tocado en su hombro. «¡Atención!»

La tristeza sigue en la casa. La veo por los rincones. Pero me encuentro tan cansado que casi no le presto atención.

Mi mesa está llena de papeles, cartas por abrir y cuadernos de campo. Me desanimo y lo dejo. «Mañana —me digo— estaré mejor.»

Me siento frente al televisor. Blanca sigue en la cama, muy abatida. La pandemia ha matado a 27.321 españoles. ¡Dios Santo! Según los franceses, el coronavirus circulaba por Francia en diciembre de 2019. Los médicos del hospital Jean-Verdier, en Bondy, aseguran que el 27 de diciembre fue ingresado en dicho centro hospitalario un hombre que presentaba los síntomas del coronavirus. El total de muertes en el mundo por el maldito virus supera las 166.000. Casos confirmados: dos millones y medio. Siempre hay un estúpido que mete la pata: la portavoz del *Govern* catalán —Meritxell Budó— afirma que «en una Cataluña independiente no habría habido tantos muertos ni contagiados». Noticias de EE. UU.: la pandemia se ha cobrado ya 101.000 muertos. Según los expertos, esa cifra se duplicará o triplicará. Y veo en la tele el número de fallecidos norteamericanos en las últimas grandes guerras: primera guerra mundial (116.516), Pearl Harbour (2.400 muertos), Corea (36.574), Vietnam (58.220) y Torres Gemelas (2.996). O sea: planeta «laboratorio».

Permanezco el resto del día junto a Blanca. Se queja. Dice que tiene «fuego» en el vientre.

La anciana tristeza se sienta a nuestro lado, en el dormitorio. No sé qué hacer ni qué decir.

22 de abril, miércoles

Blanca ha pasado una mala noche. Decide acudir de nuevo al hospital. Esta vez se presentará en un centro más importante: la clínica Quirón, en Lejona (Vizcaya. España). Me brindo a ir con ella. Se niega:

—Debes trabajar —recomienda con razón—. Alguien tiene que pagar las facturas... Será pura rutina.

Leire, su hija mayor, la acompañará. Y yo, como un perfecto idiota, acepto.

Me encierro en el despacho y procedo a leer la carta remitida desde California y que quedó varada sobre mi mesa el pasado 9 de enero. No doy crédito. Vuelvo a leerla y compruebo que no estoy soñando. Como dije, la misiva consta de catorce folios, escritos con ordenador y en un inglés impecable. La carta aparece acompañada por una breve nota manuscrita. La envía mi contacto en Los Ángeles. Se trata de un viejo amigo cuya identidad no conviene desvelar. Dice, entre otras cosas: «La autora del informe que te adjunto es una antigua compañera de universidad... Fuimos novios... Su relato es de toda confianza... He hablado con ella y no tiene inconveniente en que dicho informe se haga público, salvo el texto subrayado en rojo... Sé que lo comprenderás... Lo dejo a tu criterio... Besos de Ginger».

Leo el texto por tercera vez. «No es posible —me digo—. Si esto es cierto, la intuición decía la verdad... ¡Malditos militares!»

Pienso también en una broma. Pero no. Mi contacto en EE. UU. no lo hubiera permitido. Lo llamo y confirma la autenticidad de lo escrito. También está indignado. Y redondea la información...

He seleccionado algunas partes del informe. Dicen textualmente:

... Me he cansado de esta mierda... Soy la sargento Clum (nombre supuesto)... He decidido revelar lo que sé, aunque me cueste la vida... Trabajo desde hace doce años en «Fort Apache» (nombre supuesto)... Soy bioquímica, doctorada por el MIT... Trabajé en el proyecto «Piledriver», en el Área 51... Pertenezco a la Navy... Pero iré a lo que importa... Fui contratada por el general Hancock (nombre supuesto) para diseñar y desarrollar armas bacteriológicas...

Desde 2008 soy jefa de un departamento secreto en «Fort Apache»... Aquí, en realidad, todo es secreto (incluso los cubos de la basura)... Trabajamos en el nivel «K», a 50 metros de profundidad, y rodeados de todos los sistemas de seguridad imaginables... En esos laboratorios desarrollamos y modificamos todo tipo de virus... Uno de esos virus es el llamado «Havoc 142» («Havoc» podría ser traducido como «destrucción»)...

CARACTERÍSTICAS

No entraré en detalles especialmente técnicos, pero puedo decir que «Havoc» alcanza un tamaño de 120 nanómetros, aproximadamente... No es visible con el microscopio normal... Los virus son «cosas» que viven (no son inteligentes)... Se distinguen por los pleplómeros (espinas que surgen de la estructura externa)... Eso les confiere una singular forma de corona... Los pleplómeros son glicoproteínas y resultan esenciales para el contacto con la célula a infectar... Estoy hablando de un virus descubierto en 1970 y que pertenece a la familia de los *Coronaviridae*... El «Havoc» que nosotros manipulamos en el laboratorio —el *Orthocoronoviridae*— es el único que dispone de patógenos...

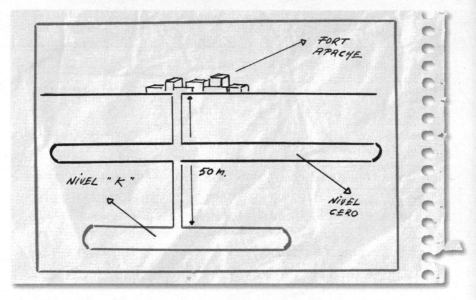

«Fort Apache». Cuaderno de campo de J. J. Benítez.

El «Havoc» utiliza los pleplómeros (proteína S) como una suerte de «llave». La introduce en la también proteína ECA2, de la célula, y consigue así penetrar en el organismo humano o animal... Cada virus tiene una proteína S diferente... Esto le permite mutar rápidamente... Una vez en el interior de la célula humana, el «Havoc» se multiplica de forma exponencial (alcanzando cien mil copias de sí mismo en 24 horas o menos)... Una vez invadida, la célula «revienta» y el virus contagia a las más próximas... El «Havoc» tiene una especial habilidad para contagiar a seres humanos. Cada virus puede alcanzar a dos o tres personas, aunque hay casos extremos (capaces de contagiar a dieciséis individuos)... El periodo de incubación oscila entre dos y catorce días... En superficies como el cristal, metales o plásticos, el «Havoc» resiste hasta nueve días...

Como decía, el «Havoc» no es inteligente. Se limita a penetrar las células y replicar su contenido genético (ARN), destruyéndolas... La célula «esclavizada» permite que las proteínas víricas se autoensamblen... Al disponer de una cadena simple (ARN), estos virus mutan a gran velocidad (prácticamente cada quince días)... De hecho, el «Havoc» dispone de una tasa de mutación de hasta un millón de veces superior a la de los mamíferos...

UTILIZACIÓN

Una vez aislado y «empaquetado», el «Havoc» fue transferido en contenedores especiales a Fort Huachuca... Desde allí, el virus viajó a las bases militares de EE. UU. seleccionadas previamente (según el «programa director»)... En este caso, el coronavirus fue enviado a las dieciocho bases de EE. UU. existentes en el mundo... En Alemania a Ramstein y Hanau... En Japón a NAF Atsugi y Kadena AB... En Corea del Sur a Osan AB y Camp Henry... En el Reino Unido a Luke... En Bélgica a Shape-Chièvres... En Italia a Livorno... En Puerto Rico a Fort Buchanan... En Turquía a Izmir... Con el «paquete» viaja siempre el antídoto... Sabemos de doce fármacos que reducen la hiperreacción del sistema inmunitario, impiden el ingreso

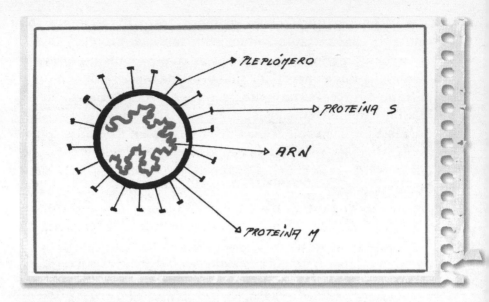

Esquema básico del coronavirus. Cuaderno de campo de J. J. Benítez.

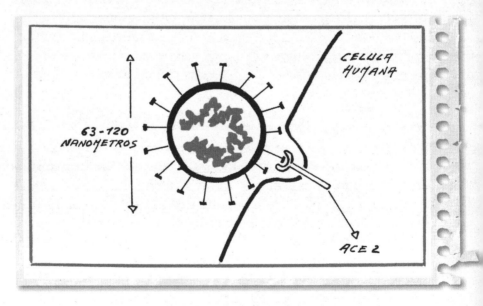

Las espículas proteicas (pleplómeros) actúan como «llaves» que abren los «cerrojos» de la proteína ECA2 (enzima convertidora de angiotensina 2) de las células humanas. Cuaderno de campo de J. J. Benítez.

del virus en las células, congelan la replicación del coronavirus y ayudan en los problemas respiratorios agudos...

Desde las bases militares de EE. UU., el «Havoc» es distribuido por los «corredores» a los destinos previamente establecidos... El resto es simple: los «estuches» son abiertos en zonas «calientes». A saber: grandes aglomeraciones humanas, estaciones de tren, metro, aeropuertos, etc. El virus se propaga con una efectividad del 83 por ciento... Un total de 150.000 vuelos diarios en el mundo hacen el resto...

EFECTOS

La transmisión de la infección arranca uno o dos días antes de la aparición de los síntomas... En los casos graves, la enfermedad puede prolongarse entre tres y seis semanas... El virus se deposita en las manos del enfermo que, a su vez, toca a otras personas, contagiándolas... Las gotas que forman las secreciones (principalmente estornudos) también sirven de vehículo para el contagio... Nariz, boca, ojos y heces son zonas habituales en las que anida el «Havoc»... El virus ataca especialmente a los pulmones (la infección principal corre a cargo de las áreas más profundas del tracto respiratorio). Los pulmones acumulan líquido seroso que impide la absorción del oxígeno. La acumulación del líquido es consecuencia de la interleucina 6... El cuadro clínico consiste en fiebre, tos seca, cansancio generalizado, dolores musculares, congestión nasal, dificultad para respirar, vómitos, escalofríos, dolor de cabeza, molestias oculares, lagrimeo, visión borrosa, dolor de garganta, diarreas, pérdida del olfato y del gusto (anosmia y ageusia, respectivamente), trombosis, alteraciones dermatológicas, lesiones en los pies (parecidas a sabañones), parálisis facial periférica, lesiones en las paredes interiores de los vasos sanguíneos, problemas cardíacos, renales y cerebrales... El problema más grave y aparatoso es la inflamación de los tejidos, que provoca una caótica respuesta autoinmune (tormenta de citoquinas)... Se trata, por tanto, de dos enfermedades en una: la viral respiratoria (fibrosis) y la inflamatoria... El «Havoc», además, dispone de una «cualidad» ciertamente diabólica: el 26 por ciento de los infectados es asintomático y, sin embargo, pueden ser altamente contagiosos...

¿QUÉ SE PRETENDE?

Los militares de mi país distinguen dos objetivos:

Primero (y más importante): desestabilización de las economías potencialmente enemigas de EE. UU. Es decir, Europa y China (por este orden). El virus, además, trata de golpear a los países emergentes (Asia, África y América Latina). Eso significará —siempre— un beneficio para Estados Unidos. Mejor dicho: para unos pocos norteamericanos. El miedo beneficia al poderoso...

Segundo: «ensayar» con determinados grupos humanos. En el caso del «Havoc 142», con ancianos, varones, negros y pobres. Se entiende por «ensayo» la anulación (asesinato) de dichos segmentos de población.

En el presente proyecto, el número de fallecidos no es lo más importante, aunque se espera que, en el plazo de dos años (2022), se haya infectado el 40 por ciento de la población mundial. Ello representaría entre uno y tres millones de muertos.

PANTALLAS

Para el «Havoc 142», la «cúpula» aprobó como «pantalla madre» el WIV (Wuhan Institute Virology) (NBS), de nivel 4 en bioseguridad. Dicho Instituto de Virología de Wuhan fue abierto en febrero de 2017 por la Academia China de las Ciencias. Francia participó en la creación del laboratorio. Los militares entendemos como «pantalla» a un supuesto responsable que, en realidad, no lo es. Sirve de pantalla para nuestros intereses. Nosotros nos ocupamos de culparlo. El NBS 4 está dotado de excelentes medidas de seguridad (incluida la sobrepresión del aire, que evita la fuga de virus). En el otoño de 2019, con motivo de la celebración en Wuhan de los Juegos Militares, la «cúpula» envió los primeros «corredores», con sus respectivos «paquetes». Y la zona fue «sembrada» con el coronavirus. Exactamente —según consta en nuestros archivos— la infección en humanos dio comienzo el 9 de octubre (2019). En ese otoño, los «corredores» lo «sembraron» también en el resto del planeta. No hubo, por tanto, murciélagos transmisores ni «paciente cero». Fuimos nosotros, los militares de «Fort Apache», los únicos responsables del «Havoc», como lo fuimos de otros virus: sida (VIH) (1981), SARS («sembrado» en Cantón) (2002), gripe aviar (2009), ébola (2014) y el amerithrax (un billón de esporas por gramo), entre otros.

Por supuesto, fueron preparadas otras tres «pantallas», para el remoto caso de que la «madre» se malograse. No fueron necesarias. Todo fue diseñado para que la opinión pública mundial quedara convencida del origen chino del coronavirus. Periódicos prestigiosos, cadenas de televisión, servicios de inteligencia, revistas científicas e, incluso, el propio presidente de los Estados Unidos han abonado (y seguirán abonando) la falsedad de Wuhan. Es lo establecido por la «cúpula» de «Fort Apache». Las sucesivas negativas de China no preocupan. El régimen comunista no tiene credibilidad.

No habrá más guerras bacteriológicas diseñadas desde «Fort Apache». No serán necesarias. La peor de las pandemias —procedente del espacio exterior— está por llegar...

Los fallecidos en EE. UU. —estimados en 500.000 para 2022— son considerados «daños colaterales necesarios». El coste de «Havoc» supera los cien mil millones de dólares... En el proyecto han colaborado 13.000 científicos.

¡Es hora de abrir las ventanas y airear esta mierda!

18 horas.

No doy crédito. Las sucesivas lecturas de la carta procedente de «Fort Apache» me han dejado perplejo y asqueado. La intuición nunca traiciona... ¡Malditos gringos!

Y, de pronto, suena el teléfono. Es Blanca. La voz aparece apagada; casi imperceptible.

—¿Qué pasa? —pregunto.

—El médico —susurra— quiere hablar contigo... Ven.

—Pero, ¿qué sucede? —insisto.

La mujer se echa a llorar.

—¿Qué pasa?

Finalmente, haciendo un esfuerzo, Blanca suplica:

—Ven...

Me visto precipitadamente y vuelo a la clínica. El médico —delante de Blanca— explica con claridad:

—Hemos detectado tumores malignos en la vía biliar y en el peritoneo (bolsa que protege las vísceras).

Dibuja el cáncer. Me siento desarmado (como si me hubieran arrancado el alma). No acierto a pronunciar palabra. Blanca llora en silencio. Y el médico prosigue:

—Está muy diseminado...

Al parecer no le gusta la palabra metástasis. ¡Cáncer!

Blanca queda hospitalizada. Ahora entiendo los consejos del Padre Azul durante el crucero y la presencia de la vieja tristeza a mi lado...

Blanca y Juanjo, ya en España. (Foto: Blanca.)

En El Dueso, siendo las 9:30 horas del 8 de junio de 2020.

En los cien días que duró el crucero tuve oportunidad
de conversar con numerosos pasajeros. Sería cansado
y prolijo dar cuenta de todas esas interesantes
charlas.

J. J. Benítez

Para restar credibilidad a *La gran catástrofe amarilla,*
el autor ha deslizado en el libro trece errores de
segundo y tercer orden.

ÍNDICE

1. *Existió otra humanidad*, 1975. (Investigación)
2. *Ovnis: S.O.S. a la humanidad*, 1975. (Investigación)
3. *Ovni: alto secreto*, 1977. (Investigación)
4. *Cien mil kilómetros tras los ovnis*, 1978. (Investigación)
5. *Tempestad en Bonanza*, 1979. (Investigación)
6. *El enviado*, 1979. (Investigación)
7. *Incidente en Manises*, 1980. (Investigación)
8. *Los astronautas de Yavé*, 1980. (Ensayo e investigación)
9. *Encuentro en Montaña Roja*, 1981. (Investigación)
10. *Los visitantes*, 1982. (Investigación)
11. *Terror en la luna*, 1982. (Investigación)
12. *La gran oleada*, 1982. (Investigación)
13. *Sueños*, 1982. (Ensayo)
14. *El ovni de Belén*, 1983. (Ensayo e investigación)
15. *Los espías del cosmos*, 1983. (Investigación)
16. *Los tripulantes no identificados*, 1983. (Investigación)
17. *Jerusalén. Caballo de Troya,*1984. (Investigación)
18. *La rebelión de Lucifer*, 1985. (Narrativa e investigación)
19. *La otra orilla*, 1986. (Ensayo)
20. *Masada. Caballo de Troya 2*, 1986. (Investigación)
21. *Saidan. Caballo de Troya 3*, 1987. (Investigación)
22. *Yo, Julio Verne*, 1988. (Investigación)
23. *Siete narraciones extraordinarias*, 1989. (Investigación)
24. *Nazaret. Caballo de Troya 4*, 1989. (Investigación)
25. *El testamento de San Juan*, 1989. (Ensayo e investigación)
26. *El misterio de la Virgen de Guadalupe*, 1989. (Investigación)
27. *La punta del iceberg*, 1989. (Investigación)
28. *La quinta columna*, 1990. (Investigación)
29. *A solas con la mar*, 1990. (Poesía)
30. *El papa rojo*, 1992. (Narrativa e investigación)
31. *Mis enigmas favoritos*, 1993. (Investigación)

32. *Materia reservada*, 1993. (Investigación)

33. *Mágica fe*, 1994. (Ensayo)

34. *Cesarea. Caballo de Troya 5*, 1996. (Investigación)

35. *Ricky B*, 1997. (Investigación)

36. *A 33.000 pies*, 1997. (Ensayo)

37. *Hermón. Caballo de Troya 6*, 1999. (Investigación)

38. *Al fin libre*, 2000. (Ensayo)

39. *Mis ovnis favoritos*, 2001. (Investigación)

40. *Mi Dios favorito*, 2002. (Ensayo)

41. *Planeta encantado. La huella de los dioses. La isla del fin del mundo*, 2003. (Investigación)

42. *Planeta encantado 2. Los señores del agua. El mensaje enterrado*, 2004. (Investigación)

43. *Planeta encantado 3. El secreto de Colón. Un as en la manga de Dios*, 2004. (Investigación)

44. *Planeta encantado 4. El anillo de plata. Tassili*, 2004. (Investigación)

45. *Planeta encantado 5. Astronautas en la edad de piedra. Escribamos de nuevo la historia*, 2004. (Investigación)

46. *Planeta encantado 6. Una caja de madera y oro. Las esferas de nadie*, 2004. (Investigación)

47. *Cartas a un idiota*, 2004. (Ensayo)

48. *Nahum. Caballo de Troya 7*, 2005. (Investigación)

49. *Jordán. Caballo de Troya 8*, 2006. (Investigación)

50. *El hombre que susurraba a los ummitas*, 2007. (Investigación)

51. *De la mano con Frasquito*, 2008. (Ensayo)

52. *Enigmas y misterios para Dummies*, 2011. (Investigación)

53. *Caná. Caballo de Troya 9*, 2011. (Investigación)

54. *Jesús de Nazaret: nada es lo que parece*, 2012. (Ensayo)

55. *El día del relámpago*, 2013. (Investigación)

56. *Estoy bien*, 2014. (Investigación)

57. *Pactos y señales*, 2015. (Investigación)

58. *Al sur de la razón*, 2016. (Ensayo)

59. *Sólo para tus ojos*, 2016. (Investigación)

60. *«Tengo a papá». Las últimas horas del Che*, 2017. (Investigación)

61. *Gog*, 2018. (Narrativa e investigación)

62. *El diario de Eliseo*, 2019. (Investigación)